O ELOGIO
DO FRACASSO

JOÃO TEIXEIRA FREIRE

O ELOGIO
DO FRACASSO

EDITORIAL PRESENÇA

joaotfreire@hotmail.com

FICHA TÉCNICA

Título: *O Elogio do Fracasso*
Autor: *João Teixeira Freire*
Copyright © by João Teixeira Freire e Editorial Presença, Lisboa, 2007
Capa: *Ana Espadinha*
Composição, impressão e acabamento: *Multitipo — Artes Gráficas, Lda.*
1.ª edição, Lisboa, Fevereiro, 2007
Depósito legal n.º 252 984/07

Reservados todos os direitos
para a língua portuguesa à
EDITORIAL PRESENÇA
Estrada das Palmeiras, 59
Queluz de Baixo
2730-132 BARCARENA
Email: info@presenca.pt
Internet: http://www.presenca.pt

Para a Dia, pela inspiração
Para o Nuno, pela coragem
Para a Helena, pela Helena

I saw the best minds of my generation destroyed by
madness, starving, hysterical naked,
dragging themselves through the negro streets at dawn
looking for an angry fix,
angelheaded hipsters burning for the ancient heavenly
connection
to the starry dynamo in the machinery of night

ALLEN GINSBERG, *HOWL*

We need someone or something new
Something else to get us through

THE DOORS, *SOFT PARADE*

O bodhisattva Avalokiteshvara, em profunda
meditação, viu claramente o vazio da natureza dos
cinco agregados e libertou-se da dor.

Ó Shariputra, a forma não é senão o vazio,
O vazio não é senão a forma.

SUTRA DO CORAÇÃO

PRIMEIRA PARTE

I

As sapateiras, de pequenos olhos embrutecidos de estupidez paleozóica, dormitavam nas profundezas multicolores, amontoadas como calhaus de algum templo havaiano, num dos cantos do seu mundo. Ao lado, uma lagosta de tenazes atadas disputava qualquer insignificância com um lavagante furioso, num afã de safanões manetas e impotentes.

De súbito, uma enorme mão humana ergueu-se sobre a cabeça dos crustáceos, segurando uma caranguejola de tenazes atadas que esbracejavam no ar em aflição. A mão largou-a e o peso da carapaça puxou-a para o fundo da água verdenta do aquário, por entre bolhas de ar que ascendiam em ordeira fila indiana até à superfície. Caiu desamparada, batendo com os costados nos seixos do fundo, e logo dois lavagantes escarlates se aproximaram, com ar resignado, oferecendo-lhe pequenas marradas com as cabeças e trepando para a sua barriga.

— Estão a confortá-la — disse-me o empregado, reparando na atenção com que eu observava o aquário do marisco. — São estranhos, estes bichos, a gente olha para o aspecto deles e parecem umas bestas, e depois têm comportamentos assim. Vejo-os fazer aquilo sempre que lá boto um novo, se aquilo não é compaixão, não sei o que possa ser... Até parece que sabem...

E eu esbocei um leve sorriso cruzado de esgar, de quem se interessou pelo que o homem disse, mas que não está disposto a dar-lhe trela para prosseguir com uma longa palestra sobre psicologia crustácea.

Aquele ritual de conchas escarlates roçando num compasso dorido parecia de facto um acto de compaixão, uma dança derradeira de consolo para a recém-chegada, em que todos carpiam um destino comum e encomendavam as almas ao deus das criaturas moles encalhadas em casquinhas, aspirantes a copiosas *parrilladas*. «Até parece que sabem...» Estas palavras não me saíam da mente, entretida com as pequenas tragédias do aquário do marisco do restaurante A Pérola de Cacilhas.

Logo um comboio de memórias expatriadas regressou à minha mente, memórias de almoços de domingo, em que a mãe nos dizia: «Hoje que é domingo não estou para fazer comida, ou bem que almoçamos fora, ou cada um que se arranje como entender.» Eram sempre restaurantes enormes, de mesas corridas, onde famílias inteiras se debruçavam em fileira sobre os pratos numa azáfama glutona de tiranossauros sentados à mesa dum refeitório. Por altura do café & cheirinho, eu e a minha irmã mendigávamos a licençazinha para nos levantarmos e assim furtar a pachorra às dores da Nini do rés-do-chão, tão novinha e com uma hérnia discal, e à terceira prestação do *Renault 5*. E a autorização era-nos concedida, com um gesto de anuência papal. A minha irmã ia aos pinotes brincar por entre os pára-choques adormecidos do parque, e eu, em vez de tomar conta dela, ficava em frente ao rectângulo sombrio do aquário, seguindo com os olhos a vida pesarosa das sapateiras obtusas e o saltitar arrastado dos lavagantes que, com o seu capuz vermelho e olhar bicudo, mais pareciam monges tibetanos passeando na superfície lunar.

Hoje, já adulto, não mais me permito o alívio de me levantar da mesa ao fim do almoço. A minha irmã já não se esconde por detrás das bocarras dos automóveis que pastam na gravilha, apenas por detrás do telemóvel, onde dedilha mensagens escritas para meio mundo, num afã de telegrafista de guerra. Sigo heroicamente as palestras maternas sobre seguros de vida, teoria geral da confecção de uma omeleta e o aumento do preço do gasóleo, e o mais incrível é que vejo interesse nisso.

— Traidor! — aponta-me o dedo a criança que fui.

No entanto, numa escapadela à casa de banho não resisto a deitar um olhar furtivo de cumplicidade ao aquário das caranguejolas, e logo me assomam ao espírito divagações que soam tanto a clichés existencialistas de terceira categoria que me fazem sorrir de vergonha, tais como: «Assim é o homem, tal e qual as lagostas e sapateiras — alguma estranha causa nos depositou a todos num aquário, para lá dele apenas vislumbramos manchas desfocadas que ora nos assustam, ora nos deixam esperançosos, até que um belo dia somos preferidos por alguém em lugar dum bitoque e logo um camaroeiro que não suspeitávamos existir nos pesca do fundo da água morna e é o fim.» O mais trágico é que nunca passamos tempo suficiente no aquário para realmente conhecermos o outro, por isso é que quando um novo crustáceo é lançado à água, logo os outros se abeiram numa rapidez aflita — para não perderem tempo. Até parece que sabem...

O domingo também se presta a estes pensamentos, com a sua melancolia lodosa do fim de almoço, a *Guernica* de beatas retorcidas despenhadas no cinzeiro sob os narizes enjoados de frituras vaporosas. Durante a tarde de domingo, a sensaboria de ter passado o fim-de-semana inteiro parado tentando desencantar algo novo e formidável para fazer alia-se à antevisão da chinfrineira atroz do despertador na manhã seguinte, acabando por rebentar numa chuva melancólica de *talk-shows* tremeluzentes, pratos gordurosos empilhados na vala comum do lava-loiça e camas por fazer numa revolta silenciosa.

Desde que saí de casa dos meus pais, quase todos os domingos cumprimos o ritual do almoço em família. A minha mãe, de coxas encalhadas no vestido-de-ir-ver-a-Deus, inferniza a paciência ao meu pai ao longo da estrada rumo ao restaurante, porque as calças que veste estão muito coçadas, porque devia fazer a barba

— Era o mínimo, olha se encontramos alguém conhecido!

O meu pai aumenta o volume do rádio, franzindo o bigode enfadado, e a minha irmã, absorta, no banco traseiro, combina a agenda social da tarde num dedilhar frenético de telemóvel. Quando chegam ao restaurante de Cacilhas onde quase sempre almoçamos, já lá estou, debicando azeitonas e arpoando pastéis de bacalhau com palitos. Levanto-me para os cumprimentar, a minha mãe rosna qualquer coisa sobre a minha aparência desleixada e o rosto do meu pai ilumina-se para ela num sorriso sarcástico e triunfante, como quem diz: «Estás a ver?...», e lança-me um olhar grato.

Até chegarem os pratos pela mão de criados esguios que serpenteiam por entre as mesas num corrupio de malabaristas de circo, a fome impede conversas muito mais elaboradas do que:

— Como vão as coisas no escritório? — perguntam.

— Bem.

— Bem?

— Sim, vai-se andando, sem novidades.

— Quando é que terminas mesmo o estágio?

— Ui, lá para Setembro.

— E depois já és advogado... E pensar que há tão pouco tempo andavas de fraldas... A Mariana também está quase a terminar o curso.

— Pois... É assim a vida.

— Estás tão calado, passa-se alguma coisa?

— Não, não se passa nada. Cansaço, suponho... E convosco? Como vão as coisas lá por casa?

— Vai-se andando! — respondem os meus pais em coro.

— Ai é?...

— Uns dias melhores, outros piores... É a vida!

No domingo, todos os seres vivem a moleza esponjosa do aquário das caranguejolas. Pelo menos nesse dia, todos somos crustáceos.

Naquela tarde de Agosto desviara-me olimpicamente da pergunta do «Quando é que te casas? Ai de mim, que já não vejo os meus netos!», explicara pela milésima vez as virtudes de viver sozinho no pequeno primeiro andar da Calçada da Ajuda, onde morara o avô antes de se mudar para o lar, numa existência precária de solteiro, feita de cozinhados de microondas e montanhas de roupa suja encavalitadas sobre as cadeiras.

— Matilde, deixa lá o Francisco em paz. Se ele não quer voltar lá para casa, para perto de nós, não és tu que o vais obrigar! — repreendeu o meu pai.

— Não foi isso que eu disse! — protestei.

— E depois — continuou o meu pai, prolongando o «pois» para conquistar a atenção —, acho que até é saudável, o rapaz já tem idade para se arranjar sozinho!

A minha irmã piscou-me o olho.

Quanto à clássica questão do «Estás tão magro, devias alimentar-te como deve ser», tive de admitir que o trabalho no escritório de advogados não me permitia almoços longos e completos; na maior parte dos dias empurrava à pressa para o estômago uma baguete ou um hambúrguer. Ao fim do dia chegava tão cansado a casa que me era impossível preparar algo mais elaborado que uma peça de fruta engolida a custo com as pernas estiradas no sofá, em frente à televisão.

Findo o almoço, o meu pai venceu-me em duelo, na rapidez em sacar da carteira e arrebanhar a conta (— Eu pago!), e demos um passeio pelo cais, a ver o rio, e foi cada um para sua casa.

Estacionei o carro numa viela das traseiras e desci a velha Calçada da Ajuda, por entre a chiadeira dos eléctricos que deslizavam como almas penadas e os arrulhos delicodoces dos pombos. Fechei atrás de mim o portão de ferro que conduzia ao pequeno pátio e, numa porta entreaberta no interior do arco escavado na fachada que dava acesso ao claustro daquela antiga vila operária, vi a Paula, que fumava.

A Paula trabalhava na secretaria do centro budista que se escondia, num aconchego de incensos e almofadas de meditação, para lá daquela porta, ao cimo de umas escadinhas de lances incertos. Tinha mais ou menos a minha idade, mas a sua testa franzida contorcia-se constantemente num omnipresente ponto de interrogação, e o seu corpo tinha a beleza trágica de um campo de batalha fumegando com os primeiros orvalhos após a refrega.

Pagavam-lhe um valor simbólico para lá estar durante algumas horas diárias, a receber chamadas, a compor o altar do Buda Sakyamuni, a tomar conta da livraria budista, e mesmo que não lhe pagassem nada provavelmente não se importaria, porque a verdade era que não precisava de trabalhar. Casara com um tipo abastado, que passava a vida em viagens de negócios. E ela, que não tinha qualquer interesse em tornar-se decoradora ou organizadora de eventos sociais, cansada de pairar sozinha pela casa enorme e vazia do Restelo, descobriu o centro budista e tornou-se a sua mais fiel frequentadora, primeiro para passar o tempo...

... abria os olhos a meio das sessões de meditação, para se rir baixinho do ar beatífico com que os outros, sentados em meio-lótus, recitavam os mantras com fervor, confessara-me...

... e a partir de certa altura, por convicção. E foi ficando...

Eu cruzava-me com ela todas as tardes, ao regressar do escritório, e via aquela mulher esbelta encostada à porta, desfazendo o enfado em nuvens de fumo de cigarro. Os seus olhos azuis pousavam em mim...

... e não era o azul profundo e adocicado de que os poetas tanto gostam para poderem comparar os olhos da mulher ao mar ou ao céu, era um azul inquieto, corrompido por laivos cinzentos...

... e, por uma breve fracção de segundo, compreendia profundamente os meandros do seu espírito, e tinha a sensação de também ela devassar o meu. O transe dissipava-se ao passar por ela. Deixava para trás o arco e atravessava o claustro calcetado para enfiar a chave na porta de casa. Era o meu momento *zen* do dia.

17

Nas primeiras duas semanas apenas nos olhávamos; com o tempo, habituámo-nos a deixar escapar entre dentes um boa-tarde, que evoluiu para conversas simples e vazias sobre o estado do tempo, o facto de a vila ter sido recuperada pela câmara três anos atrás e haver já infiltrações de humidade em algumas casas, esse tipo de coisas. Mais tarde, ao voltar do escritório, já tinha por hábito ir deixar a pasta a casa para ir ter com ela ao centro budista e conversar baixinho acompanhados por um chá a fumegar numa caneca caseira, ao som de mantras recitados por sombras chinesas tremeluzindo em transe num biombo à luz de velas. Depressa nos tornámos amantes. Alguma lei natural o impunha, provavelmente a mesma que faz dois besouros caídos numa poça de chuva agarrarem-se mutuamente, como se isso os impedisse de afundar. Foram também as tardes de chá de jasmim, e biscoitos furtivos, e reflexões sobre o vazio, partilhadas naquela atmosfera de paredes brancas despidas e soalho rangente que fazia lembrar uma casa vazia logo após a mudança dos donos; ambos descalços, sussurrando as palavras e os passos numa intimidade clandestina.

Quando o marido andava por fora, ela passava algumas noites em minha casa, onde partilhávamos recordações de infância, meditávamos na cama, conversávamos longamente sobre a vida, a morte, a escuridão e a luz, terminando em orgasmos sonoros que desfaziam em ondas de êxtase as lágrimas encravadas das angústias metafísicas.

Porém, ultimamente, essa cumplicidade vinha a perder-se. A relação não se baseava já em encontros estritamente casuais à porta de casa. Ela começava a organizar a sua vida em função daqueles momentos, apesar de desde o início termos combinado evitar algum dia chegar ao ponto de qualquer um de nós se sentir numa relação propriamente dita, com direito a exigir fosse o que fosse do outro. Quando lhe relembrava essas conversas e lhe dizia que não estava a cumprir a sua parte no acordo, a Paula respondia com explosões de fúria que me deixavam seriamente inquieto. Ela revelava-se muito mais louca do que alguma vez pude imaginar, e eu começava a querer pular para fora daquele filme. Havia já dias que a ideia de terminar aquela relação obsessiva ganhava maturidade na minha mente. «É hoje, agora!», pensei quando a vi, ao chegar a casa.

Cumprimentei-a com dois beijos.

— Então? Almocinho com a famelga? — perguntou-me, com ar trocista mas meigo, por entre duas baforadas de cigarro.

— Foi... Aquele ritual do costume, já sabes.

— Tu e os rituais... Para ti, tudo na vida são rituais, não é?

Ela disse aquilo rindo baixinho, talvez sem saber que me tinha sacado às entranhas do espírito uma das maiores verdades acerca da minha forma de ver o mundo. Um espírito excessivamente analítico levava-me a dissecar cada reflexo meu e dos outros, e a concluir que tudo na vida são rituais e nada acontece por acaso. O ritual aloja-se em todo o lado, sem que demos sequer por ele. Por exemplo, quando dois desconhecidos sentados frente a frente no comboio se entreolham e os seus olhos se colam por uma fracção de segundo, até que aquele dos dois com mais pudor desvia o olhar nervoso. Que sucederia se essas duas pessoas, em vez de desviarem o olhar, ficassem enlevadas numa longa contemplação explícita e desavergonhada da natureza do outro? Talvez enriquecessem as suas existências conhecendo outro ser que, uma vez virada a cara, provavelmente não mais verão em toda a sua vida. O ritual, no fundo, serve para conservar a limpeza asséptica do destino. Só ao quebrá-lo pode o homem tomar as rédeas da sua existência. A falta de coragem para recusar os carreiros ritualizados é uma constante fonte de mal-estar para muita gente, sem que disso se apercebam.

— Hoje vais tomar café lá a casa? — perguntei.

— Oh, não posso. O meu marido vai estar por casa e diz que me quer compensar pelo tempo que tem andado fora. Mas na quinta-feira à tarde ele vai para Londres e nós podíamos combinar qualquer coisa para essa noite.

— Sim, pois podíamos — balbuciei, com indiferença.

— Não ficas com ciúmes?

— Ciúmes de quem? — perguntei.

— Dele... Disse que me ia compensar por andar tanto tempo fora de casa... — insistiu a Paula.

Era um teste para ver qual seria a minha reacção. Daqueles testes que as mulheres fazem aos homens, por vezes sem consciência disso. Sabia o que tinha de responder: — Não, não tenho. Quando se está na nossa posição, perde-se a legitimidade para sentir ciúmes.

E não mentia, seria incapaz de sentir qualquer laivo de ciúmes, mesmo nos tempos em que a nossa relação corria às mil maravilhas. Habituara-me a esperar dela apenas que fosse minha, intensamente minha, nos momentos que passávamos de coxas entrelaçadas sobre a minha cama em alvoroço. Eram essas as regras do jogo, aceites por ambos: a nossa relação seria um parêntesis clandestino no meio da vida quotidiana, que se fechava e abria como persianas no início e no fim de uma noite de paixão. Baseava-se mais no horror ao tédio e à solidão do que no amor de um pelo outro. Ambos sabíamos isso, até ao dia em que lhe surgiu no espírito o delírio romântico de se divorciar do marido e vir viver comigo definitivamente. «Até podias ser tu a tratar do divórcio!», disse-me uma vez; e eu, estremecendo de pudor com a ideia de vir a ter de olhar olhos nos olhos o pobre cornudo na sala de audiências do tribunal, procurava esquivar-me como podia. Na altura, tentei explicar-lhe por diversas vezes que a nossa relação dependia da clandestinidade e que, trazida à luz do dia, acabaria por apodrecer, tal como as folhas de um livro roubado ao aconchego da estante e deixado ao sol se tornam amarelentas e quebradiças. Ela responde que gostava de ter-me só para ela, e eu faço-lhe notar que o desejo de posse foi condenado pelo Buda no Sermão das Quatro Nobres Verdades como a essência de todo o sofrimento humano e que, por isso, deveria ser aniquilado a todo o custo. Então a Paula amuou, comigo e com o Buda. Desde então, tem feito tudo para me fazer sentir culpado pela frieza com que me mantenho fiel à essência da nossa relação.

— Fica então para quinta-feira... A não ser que eles lá no escritório me encham de trabalho e tenha de fazer serão, mas se houver algum problema, eu aviso-te.

— Já estava à espera dessa — resmungou. — Fica então para quinta-feira.

Despedimo-nos e passei o resto da tarde estirado no sofá, Mário de Sá-Carneiro aberto sobre o colo, vendo passar as horas, sentindo sobre o estômago todo o peso mastodôntico de um domingo de tédio.

II

A chiadeira infernal do despertador quebrou o silêncio, destroçando o aconchego da penumbra em farrapos de sono e remelas doridas. A hora do despertador é o instante mais improvável do dia, quando o ruído estridente me assalta a nuca e me puxa das profundezas de algum sonho deixado a meio. Por instantes duvido se esse som fatal não será fruto da minha imaginação, apenas um atribulado efeito especial de um sonho desvairado. Mas a sua existência é demasiado intensa e esmagadora para o ignorar e tomar por mero sonho, e acabo por concluir que é a realidade que me chama.

Levantei-me e cambaleei até ao lavatório para fazer a barba. À minha frente, uma criatura bisonha de olhar empastelado, de *boxers* e *T-shirt* velha mirou-me do espelho. Rosnei-lhe os bons-dias, como sempre faço, na secreta expectativa de um dia ela me responder e eu apanhar o maior susto da minha vida, mas confirmar a crença de criança de que há vida para lá do espelho e da luz asséptica da casa de banho.

Em pouco tempo estava enfiado no carro, isolado do mundo exterior e dos próprios pensamentos por uma parelha de locutores que tagarelavam banalidades matinais através das colunas do rádio. À minha volta, marés de humanidade cheirando a *after-shave* matinal ruminavam o seu enfado semidesperto de ar condicionado, fechado por detrás dos vidros dos carros, mais parecendo pequenos peixes dourados, cada um absorto no seu aquário. A procissão de carros arrastava-se lentamente pelo meio dos prédios enfileirados que se estendiam até ao horizonte formado por mais prédios, banhados por uma luz crua de frigorífico, tal como nas telas ultra-realistas de Antonio Lopez. Por momentos dei comigo a can-

21

tarolar baixinho, imitando o vozeirão cavernoso do Jim Morrison, *People are strange when you're a stranger face look ugly when you're alone...*

Já no interior do aquário envidraçado do escritório, pousei a mala junto à secretária, que alguém, durante o fim-de-semana, como que por magia, havia enterrado em papeladas de assuntos para eu tratar. Parecia ter sido o primeiro estagiário do departamento a chegar, apesar de haver já alguns advogados atravessando os corredores em passos apressados. Tirei um café para mim na máquina de expresso e rosnei os bons-dias a um sujeitinho emproado do departamento de fusões, que me saudava com um sorriso filho-da-puta rasgado entre as bochechas, o mesmo sorriso irritante de jovem profissional bem-sucedido que parecia implantado à nascença na maior parte dos advogados que ali trabalhavam por alguma diabólica linha de montagem de *yuppies* pomposos. O tipo lia com interesse um artigo num jornal de economia e negócios sobre uma qualquer OPA lançada por uma empresa sobre outra. Deve desconfiar-se sempre de um tipo que aos vinte e tal anos demonstra interesse por jornais de economia e negócios. Das duas uma: ou apenas o faz para impressionar e é um grande hipócrita, ou é um ser humano seriamente perturbado e precisa urgentemente de ajuda. Há tanta coisa mais empolgante e meritória para entreter uma jovem mente inquieta do que a monumental tira-tusa que é a mesquinha ciência do dinheiro!

Houve tempos em que desejei tudo aquilo mais que qualquer outra coisa na vida. Imaginava-me com aquele sorrisinho próspero, recebendo elogios e respondendo modestamente que apenas faço o que posso para ajudar a fazer justiça e defender os interesses do cliente. Agora tudo aquilo me causava um tédio mortal. Vivera anos na ilusão platónica de ser a justiça a cura para as almas doentes, tal como os antibióticos para os corpos enfermos. Entrei na faculdade de Direito, decorei afincadamente todas as escaramuças doutrinárias sem qualquer uso na vida real, defendidas encarniçadamente por ombros esfíngicos e cobertos de caspa, do alto dos quais vinte séculos de imbecilidade catedrática nos contemplam. Agora que penso nisso, nunca na faculdade ouvira proferir com convicção a palavra justiça, excepto da boca de um velho lente de Direito Romano, soberbo na sua altivez moral, que preferia quebrar a ceder. Ainda antes de terminar o curso, percebi que numa contenda entre duas multinacionais mastodônticas não havia qualquer justiça a fazer. Quer ganhasse uma, quer ganhasse a outra, o mundo ficaria exactamente igual, porque aquilo não são pessoas, são monstros mecânicos que se alimentam de dinheiro lançado vinte e quatro horas por dia por homenzinhos suados, que enchem às pazadas as fornalhas das bestas. Quanto às causas mais comezinhas, que não chegam às secretárias das grandes sociedades de advogados, eram demasiado mesquinhas e grotescas para terem qualquer interesse. Aos poucos fui chegando à dura conclusão de que as nossas leis, e regulamentos, e sentenças, devidamente empilhadas e pesadas, não valem uma simples papoila escarlate que irrompe livre e rebelde num prado acariciado pelo sol da manhã.

A única forma de não dar em doido a pensar nisso era afastar esses frémitos de inquietação assim que surgiam. De resto, a única coisa que tornava suportável a rotina diária de arrastar-me até ao escritório era o Mistério, e mesmo esse, como todos os mistérios, estava condenado a desfazer-se em farrapos, algum dia. O Mistério, que ao longo de várias semanas me fazia revolver a cabeça com ardor, consistia numa série de mensagens lânguidas que alguém me deixava na secretária, no meio de processos ou nos códigos. Coleccionava essas mensagens como quem colecciona cromos da bola. Hoje, por exemplo, encontrei no meio de umas fotocópias um papel dobrado. Escrito em letra fina de mulher, de longas hastes e vírgulas graciosas, um poema, de William Yeats,

A mermaid found a swimming lad,
Picked him for her own,
Pressed her body to his body,
Laughed; and plunging down
Forgot in cruel happiness
That even lovers drown

As mensagens dela eram sempre frases curtas e enigmáticas, como pequenas bombas terroristas largadas no meu quotidiano para desestabilizar a rotina fixa do às horas tais fazer isto ou estar em tal sítio. Nunca eram frases apaixonadas ou arrebatadoras, mas sentia que a aura de paixão estava lá; eu não a saberia acusar neste ou naquele pormenor, mas sabia que ela estava lá. Como sempre, o ataque terrorista cumpriu o seu objectivo de desestabilizar a minha máscara de advogado estagiário competente e dedicado, dei-xando-me a cismar com o queixo nas mãos sobre a tragédia da sereia que arrasta o amante para um meio onde ele de certeza definhará... Fazendo-o por amor. Um simples poema é capaz de causar mais es-tragos sobre as certezas do homem do que todos os tratados de ética e metafísica alguma vez escritos. Porque teria ela escolhido esse poema em concreto?

Quem seria a autora desses bilhetes? Essa pergunta revolvia-me o espírito a toda a hora. Não podia perguntar aos colegas ou às secretárias se haviam visto alguém a remexer nas minhas coisas, por-que seria uma pergunta demasiado suspeita, e acreditava que aquela mulher seria suficientemente matreira para se deixar apanhar em flagrante por quem quer que fosse. Mulheres não faltavam no escritório, mas eram quase todas esculturas articuladas de carne sem expressão, sem profundidade de alma, ou mesmo sem alma — uma noite sonhei que descobria ser o único ser humano naquele escri-tório, todos os outros sendo robôs com aparência humana pro-gramados para gostar do seu papel de implacáveis etiquetadores da conflituosidade humana e, ao acordar, pensei que essa hipótese não seria de afastar em absoluto, pois daquilo que está à minha volta apenas posso ter a certeza de ter a percepção de uma certa aparên-cia. Podia neste momento despertar e descobrir que toda a minha vida fora um longo sonho e que afinal me chamo Manel e vivo uma existência pacata de guarda-florestal com três filhos. E no dia seguinte poderia vir a descobrir que afinal sou um índio da Amazó-nia, que sonhara ser um guarda-florestal chamado Manel, que sonhara ser um pobre diabo chamado Francisco, e assim, *ad infi-nitum*.

Poucas mulheres ali dentro teriam a audácia necessária para des-truir a ordem obsessiva da rotina do escritório e enxertar-lhe um pequeno frémito de absurdo com aquelas mensagens.

Desde que o meu espírito se começou a revoltar contra as dádivas cínicas da civilização, a minha vida tem sido semelhante à do herói do *1984* do Orwell, e sempre que conheço alguém novo, faço a mim próprio a mesma pergunta que ele fazia: será que este é um deles, ou será diferente, como eu? Diferente como eu, quer dizer, aquelas pessoas que por breves instantes de amarga lucidez reco-nhecem a futilidade de uma existência alienada em que o homem se mata a trabalhar para poder consumir, e consome para poder apreciar melhor os momentos em que não está a trabalhar, que por sua vez servem para recuperar energias para trabalhar, de modo a poder consumir, etc. Quando encontro um desses raros hámsteres que no meio da correria aflita param por momentos e riem da rodinha que lhes colocaram na gaiola para seu entretenimento, acarinho-os como a um raro tesouro.

Assim era a minha misteriosa pretendente. Exprimia-se num tom enigmático, de uma beleza feroz e primordial, que nada tinha que ver com as almas penadas que arrastavam o seu espectro fantasmagórico de ar condicionado pelos corredores do escritório.

Tive a certeza de estar perante um espírito em ebulição, tal como o meu, numa noite em que trabalhei desenfreadamente até às três da manhã e adormeci, por instantes, sobre uma pilha de papéis de um processo; ao acordar, lá estava a mesma caligrafia desafiadora e feminina, que cantarolava (e foi a primeira vez que ouvi cantar por escrito)

Ai que prazer
não cumprir um dever.
Ter um livro para ler
e não o fazer!
Ler é maçada,
estudar é nada.
O sol doira sem literatura.
O rio corre, bem ou mal,
sem edição especial

E por baixo, a mesma letra misteriosa acrescentava: «Não deixes que te estraguem».

E não era apenas uma declaração de amor, ou paixão, ou sequer de tusa. Era uma alma derrotada que pretendia comunicar com outra sua semelhante. Alguém que, tal como eu, tem em si o gene ruim da revolta contida, que é aquela que mais mossa faz. Se ao menos tivéssemos a coragem de largar tudo para fundar uma sociedade utópica numa ilhota desabitada do Pacífico, onde se praticasse o amor e a poesia livres e cada um vivesse plantando as suas couves, rabanetes e marijuana... Mas limitamo-nos a apertar os lábios, a engolir o desfastio, a ir vivendo dia após dia após dia.

O resto do dia foi passado a sós, ainda que rodeado de uma multidão de estagiários, contratados, associados, sócios de capital e de indústria, a quem distribuía sorrisos amarelos. Estávamos todos ali, trabalhando juntos, mas anos-luz nos separavam. Eles jamais seriam capazes de me compreender, e eu jamais seria capaz de compreendê-los a eles, é tudo. Ao fim do dia fiz uma burrice própria do cansaço e da inexperiência e E., a sócia coordenadora do departamento, repreendeu-me com uma doçura postiça de pedagogia paternalista. Teria preferido mil vezes ouvi-la berrar todo o tipo de impropérios, seria menos irritante do que a sua omnipresente compostura civilizada. Irritavam-me as nuances aloiradas da sua cabeleira abundante, o ar sério e competente com que pegava na pasta como se levasse nela os segredos nucleares do Pentágono, o sorrisinho condescendente rasgado nas bochechas chupadas, enfim, o seu ar de criatura perfeitamente feliz na rodinha da gaiola de hámster. De tal forma a sua compostura de advogadinha zelosa me deixava o espírito raivoso que vinha tendo a fantasia recorrente de estrangulá-la lentamente, numa noite em que estivéssemos apenas nós a trabalhar até tarde, vendo o sangue sumindo-se-lhe das faces e o horror plantado nos olhos, só pelo gozo de ver nela por uma vez na vida alguma reacção autêntica e visceral, que fizesse estoirar a compostura e o olhar neutro, para me certificar se seria realmente humana. Sabia que jamais passaria à prática, mas divertia-me pensar nisso, fantasiando os pormenores do meu crime, como se planeasse realmente executá-lo.

Revolvia estes e outros pensamentos quando o Armando, um colega estagiário, se aproximou da minha secretária. Foi como se tivesse entardecido subitamente, pois o seu corpo obeso era suficiente para tapar o sol que entrava pela janela e que tornava aquela tarde, passada no escritório, minimamente prazenteira.

— Posso falar contigo, Francisco?

— Claro, diz! — respondi, sem tirar os olhos do que estava a fazer.

— Aqui não... — disse-me, olhando em redor para os outros dois estagiários com quem partilhava o gabinete.

Levantei-me e conduzi-o a uma sala de reuniões vazia.

— Tens alguma coisa para mim? — sussurrou, apesar de estarmos totalmente sós e ninguém nos ouvir. Mesmo que alguém nos ouvisse, esta conversa seria praticamente indecifrável para a maioria das pessoas do escritório.

— Népia, estou seco! — respondi.

— E não me orientas até sexta? É que vou para fora no fim-de-
-semana e queria arranjar para a viagem...

— Vai até ao Bairro e orienta-te lá! — sugeri, incomodado.

— Ná, no Bairro leva-se ferrado! — respondeu ele.

«Sacana, já conhece as manhas todas do negócio!», pensei.

— Estou a pensar ir buscar para mim amanhã ou depois. Não
tenho grande pressa... Se quiseres, trago-te. Quanto estavas a pensar
comprar? — perguntei-lhe, por fim.

— Uns cinco contos...

— Vou ver o que arranjo — respondi.

Olhei o Armando nos olhos. Tinha umas olheiras muito cavadas
e eu sabia que não eram de trabalhar até tarde. Soubera também
que o Armando andava a fazer asneira com demasiada frequência,
e que os seus esquecimentos de tarefas pedidas por advogados mais
velhos e clientes começavam a ser falados no escritório.

— Olha lá, Armando, tu não achas que andas a fumar demasiada droga? — perguntei.

— Não é droga, é ganza! — corrigiu-me, com ar doutoral.

Fiquei com uma estranha sensação de *déjà-vu*.

— Antes ia buscar haxixe para mim e desse bocado separava
uma pequena parte para ti. Agora é justamente o contrário. Vê lá o
que andas a fazer com a tua vida! Deves fumar quase como um
sacramento, com respeito. E, como em tudo o que é tomado em
excesso, é mau. Se calhar, o melhor mesmo é ficares uns tempos
afastado disso, assim quando voltares a fumar, até te sabe melhor!

Reparei que o Armando ficou inquieto com as minhas palavras.

— Ó Francisco, não me faças isso, vá lá... Vou ver se acalmo um
bocado, prometo! Mas, para já, peço-te que me desenrasques os
cinco contos.

O tipo estava todo queimado. Há pessoas que julgam que lá por
a canábis ser uma droga pouco viciante, podem fumá-la a toda a
hora sem que isso tenha consequências.

Anuí, decidindo que aquela seria a última vez que compraria
haxixe por conta do Armando. O tipo pura e simplesmente não
sabia moderar-se e eu não queria ser o responsável pelo seu des-
calabro.

Nas campanhas de prevenção da toxicodependência é costume
encher-se a boca com clichés como o de as drogas serem más. Isso

é uma mentira escandalosa. As pessoas não são estúpidas a esse ponto. As drogas não são más, bem pelo contrário: são verdadeiramente formidáveis, abrem a consciência para visões e sensações muito mais impressionantes do que a vida quotidiana de qualquer um. Por isso mesmo, por serem muito boas, é que são perigosas, sobretudo nas mãos de irresponsáveis.

III

Para contar a história do Armando, é preciso começar pelo jantar que o escritório ofereceu um ano atrás, em finais de Julho.

Estacionei o carro por detrás de uns armazéns, junto ao rio. Assim que eu pus um pé fora do carro, todo água-de-colónia e *after-shave*, uma figura andrajosa perguntou-me se não teria alguma moedinha para lhe dar. Dei-lhe cinquenta cêntimos e confiei o meu carro e aquela alma penada aos cuidados da escuridão, enquanto caminhava rumo aos candeeiros das docas.

Nessa noite havia um jantar de despedidas de dois advogados que iam deixar o escritório, e as mesmas pessoas que eu via, dia após dia, engravatadas, conversavam animadamente com martinis e caipirinhas nas mãos.

Os jovens profissionais que alimentavam a vida da Corporate Lisbon, desde os tempos da faculdade que se dividiam em três tribos, cada uma com os seus hábitos e maneiras de pensar: os rurais, os suburbanos e os queques.

A distinção não era essencialmente económica — não era invulgar um jovem suburbano ter um património superior ao de um betinho das avenidas novas ou de Cascais, com carradas de chá e de berço e um comprido e sonante nome de família, mas, *hélas*, à beira da bancarrota. A diferença estava mais na mentalidade e na forma de se relacionar com os outros.

A Madalena Vasconcelos de Saavedra, por exemplo, era uma estagiária da minha idade, de boas famílias, que vivia com os pais e os seus quatro irmãos na Avenida da Igreja. Pavoneava-se naquela noite pelo meio dos sócios do escritório com o à-vontade de quem havia sido treinada desde o berço para a lisonja e a conversa de salão.

Era uma perfeita cortesã, que os manda-chuvas da firma aceitavam inconscientemente como sua par.

Já o Armando, que também entrara para o escritório ao mesmo tempo que eu, era outra conversa. Vinha de uma família com algumas posses — certamente mais posses do que a minha ou o clã da Madalena Vasconcelos de Saavedra, hipotecado até à ponta dos cabelos. Os pais eram donos de uma empresa de instalação de lareiras e *barbecues* com sede em Fernão Ferro. Suburbaninho de gema, da margem sul profunda. O menino visivelmente havia sido habituado a ter do bom e do melhor, mas faltava-lhe o berço e com ele a destreza social necessária para acompanhar o ritmo a que Madalena puxava o lustro aos sapatos da gente do poder. Quando tentava imitá-la, pondo-se em bicos de pés na hierarquia, acabava por tremer, gaguejar e ficar sem tema de conversa, dizendo apenas banalidades. Os grandes apercebiam-se disso e fechavam subtilmente os círculos de conversa, deixando-o de fora, sentindo-se um palhaço trapalhão.

Para juntar à sua deficiência social, Armando alimentava uma paixão infantil e platónica pela Madalena, que não lhe ligava nenhuma e zombava até das suas tentativas trapalhonas de lhe agradar.

Nessa noite, nós, os estagiários, ficámos sentados numa mesa só para nós. Éramos sete, ao todo, tagarelando banalidades.

No final do jantar, vieram os discursos. O primeiro dos advogados que estavam de saída, um homem com os seus cinquenta anos, mas com aspecto de ter muitos mais, falou longamente sobre os valores e os princípios do nosso escritório, que presidiram ao seu passado, quando era apenas uma pequena sociedade familiar, e que continuariam a orientá-lo rumo a um futuro brilhante, etc., etc.

— Estás bonita, hoje! — segredou o Armando à Madalena.

— Hoje? Quer dizer que normalmente estou feia?

— Não, não quis dizer isso! Quis apenas dizer que hoje estás ainda mais bonita, ou bonita de uma maneira diferente! — atirou o Armando, embaraçado.

— De quantas maneiras diferentes é que se pode estar bonita? — perguntou a Madalena, com desprezo.

O Armando gaguejou qualquer coisa, que a Madalena já não ouviu porque segredava qualquer coisa à rapariga sentada a seu lado. Pareciam divertidas e a Madalena apontava frequentemente com o canto dos olhos para o Armando. Estavam claramente a gozar com ele.

O Armando, vexado, afundava-se na sua cadeira. Apeteceu-me repreender severamente a Madalena, mas limitei-me a dirigir-lhe um olhar reprovador.

O primeiro dos homenageados com aquele jantar havia terminado o seu longo discurso e era a vez do outro falar. Tudo indicava que seria mais um discurso em tudo igual ao anterior, muito longo, muito institucional e muito chato. Um homem já bastante velho levantou-se e começou por referir os valores do escritório no tempo da sua criação, nos anos 60.

— Que seca! — rosnei em surdina, enquanto me recostava na cadeira e sorvia o meu copo de vinho.

Depois de uma longa dissertação sobre os valores, sob o olhar sorridente e embevecido dos sócios, o velho concluiu: — Ora, só um idiota ou um hipócrita é que não vê que estes valores originais já nada têm que ver com aquilo que encontramos dia após dia! — O velho deve andar às voltas na tumba cada vez que olha para os filhos-da-puta gananciosos a quem deixou o seu escritório, e cada vez que olha para a equipa de graxistas e lambe-cús que os rodeiam!

A Madalena levou as mãos à boca, horrorizada.

— Eu nunca gostei verdadeiramente de vocês! — anunciou, dirigindo-se aos sócios, que olhavam uns para os outros, sem saberem o que fazer. — Só tenho pena de apenas me ter apercebido disso quando já era tarde e de ter desperdiçado toda a minha vida a pensar que as coisas mudariam!

O velho limpou a boca com um lenço de pano e olhou na nossa direcção, arregalando os olhos.

— E vocês, os novos, não se deixem enganar! Não deixem que estes escroques vos estraguem, não se tornem como eles. Vocês, que têm os ideais e a nobreza de carácter próprios dos jovens!

Os meus colegas fingiam olhar para o relógio e para o visor do telemóvel, fazendo de conta que nem estavam a dar atenção ao que o velho dizia. Só eu me encontrava totalmente colado ao encosto da cadeira, suspenso de cada palavra dele.

O velho ergueu-se então da cadeira, cumprimentou a sala com um aceno e saiu pela porta do restaurante, com as mãos nos bolsos e um sorriso jovial estampado no rosto.

— O nosso colega Dr. Vilaça ter-se-á provavelmente deixado levar pela emoção! — anunciou um dos sócios, apoderando-se do microfone numa tentativa desesperada de quebrar o ambiente soturno que caíra sobre a sala. — Todos guardaremos para sempre recordações muito gratas dos muitos anos que connosco passou.

Uma banda de brasileiros começou a atacar um ritmo de samba e a multidão, estarrecida, logo animou.

— Madalena, queres dançar comigo? — perguntou-lhe o Armando.

Era notório que passara os minutos anteriores a respirar fundo, preparando-se psicologicamente para fazer o pedido.

— Até gostava muito, Armando, mas... — hesitou a Madalena, enquanto pensava numa desculpa para se desmarcar... — mas o João Maria já me tinha pedido antes!

O João Maria era um estagiário baixote e franzino. Obviamente não tinha pedido à Madalena uma dança, nem percebia o que se estava a passar, mas não se queixou quando a Madalena o puxou e apertou teatralmente contra o peito decotado para convencer o Armando de que já tinha par.

O Armando viu com tristeza o objecto da sua afeição correr para a pista de dança com o seu minúsculo par encontrado à pressa, virando-lhe uma vez mais as costas.

A festa começava a animar à medida que o espaço entre as mesas se enchia de gente, que abanava o corpo freneticamente, como que sacudindo os efeitos das palavras do velho. Um idiota de trinta e tal anos e cabelo cortado à escovinha ria à gargalhada de uma qualquer piada contada por um sócio, na mesa ao lado, mas ria demasiado alto e com demasiado espalhafato para ser um riso genuíno. Alguns advogados desculpavam-se e saíam em pares em direcção às casas de banho, de onde voltavam a fungar das narinas, desculpando-se com supostas alergias ao ar condicionado. Durante os dez minutos seguintes, entravam num diabólico frenesim que os fazia debitar mil ideias imbecis por minuto, para depois mergulharem no silêncio. Então, trocavam sinais com os olhos e pronunciavam códigos em surdina, para voltarem à casa de banho e dissiparem mais umas dezenas de euros de pó branco pelas narinas acima. Não havia nada a fazer: a cocaína era novamente a droga da moda. Anos e anos de campanhas de prevenção da toxicodependência baseadas na imagem do drogado andrajoso, com os braços esburacados e a personalidade desfeita haviam resultado na crença generalizada de que a coca era relativamente inócua: o típico viciado em cocaína não era um pobre diabo, mas um homem ou mulher de sucesso, logo, a cocaína do século XXI não faria tão mal como a heroína dos anos 80 e 90! Brilhante dedução, idiotas!

Para quem não entrava naquele espírito, o pior de tudo era aturá-los: os advogados já têm um ego desmesuradamente elevado; com a coca, tornam-se absolutamente insuportáveis.

Entretanto, a Madalena deixara o baixote e dançava agora agarrada a um dos sócios, um tipo com ar de pai de família, que não perdia uma oportunidade para, no calor da dança, lhe apalpar o rabo e as coxas. Aparentemente, a Madalena não se importava lá muito.

Apenas eu e o Armando nos mantínhamos sentados à mesa. Por vezes, a Madalena olhava na nossa direcção, mostrando os dentes num sorriso triunfante ou piscando o olho, como quem diz: «Se se portarem bem, pode ser que chegue a vossa vez!»

— Grande puta! — rosnei, de mim para mim.

— Humm? — fez o Armando, como quem não tinha percebido.

— Não é nada — respondi.

As mãos do sócio, apertando como tenazes grotescas as nádegas da Madalena, o seu sorriso cruel, o olhar desconsolado do Armando, o tipo da mesa ao lado que não se calava com o riso irritante, a banda de brasileiros, os sorrisos amarelos, e cínicos, e cocainados — tudo aquilo estava a dar-me a volta à cabeça. Apalpei o bolso do casaco e sorri — tinha lá enfiado a ponta de uma pedrinha de haxixe e mortalhas, para uma emergência, à laia de agente secreto que leva consigo um comprimido de cianeto para o caso de a missão correr mal.

Disse ao Armando que iria lá fora apanhar ar e caminhei até à margem do rio, para um local onde era impossível verem-me do restaurante. Comecei a preparar a mezinha para a minha cabeça saturada. Derretia a pedra de haxixe com a chama do isqueiro, quando uma voz se dirigiu a mim e quase fez com que deixasse cair tudo ao chão.

— Grande puta!

Olhei para trás. Era o Armando.

— Porra, pá! Que é isso de apareceres assim por trás das costas? Queres matar-me de susto? — gritei, enquanto mantinha a mão esquerda fechada para ocultar a «sopa» de haxixe e tabaco.

— És um gajo às direitas, Francisco! Pelo menos, ainda te indignas perante a crueldade de algumas pessoas!

— Indigno-me ainda mais quando vejo gajos a fazer figuras tristes, sendo suficientemente inteligentes para se aperceberem de que as fazem! — respondi bruscamente, ansioso que ele desaparecesse para poder continuar o que deixara a meio.

O Armando ficou parado a olhar para mim, até que decidiu vir sentar-se a meu lado.

— Era droga, o que estavas a preparar?

— Não, era uma ganza — corrigi, num tom quase pedagógico.

— Posso fumar um bocado da tua?

Mirei-o de soslaio e comecei a enrolar o charro.

Acendi-o e dei uns bafos prolongados e, antes de passá-lo ao Armando, perguntei-lhe:

— Alguma vez fumaste disto?

— Não, é a primeira vez — respondeu.

— Então vai com cuidado, que não quero que fumes e te passes da cabeça. Depois não vais lá para dentro dar espectáculo, pois não?

Respondeu-me que não me preocupasse.

O rio estava uma beleza naquela noite: azul-escuro com leves reflexos prateados que surgiam com as ondas, reluziam por uma fracção de segundo e logo desapareciam para sempre. Milhões e milhões de cintilações fugazes a emergirem e a mergulharem novamente na imensidão azul do rio, tudo isso sucedendo ao mesmo tempo. Era como se toda a imensidão do universo, com os seus ziliões de estrelas e galáxias nascendo e morrendo sem que o Homem alguma vez saiba que existiam, tivesse descido ao Tejo.

O Armando ria agora às gargalhadas com alguma ideia que a sua mente havia fabricado. Aquela ganza deveria estar a provocar uma verdadeira revolução naqueles neurónios burguesinhos habituados ao conforto dos berloques e bibelôs de porcelana de Fernão Ferro. Quando lhe perguntava o que era, o louco ria ainda com mais vontade. Quando finalmente parou de rir, olhou para o céu estrelado. Parecia extasiado. Ficámos ambos sentados, lado a lado, em solitária contemplação. Ele, olhando para o céu. Eu, para o rio. Dois carochos refugiando-se da loucura das pessoas sérias e importantes, que dentro do restaurante se abalroavam ao som da música, numa espécie de ritual de acasalamento pequeno-burguês.

Ali estava o Armando, um sujeitinho obsessivamente competitivo, como a maioria daqueles que eu conhecia do escritório, pacificamente sentado no chão, meditando, contemplando o rio, com o sorriso beatífico e generoso de quem está em paz consigo próprio, com os outros e com o mundo.

— Bom, vamos voltar lá para dentro? — sugeri, num súbito arranque de energia, obrigando-me a mim mesmo a levantar.

O Armando olhava-me com enfado. Por ele, ficaria naquele local toda a noite, de olhos fixados num ponto qualquer do espaço cuja importância só ele percebia.

Caminhámos de volta para o restaurante. As nossas figuras tinham agora a leveza vaporosa própria dos sonhos. Era como se não tivéssemos pés que pudessem sentir o peso dos nossos corpos, e pairássemos numa nuvem gasosa rente ao chão, mas sem lhe tocar. Era como estar num sonho.

— Encontrei Deus enquanto estive ali sentado — murmurou o Armando.

— Ai é? Então, e há novidades? — trocei.

Armando não ligou à minha ironia e manteve, impenetrável, o mesmo olhar introspectivo.

— Por breves instantes, todo o funcionamento do universo foi perfeitamente claro para mim, toda uma avalanche de informação inundou o meu espírito e, quando quis memorizar tudo isso... — Armando estalou então os dedos... — desapareceu!

Eu ouvia-o e pensava na minha primeira vez com a canábis. Nunca mais fora o mesmo. O mais impressionante nessa droga é que, ao contrário de outras, como a cocaína, a droga hedonista por excelência, ou o álcool, o grande e eterno intoxicante das massas, que apenas fazem um indivíduo sentir-se bem, a canábis muda para sempre a forma de pensar e de ver o mundo. Nesse sentido, é uma droga visionária, independentemente da posição que se tenha sobre os seus benefícios e malefícios.

— Tens de arranjar-me um bocado disso! — exclamou o Armando.

— O quê? — estranhei.

— Eu dou-te o dinheiro, claro! Só queria pedir-te que tragas um pouco para mim, quando fores comprar para ti — insistiu ele.

— Estás a ver-me com cara de traficante de droga? — respondi, indignado.

— Ó Francisco, faz-me lá esse jeito! Eu até comprava, se soubesse onde!

Foi assim que, a partir daquela noite, me tornei o fornecedor de haxixe do Armando. Não fazia a mínima ideia daquilo em que estava a meter-me.

Regressámos à nossa mesa, onde passámos o resto da noite rindo à gargalhada das tristes figuras que faziam os nossos colegas do escritório, sobretudo da Madalena, que continuava, muito bêbeda, engalfinhada com o sócio. De tempos a tempos, ela lançava-nos olhares furiosos, irritada por haver alguém que não só não se esforçava minimamente por agradar-lhe, como fazia dela motivo de troça.

Quanto a mim, aquela noite com o Armando foi o máximo de entendimento e cumplicidade que alguma vez conseguira ter com alguém daquele meio, onde sempre me sentira um estranho.

IV

Estranho sonho...

Cheguei a casa à noite e, ao atirar as chaves do carro para cima da mesa da sala, notei que o frágil abajur do candeeiro de ler tremeluzia numa luminescência fosca e amarelenta.

«Tem piada», pensei, «Não me lembro de ter deixado a luz acesa.»

Junto ao candeeiro, refastelado no sofá velho e coçado que fora do avô, um vulto aguardava-me, com as *Obras Completas de Shakespeare* adormecidas sobre o colo. A luz e a penumbra assentavam fronteira numa linha vertical que lhe atravessava o rosto, e só metade do seu estranho semblante era visível.

O intruso sorriu ao ver-me e declamou, em voz de falsete: — *To be or not to be — that is the question — whether 'tis nobler in the mind to suffer the slings and arrows of outrageous fortune, or to take arms against a sea of trouble and by opposing end them?*

Aproximei-me lentamente para poder ver com clareza a outra metade do seu rosto. Aquele estranho visitante não me inspirava terror, nem tão pouco receio, apenas uma espécie de indignação por ali estar. Era como receber um velho amigo que temos sempre prazer em ver, apesar de sabermos não ser suposto ele ali estar, que a sua presença viola a ordem natural das coisas.

— A tua cara e a tua voz não me são estranhas. De onde é que te conheço? — perguntei.

Ele olhou para mim e respondeu: — Tu sempre me conheceste. Quando, ao fim de algum tempo de preparação, consegues descer à mais profunda das meditações, e por instantes consegues contemplar claramente o vazio e o nada, despindo-te de qualquer pensamento, emoção, sentimento e conceito, eu apareço; quando em pequeno olhavas fixamente para um carreiro de formigas, tentando descobrir alguma verdade oculta nelas e para além delas, e toda a tua consciência mergulhava nas formigas de tal forma que tu te tornavas as formigas, eu estava lá; quando, naquelas noites de folia desenfreada e sem regras, tu sentias a testa a latejar e a implodir num gigantesco buraco negro que sorvia todo o universo e tu atingias por breves instantes o súbito *flash* da compreensão do infinito e da compaixão por todos os seres, e te esquecias de ti próprio para mergulhar na perfeita sintonia com tudo o que existe, eu estava lá também.

Milhares de memórias eram trazidas ao meu espírito pelas palavras daquele estranho, que me fascinava. Quis saber mais.

— Repara bem, Francisco — prosseguiu —, a minha cara é igual à tua, a minha voz é igual à tua, eu sou fisicamente igual a ti...

E, ao aproximar-me, verifiquei que era uma criatura perfeitamente igual a mim em tudo.

— ... E, no entanto, sou o que no universo existe de mais radicalmente oposto a ti. Por isso nunca antes tomaste consciência de mim, nem eu de ti. Somos tão diferentes, meu irmão, que temo que por mais que eu tente explicar-te a minha natureza, jamais o teu espírito conseguirá entender totalmente a essência daquilo que represento. Tu és o Francisco, ou o ser que responde por esse nome, que se relaciona diariamente com outros seres e luta dia após dia pela sua própria existência e pela legitimação dessa existência. Tu és o Eu em toda a sua plenitude. Acontece que o criador do universo era um gajo com umas ideias engraçadas, mas obcecado pelo equilíbrio, e não permitiu que existisse o frio sem o calor, a dor sem o prazer, o ruído sem o silêncio. Em suma, não há ser sem não--ser, sem a sua negação. Tu és o Francisco, eu sou o Não-Francisco, a negação do Francisco. Somos opostos, meu amigo. Só apareci, aliás, com o aspecto do teu corpo, porque seria impossível teres a percepção da minha fisionomia real, que é nenhuma, porque eu sou a negação do Eu. Para falar a linguagem de que vocês, juristas, tanto gostam, digamos que tu és o Francisco em sentido formal, precisas do verbo e da forma para existir, eu sou o Francisco em sentido material, a parte da tua alma que existe para lá da linguagem e dos conceitos. Por isso só tenho existência quando tu bloqueias o teu eu, quando o aniquilas e te esqueces da tua própria existência para mergulhares sem bóia de salvação no inconcebível vazio do universo. Por isso nunca nos encontrámos, é impossível estarmos os dois juntos num mesmo local ao mesmo tempo. O F ou o ~F, o Francisco ou o Não-Francisco. O ser não pode coabitar com o não-ser, foi a conclusão a que chegou Aristóteles e é a única das supremas leis da criação a que os homens alguma vez terão acesso.

Parei por instantes para digerir aquelas palavras. Todo eu palpitava de estranheza.

— Bom, mas se eu sou Eu e tu és a minha negação, e se estamos juntos na amena cavaqueira, então...

— Sim — anuiu ele, adivinhando as minhas palavras e como quem já estava à espera delas. — É exactamente isso!... Então este nosso encontro é um paradoxo, uma aberração da natureza.

— Porque vieste ter comigo? — perguntei.

— Porque vieste TU ter comigo? — ripostou. — Tanto quanto sei, estava em repouso, e tu, subitamente, apareceste à minha frente. Nunca antes te vi, mas soube logo que eras tu... Tal como tu provavelmente soubeste por instinto quem eu sou, ou melhor, quem eu *não sou*.

Senti um arrepio na espinha por ver que, afinal de contas, ele parecia não saber mais do que eu sobre a nossa situação. Ali estávamos os dois, um ser e um não-ser, em pacata conversa. Ignorávamos quem, como e por que razão nos juntou, mas sentia em relação àquela criatura tão igual e tão diferente de mim uma grande empatia. Poderíamos até vir a ser amigos, se não fôssemos opostos.

— Não ando satisfeito! — desabafei. — Há tempos que um mal-estar insuportável me fermenta no espírito. Trabalho, como, durmo, leio, e nada do que existe me consegue satisfazer. Por isso deixo-me embalar na contemplação do vazio; tenho sede de não-ser porque o Ser me decepciona um pouco. Que achas disso?

— Como queres que saiba, pá? Assim que as tuas preocupações e conceitos mundanos profanam o transe, eu pura e simplesmente desapareço e és tu quem assume o controlo. Da tua vida nada sei, nem quero saber. Talvez isso seja por não ires à igreja todos os domingos, ou por leres demasiados romances deprimentes, ou simplesmente por estares a passar por um período stressante. Não tenho quaisquer respostas para ti, lamento.

Soou um alarme estridente. O terror desceu ao seu rosto e ao meu. Não sabíamos de onde vinha, mas sabíamos ter algo que ver com aquela nossa conversa. Tínhamos feito algo de mau, tínhamos transgredido as leis do equilíbrio da Criação. Ambos corremos espavoridos em sentidos opostos, como os gnus acossados por um leão dos documentários da vida selvagem.

A campainha estridente do despertador puxou-me das profundezas do sono para os primeiros raios de Sol filtrados pelos orifícios da persiana. Numa fracção de segundo, lembrei-me do meu sonho. Teria aquela personagem sido um mero sonho meu ou serei eu um mero sonho dela?

Quando tentei rever mentalmente as imagens da noite que findara, esbarrei num muro de esquecimento. Pelos vistos, o zeloso censor da minha mente apressara-se a codificá-las, como se fossem um canal porno por cabo. Ergui-me da cama desolado com aquela sensação de orfandade de saber ter tido um sonho extraordinário, mas não conseguir lembrar-me dele, apenas de fragmentos. A sensação estúpida de quem não consegue ver a floresta por ter árvores a tapar-lhe a vista.

V

Saí do escritório ao final da tarde, ainda o sol não dava sinais de fraquejar e o calor colava-me as calças às pernas. A atmosfera da rua parecia ondulante e liquefeita, com multidões sonâmbulas pairando de boca aberta para sorver improváveis partículas de oxigénio no meio do ar abafado da Avenida da República, enquanto caminhavam, cada um *na sua*, rumo à bocarra aberta do metro. Passei por casa para mudar de roupa e relaxar um pouco, antes de ir para o compromisso dessa noite.

Três horas depois, estava no interior de um bloco de apartamentos na margem sul, premindo a campainha da porta de casa do meu amigo Daniel. Dos confins do apartamento respondeu «já vou!» uma voz floreada que sabia a aventais dobrados e azulejos reluzentes de WC. A porta abriu-se e dela surgiu a cabeleira morena da Cristina, a mulher com quem o Daniel vivia.

— Olá, Francisco, já chegaste? Vieste cedo. O Daniel ainda deve estar preso no trânsito, mas entra.

A casa deles tinha o ar gélido e asséptico de uma sala de espera de clínica de dentista, com móveis de um minimalismo espartano e obsessivamente arrumada. Não pude deixar de sorrir, ao lembrar-me do caos apocalíptico que era o quarto do Daniel quando éramos estudantes. Sentei-me no sofá. Um martini? Não, não, obrigado, mas se tiveres um Porto aceito. Fizemos conversa de circunstância, para nos furtarmos à dor de ouvir o nosso próprio silêncio mental e de constatar que nada tínhamos a dizer um ao outro. Todos os amigos de juventude do Daniel a olhavam com uma certa desconfiança e tinham longas conversas de café sobre que raio de mulher seria esta que conseguira converter o Daniel, o grande rebelde polígamo, o terror de todos os pais de meninas do Feijó, à pacata vidinha conjugal, feita de roupa a cheirar a lavanda e passeio no centro comercial ao domingo.

— Como vão as coisas no trabalho? — perguntou.

— Mais ou menos. Ando meio saturado daquilo. Duvido que seja o que quero fazer pelo resto da vida — respondi, com toda a sinceridade.

— Ora! — replicou ela num tom de admoestação de professora primária. — Trabalho é trabalho, não foi feito para se gostar ou deixar de gostar. E não és nenhum escravo, deves estar a ganhar bem, certo?

— Ah, pronto, realmente isso muda tudo! Desde que se ganhe bem, está tudo bem! — respondi sarcasticamente.

Sem ter percebido o cinismo, a Cristina sorriu com ar maternal como quem diz: «Vês, quem é que tinha razão?»

— Mas já defendeste criminosos, tipo pedófilos, assassinos? — perguntou excitada, e eu via os seus olhos pequeninos a brilhar perante a ideia macabra e sedutora de estar perante um homem com as mãos manchadas de sangue.

— Ná... Por um lado, quase nunca pomos os pés no tribunal, é uma advocacia mais recatada. E por regra os nossos clientes são grandes empresas, institutos... Os pedófilos e assassinos normalmente não têm dinheiro para recorrer a nós.

— Ah bom... — suspirou, mas não de alívio, antes de decepção.

— De qualquer forma, a partir de sábado tenho uma semana de férias para pôr as ideias em ordem — concluí.

— Fazes bem! Vais para algum lado ou ficas por casa? — perguntou a Cristina.

— Vou passar uns dias a casa do Faria e da mulher, no Alentejo — respondi.

Por breves instantes, o sorriso dela caiu e abriu exageradamente os olhos, admirada.

— A sério? Bom, eu conheço-o mal, a ele e à mulher... Mas dá-me a impressão... Posso estar enganada... Eles não são um pouco... Não direi estranhos, mas *diferentes*? — perguntou ela, hesitante.

E eu fiz um esforço olímpico para não irromper às gargalhadas com o cuidado que ela pusera na escolha de cada palavrinha, como se as seleccionasse com uma pinça.

42

Sim, serão diferentes. O Faria é alguns anos mais velho que eu. Mudou-se para a terra dos pais, Cercal do Alentejo, perto de Vila Nova de Milfontes, depois de terminar os estudos, e trabalha como veterinário, mas não daqueles que tiram espinhos das patas dos *caniches* das *madames* e dão clisteres a hámsteres — veterinário a sério, dos que ajudam as éguas a parir, vacinam touros ferozes e chegam a casa à noite atolados em estrume até às coxas e ainda assim com um sorriso no rosto. Lá conheceu a Sandra, que tal como ele acabara de terminar um longo desterro em Lisboa para tirar um curso na universidade. Casaram e apaixonaram-se por um monte com uma casinha arruinada, no meio do campo, e compraram-na a um velhote que fez até um preço mais barato por serem da terra, porque o velho tinha mágoa em vender aquilo a algum pacóvio de Lisboa que estragasse a paisagem fazendo ali um casarão com piscina. Desde então têm vivido naquele cu-de-judas uma vida serena de santos pagãos, longe da poluição mental da cidade, vendo o Sol desfazer-se em gema pelo céu sobre os montados ao fim da tarde, rebolando sobre as urzes, fazendo amor à sombra do sobreiro de estimação. Não deviam nada ao mundo e o mundo não lhes devia nada a eles. E há poucos anos tiveram uma filha, a Teresinha. A última vez que a vi ainda não andava.

Mas a minha anfitriã não ia com a cara deles. Na verdade, como me dizia o Daniel, ela não gostava de nenhum dos nossos melhores amigos: ao Miguel considerava-o um lunático irresponsável, mas nada que se comparasse à aversão instintiva que sentia pelo Faria e pela Sandra, apesar de só ter estado com eles uma ou outra vez na sua vida. O seu espírito impregnado de subúrbio não concebia qualquer mérito em alguém que abdica de um lugar no circo máximo para se pôr à margem da voragem consumista, e imaginava o casal como duas criaturas desalmadas, longe dos olhares do mundo, logo, da moral, vivendo em deboches indescritíveis e dançando à volta de fogueiras embriagados na penumbra do campo em longos *sabaths* demoníacos.

Entretanto, ouvimos a chave rodar na fechadura da porta, e entrou na sala o Daniel, contorcendo-se para não deixar cair dois enormes dossiês que tinha presos nas axilas, enquanto dum braço pendia a mala e do outro, outro dossiê. As suas olheiras morenas sorriram na minha direcção. Pousou as tralhas e estendeu-me a mão com um esgar exausto.

Ao jantar percorremos os nossos amigos de infância, num longo percurso de «E o que é feito deste e daquele, sabes alguma coisa daqueloutro?», até que chegámos à dura conclusão que falháramos como geração. Uma colheita humana de quem tanto se esperou, que nos bancos da escola mostrava tanta inteligência e ambição, que seriam todos um dia presidentes da república, neurocirurgiões, arquitectos consagrados, que tinham tudo para se dar bem na vida, e que agora ou mantinham a cabeça baixa e definhavam de tédio, ou abandonavam o ringue a meio da luta. Uma geração que começou a bocejar perante as luminescências vertiginosas da era digital, com o conforto asséptico e com selo de aprovação da União Europeia, que se enfadou com o sacrossanto tríptico casa-carro-família e com a liberdade encalhada entre dois rabiscos da agenda. E eu pensei — e tenho a certeza de que ele também pensou o mesmo —: o que é que poderá ter corrido mal? Seria o facto de nos terem prometido um mundo de paz, sem comunistas malévolos espreitando com as suas bombas nucleares e ginastas olímpicas de sete anos sem rosto, e do nada ter surgido um sujeito de bengala e turbante que com dois *boeings* transformou as nossas esperanças num gaspacho de sangue e angústias geopolíticas? Teriam sido as teorias pedagógicas dos manuais de criação de peluches humanos que exortavam os nossos pais a perguntar: «O que é que tu fizeste, achas que isso está correcto?», em vez de distribuírem tabefes? Ou teremos sido nós que tivemos a culpa, porque pura e simplesmente não temos estofo para aguentar tudo isto?

Entre os nossos amigos da juventude, havia o Miguel, com a sua barbicha negra e sorriso cavado e luminoso de *mojahedin* afegão, que nos tempos da escola era de longe o mais genial de todos nós, e que resolvera, quatro anos atrás, desistir dos estudos e adiar um futuro brilhante sob os padrões de brilhantismo da sociedade, e deambular livremente pela Europa, viajando, conhecendo gente, tal como os vagabundos do Kerouac, ganhando o necessário para manter o seu estilo de vida nómada através de pequenos biscates pelas capitais europeias.

Nunca lhe escrevo, pois ele não tem morada certa, vai antes saltitando de espelunca em espelunca; limito-me a sorrir de cada vez que vejo na caixa do correio uma carta com selo de um país diferente, é sempre uma surpresa.

Diz ele que o homem sério (e ele divide ironicamente a humanidade entre os sérios e os não sérios, identificando-se com estes) tem todo o tipo de preocupações com as prestações do T2, o patrão que lhe dá cabo do juízo, a torneira escangalhada que impõe o compasso dorido do gotejar durante toda a noite, a revisão dos dez mil quilómetros, não sobrando tempo nenhum para crescer como pessoa. Ele, pelo contrário, só tinha duas preocupações materiais na vida: ter dinheiro para comer e para dormir num sítio minimamente decente; todo o resto do seu tempo era dedicado a praticar a virtude, a cultivar-se e a gozar a vida. Ele por lá andaria, nalguma colmeia de gente onde ninguém sabe o seu nome, passando as noites na galhofa em bares com pessoas bizarras acabadas de conhecer, sorvendo de cada uma um pedaço de sabedoria, não se apegando a lado nenhum nem a ninguém. Secretamente, invejava-lhe o estilo de vida, ele é que sabia viver! Por vezes sentia-me culpado por reconhecer o meu enfado, mas ser incapaz de dar o passo a seguir, largar tudo como ele fez. De tal forma os valores da sociedade se encontravam invertidos no meu espírito que dava comigo a censurar-me a mim próprio, advogado com uma carreira promissora à frente, repetindo a mim mesmo que deveria era pôr os olhos nele, um vagabundo, que ele é que estava certo, e não eu. Muitas vezes sentia uma tentação quase indomável de me enfiar no comboio e juntar--me a ele na sua vida boémia e livre. Mas naquele momento não sabia ao certo onde ele estava e tinha a estranha sensação de que nunca mais iria voltar a vê-lo. Era sinistro.

Até o Faria, o único do nosso grupo de amigos que vive em verdadeira paz de espírito, o conseguiu desertando da vida cinzenta da cidade, tornando-se, para os que ficaram numa espécie de fantasma romântico, um herói mitológico moderno. Espero que os dias que vou passar junto dele e da Sandra me transmitam alguma da sua serenidade.

Enquanto estava submerso nos meus próprios pensamentos, a minha atenção dispersou-se por momentos da conversa do Daniel. Ele estava a contar-me qualquer coisa do escritório, e os lábios da Cristina tornaram-se rígidos e gélidos, e ela fez um comentário baixinho para o marido. Ele estalou a língua e abanou a mão em sinal de enfado. No momento a seguir, ela gritava furiosamente, com as bochechas infladas de sangue e vinho, gesticulando no ar.

— Que queres que te faça? Eu não gosto dessa mulher nem das confianças que toma contigo! — berrou.

— Mas ouve, Cris, eu já te disse que não aconteceu nada, nem eu deixava que acontecesse. Não vamos fazer um escândalo com o Chico aqui, pois não?

— Não me interessa! — gritou ela mais alto. — Não posso estar descansada sabendo que no escritório essa gaja passa todo o dia a fazer-se a ti feiamente!

— Foda-se, Cris! É minha chefe, que queres que eu faça? Que lhe diga: «Olhe, não posso ficar em reunião consigo para lá das sete horas, porque você é uma oferecida e a minha mulher não gosta?»

O «foda-se!», forte e retumbante, caiu-lhe no rosto como um punhal no peito. Lívida, a Cristina empurrou para trás a cadeira e correu para o quarto, soluçando baixinho. E eu, pálido de horror, afundava-me na minha cadeira, rezando a algum deus desconhecido que me tirasse daquele filme. Era amigo do Daniel e gostaria de poder dizer algo para ver se compunha as coisas, mas também não queria passar por metediço. Fiquei em silêncio, sentindo-me culpado por estar ali, corpo estranho no epicentro duma cena tão doméstica que chegava a ser obsceno estar eu ali a assistir.

Ele ainda pensou levantar-se e tentar chamá-la à razão, mas mal arrastou a cadeira, concluiu que era inútil, e voltou a sentar-se. Olhou-me por instantes com a compaixão de quem sabe que naquele momento eu só desejava um buraco para me esconder, e corou de vergonha.

— Desculpa lá esta cena, pá. A sério... Não tinhas de assistir a isto. Ela não pode beber uns copos a mais que fica logo completamente paranóica... — disse-me.

— Paranóica, o caralho! — guinchou a voz dela, do outro lado da casa, e estacámos por instantes de boca aberta, desenhando um rotundo ô de «porra!» com os extraordinários ouvidos da Cris.

— Ouve! — murmurou ele ainda mais baixo, com a voz empastelada pelo álcool: — Estavas a dizer que para a semana vais para casa do Faria... Vou fazer tudo para também aparecer por lá. A Cris não os grama lá muito, mas acho que com jeito a convenço a ir... Pá, senão vou só eu, 'tou-me nas tintas. Passar um bocado contigo e com o Faria vale bem a pena, vai ser tal e qual como nos velhos tempos! — e plantou uma ênfase teatral na frase: — Não vai estar lá o nosso pessoal todo, mas enfim, é a vida...

Aproveitei a primeira oportunidade para olhar para o relógio e despedir-me do Daniel, desculpando-me com o sono, e deixei-o a sós para ir implorar à Cristina que lhe abrisse a porta do quarto. Senti-me um profanador de caixinhas de segredos, e precisava urgentemente de deitar a cabeça na almofada.

VI

Na noite de quarta-feira telefonei a todos os meus conhecidos que pudessem ter algum haxixe ou erva para vender. Alguns não tinham nada, enquanto outros estavam fora da cidade, de férias. Um malandro que se preze não trabalha, faz uns biscates e só de vez em quando.

Restava-me ligar para o número do Zuca. Quase tremia, só de pensar.

O Zuca era o típico rufia suburbano: cabelo rapado, ombros largos, olhos pequeninos, juntos e com um certo brilho malévolo omnipresente. Conheci-o através do Daniel, de quem ele fora colega na escola preparatória. Até aos doze anos, aqueles dois eram grandes companheiros. Desde cedo, quer um, quer o outro, demonstraram uma séria queda para o mundo dos negócios. Depois, um tornou--se economista e o outro, passador de droga. A vida é mesmo assim, suponho... Apesar de ser amigo de amigos meus, o Zuca era o tipo de mânfio com o qual as pessoas normais não queriam ter nada que ver. Eu próprio apenas fazia negócio com ele uma vez esgotadas todas as outras alternativas. Não que me sentisse ameaçado na sua presença — na verdade, por alguma estranha razão, ele parecia simpatizar especialmente comigo —, mas era o tipo de pessoa que atraía toda a espécie de sarilhos, e eu não fazia questão de estar por perto quando eles surgiam.

A experiência da única noite em que fui com ele e mais uns quantos amigos comuns a uma discoteca ficou-me de emenda. Assim que mergulhámos no mar de gente dançando ao som electrizante da música, o Zuca detectou de imediato a rapariga mais atraente que lá estava e dirigiu-se até junto dela, afastando-se do nosso grupo com o seu andar ondulante de *gangster*.

Enquanto dançava, observei pelo canto do olho o Zuca a meter conversa com a rapariga, pondo aquele ar de durão e rebelde que nele saía naturalmente. Ela não pareceu impressionada, e deixou bem claro o seu desinteresse. Vencido, o Zuca voltou para junto de nós.

Passados uns minutos, outro tipo saiu do meio da multidão e resolveu tentar a sua sorte com a mesma miúda. Reparei que o Zuca se mantinha atento às movimentações que estavam tendo lugar para aqueles lados. Não tardou muito até que o rapaz e a rapariga estivessem abraçados, beijando-se enquanto dançavam. Virei os olhos para o Zuca, e o seu olhar apavorava, tal a fúria que irradiava daquele seu rosto malévolo.

— Psst, Francisco! Anda cá! — chamou-me, enquanto me puxava para junto de si — 'Tás a ver aquele filho da puta, além? Quanto vai uma aposta em como esta noite não vai acabar sem que eu arranje uma razão qualquer para lhe aviar uma pêra?

— Estás doido! — exclamei.

— A sério, chavalo! Vais ver!

O seu olhar sério, enquanto tentava fazer-me entender que não estava a brincar, fazia lembrar o olhar de um louco. Eu sabia que, a partir dali, seria impossível dissuadi-lo.

O grupo de pessoas com quem nós estávamos dançava disposto em círculo fechado e, ao longo das músicas seguintes, este círculo foi-se aproximando do local onde estavam o rapaz e a rapariga, sem que o resto das pessoas desse conta. Na verdade, era o Zuca que, sem que os outros se apercebessem, os conduzia como queria ao longo da pista de dança, afastando-se de forma progressiva e sendo instintivamente seguido pelo grupo.

Quando o Zuca se encontrava praticamente costas com costas com o rapaz, chicoteou-me a parte de trás do pescoço com um tabefe amigável. Respondi com um pequeno encontrão, igualmente amigável, e o Zuca atirou-se teatralmente para trás, vindo chocar com o pobre rapaz, mais precisamente com a ponta incandescente do seu cigarro.

O terrível Zuca havia planeado a cena ao milímetro. Duvido que um encontrão meu movesse aquele tipo enorme e maciço um milímetro, mesmo que eu aplicasse toda a minha força com a intenção de o derrubar.

— Cabrão, queimaste-me! — gritou o Zuca, chegando o peito à frente.

— Tu é que vieste para cima de mim, ó palhaço! — replicou o outro.

«Pronto, já está. Acabas de traçar o teu destino», pensei, dirigindo-me mentalmente ao rapaz: «Se ao menos tivesses respondido com bons modos...»

Mas logo concluí que os bons modos não fariam diferença alguma.

As luzes da discoteca começaram a faiscar ao ritmo alucinante da música, toda a multidão parecia agora mover-se em câmara lenta. Em câmara lenta, vi o Zuca investir sobre o rapaz com uma poderosa cabeçada, acertando-lhe em cheio no rosto, vi-o cair ao chão em câmara lenta e levantar-se tentando estancar com a mão o sangue que lhe jorrava abundantemente do nariz, o Zuca arremetendo com o punho contra a cara do rapaz, uma, duas, três vezes em câmara lenta e a multidão formando uma clareira em redor dos dois, o rapaz prostrado no chão, inspirando e expirando em câmara lenta, enquanto eu e as outras pessoas do meu grupo tentávamos arrastar o Zuca para fora de cena. Tudo isto em câmara lenta, e nuns poucos segundos.

O Zuca morava sozinho num prédio de habitação social, na Trafaria. Eu aproveitara para jantar com os meus pais, em casa deles, e combinara ir ter a casa do Zuca depois.

Toquei à campainha da porta e o ruído do focinho do seu *pit bull* farejando o chão, do lado de lá da soleira, gelou-me a alma.

Fiquei surpreendido ao ver o Zuca vestido de forma adorável, com uma camisa azul, calças de algodão beges, e calçando uns sapatinhos de vela. O oposto do seu estilo habitual, feito de roupas largas à mânfio de subúrbio negro norte-americano. Definitivamente, havia ali qualquer coisa que estava a escapar-me.

— Entra, Francisco. Ainda não conhecias a minha casa? Se soubesse com mais tempo que virias visitar-me, teria dado uma arrumação a isto! — disse ele.

O Zuca proferindo uma frase completa num português irrepreensível, e sem pelo meio enxertar um único palavrão? Algo não batia mesmo nada certo!

Convidou-me a sentar no sofá, afastando com as mãos uma colectânea de poemas de Alberto Caeiro e *Os Maias*.

— Algumas leituras para me entreter à noite — explicou, ao ver o meu espanto. — Ando a devorar livros, ultimamente. Completamente viciado mesmo!

Mais uma campainha de alarme que soa na minha mente. O ZUCA A LER??!! Estaria o homem doente?

— Não conhecia essa tua faceta, Zuca! — comentei, incapaz de me pôr completamente à vontade porque mantinha um dos olhos vigiando todos os movimentos do *pit bull*, que também parecia mirar-me ferozmente de lado.

— Pois, pá! Decidi mudar de vida. Acredites ou não, já tenho vinte e oito anos! Arranjei trabalho num *call centre*. É uma merda, mas é só até encontrar qualquer coisa melhor. E até já fiz exames para ir estudar para a faculdade, à noite. Vou para Direito. Tu estudaste Direito, não foi?

Normalmente, irritava-me a mania da sociabilidade que têm todos aqueles que se dedicam à venda de haxixe. Ao contrário do traficante de outras drogas mais pesadas, o típico *dealer* de haxixe é incapaz de dizer o preço, receber o dinheiro, entregar a mercadoria e despedir-se do comprador sem mais delongas. Quem quer comprar, tem necessariamente de ficar, pelo menos, meia hora a entretê-lo com conversa de chacha e fumar um pouco da mercadoria com ele, como se fossem os maiores amigos do mundo. Isto porque a maioria deles se vêem como eternos amadores. «Eu cá não sou traficante de drogas!» — devem pensar, com desdém. «Apenas desenrasco umas línguas de *xamon* para conhecidos meus!» Contudo, daquela vez eu estava mesmo interessado na conversa com o Zuca, curioso com aquela sua súbita reviravolta. O problema é que nem sabia o que dizer, tal era o meu espanto. Quando ele me tocou, para se certificar de que eu estava atento, limitei-me a murmurar: — É a vitória do doutor Jeckill sobre o mister Hyde!

Pediu-me para explicar o que queria dizer com aquilo e falei-lhe do romance do Louis Stevenson sobre o médico afável e benemérito que descobre uma fórmula química, que experimenta em si mesmo, e que faz com que ocasionalmente se transforme num sujeito monstruoso.

— Boa, boa! — disse ele. — Hás-de emprestar-me esse livro! O que eu gosto em ti, Francisco, é que és um tipo culto e educado, com quem se pode ter uma conversa interessante. Não és como as minhas más companhias, que só aparecem para me visitar quando querem comprar droga!

Corei de vergonha por ter visitado o Zuca com a intenção única de desviar aquela alma regenerada para maus caminhos. Depois de ouvir aquilo, não teria lata para lhe perguntar se tinha haxixe para vender e a viagem teria sido em vão.

O Zuca continuava a queixar-se amargamente dos companheiros das suas antigas lides:

— Umas bestas, só pensam em copos e drogas e sexo! Não têm aspirações, não têm erudição, não têm a nossa fineza, a nossa sensibilidade! — dizia, enquanto dava pontapés no lombo maciço do *pit bull* para o afastar, ao ver que eu me sentia incomodado por o cão rondar perigosamente as minhas pernas.

Não me contive. Esbocei um início de gargalhada perante a ideia do Zuca assumindo-se como um homem fino e sensível. Ele reparou e fez um esgar de censura. Lembrei-me então de que o homem com quem falava, apesar de se encontrar a meio dalguma estranha metamorfose, continuava a ser o Zuca, um tipo enorme e capaz de deixar-me estendido no chão com um leve piparote.

— Bom, mas a que se deve tamanha mudança na tua vida? — perguntei, para deitar alguma água na fervura.

— Alexandre, não perguntas ao teu amigo se não quer tomar nada? Que espécie de anfitrião és tu? — indagou uma rapariga bonita, que entrou subitamente na sala.

Sem que o Zuca tivesse respondido à minha pergunta, soube instintivamente que a razão da sua mudança estava ali, de pé, a falar com ele.

— Então, Alexandre, não me apresentas o teu amigo? — insistiu ela.

Parecia estar a fazer de propósito, chamando o Zuca pelo seu nome próprio, que eu nunca na vida ouvira, como que tentando exorcizar qualquer réstia do velho Zuca que ainda sobrevivesse no seu Alexandre.

— Francisco, esta é a Marta, a minha namorada. Ela tem sido uma verdadeira revolução na minha vida!

Conversámos animadamente sobre os seus planos para o futuro, sobre os estudos universitários a que o Zuca tencionava dedicar-se, sobre música e leituras. Uma conversa absolutamente normal, para não dizer mesmo erudita.

O Zuca contou-me ainda que ele e a namorada planeavam ir em breve passar uns dias a Porto Covo, na costa alentejana, em casa de uns amigos dele. Quando soube que iria para casa do Faria, a escassos quilómetros daquela localidade, garantiu-me que me telefonaria para combinarmos qualquer coisa. Assenti, dizendo algo como: «Sim, sim, era uma boa! Nós depois combinamos!», mas intimamente convicto de que ele acabaria por não o fazer.

Por volta da meia-noite, despedi-me do Zuca, pois na manhã seguinte teria de trabalhar. Ele acompanhou-me até à porta e abriu-ma educadamente. Quando já me encontrava de costas, dirigindo-me para as escadas do prédio, ouvi-o gritar:

— Eh, Francisco! Apanha!

Assim que me virei, um pequeno embrulho castanho acertou-me no peito. Lá dentro estariam umas cinco gramas de bom pólen.

— Há um bocado ficaste à rasca quando disse aquilo sobre o pessoal só vir ter comigo para comprar droga, não ficaste? — perguntou, com o sorriso malévolo e gozão do velho Zuca que eu conhecia.

Ia agradecer-lhe e perguntar quanto era, mas o Zuca fez um sinal negativo com os dedos.

— Essa é por conta da casa. Mas volta cá mais vezes, pá. Quer seja para fazer negócio, quer para discutir livros, és sempre bem-vindo!

— Então apesar dessa tua mudança, ainda estás no mercado? — perguntei.

— A Marta não sabe nem precisa de saber. De qualquer forma, já não fumo, só vendo. Afinal de contas, não é a trabalhar no *call centre* que vou sustentar o curso de Direito!

— Não há melhor forma de aprender as leis do que a violá-las! — gracejei.

— Tomo isso como um pedaço de sabedoria vindo da voz da experiência! — respondeu.

Ao descer as escadas, cruzei-me com um tipo bem-parecido, de *blazer* — o tipo de pessoa que outrora tentaria ter o mínimo contacto possível com o Zuca —, que foi bater à mesma porta por onde eu saíra. Via-se-lhe nos olhos que ia com a mesma intenção com que eu lá fora. Voltei para casa, bem-disposto com toda aquela cena. Com tão radical mudança de atitude, o Zuca, conscientemente ou não, dera o maior golpe de *marketing* da sua carreira de empresário em nome individual!

VII

... E hoje, na última quinta-feira de Julho, fez-se luz. Creio ter descoberto a solução do Mistério que há tempos me consumia o espírito. Ou talvez não tenha, afinal, mas a verdade é que essa questão perdeu todo o interesse.

De manhã, o engarrafamento de sempre pelas avenidas; eu, no meio de outras criaturas, cada uma enfiada nas respectivas camisa e gravata, cheirando a água-de-colónia e ruminando a luz agressiva da manhã na moleza da procissão penosa que ora parava, ora arrancava num soluço colectivo de embraiagens. No escritório, o mesmo sorriso filho-da-puta estampado num rosto de um advogado que por lá andava saudou-me com contentamento cínico. A sua cabeça era grotesca e risonha como a de um demónio azteca, presa por uma gravata de seda como se fosse um balão de criança, já sem todo o seu fulgor, mas ainda com hélio suficiente para se manter no ar (fantasiei nessa manhã picar aquele rosto com um alfinete malévolo, para vê-lo disparar contra o tecto e paredes, num silvo de balão furado, até cair no chão sob a forma de rodilha amalgamada de gengivas, sobrancelhas e rugas da testa, sempre com a gravatinha de seda atada).

Os tribunais estavam de férias desde meados do mês e ultimamente não havia muito trabalho para fazer no escritório. Os sócios pairavam em mangas de camisa, distribuindo pancadinhas nas costas e curtas palestras à nova fornada de jovens estagiários, cheia de sonhos e expectativas de futuro. Parei por um bocado a olhar para eles, todos tinham o ar ingénuo e vulnerável de quem acaba de ser desmamado. O negócio estava a correr bem, os lucros da sociedade eram vinte por cento superiores aos do ano passado pela mesma altura, e os departamentos competiam entre si para ver quem conseguia fazer mais dinheiro. Os tipos das falências andavam particularmente radiantes. E nós, estagiários, forjávamos um sorriso de euforia postiça, como se aquelas notícias nos dissessem realmente alguma coisa.

Como o dia estava calmo no escritório, permiti-me um almoço mais longo com três colegas estagiários nas mesinhas corridas do centro comercial, encaixados entre adolescentes borbulhentos que esfrangalhavam com os aparelhos dos dentes hambúrgeres gordurosos. A Madalena Vasconcelos de Saavedra olhava em redor, absorta, em movimentos de periscópio, quem sabe se ansiando ou temendo encontrar alguém conhecido. Os meus outros dois colegas, o Armando e um outro, conversavam animadamente. Da algazarra das manjedouras do centro comercial saiu de repente uma indiana gorducha e atarracada, envergando a bata aos quadrados verdes e brancos e o crachá com o nome, da empresa de limpezas.

— Importam-se de levantar o tabuleiro para eu passar com o pano na mesa?

Os quatro levantámos o tabuleiro em perfeita sincronia, e ela, num gesto marcial e implacável, deixou a mesa reluzente de humidade. Chamou-me a atenção o seu olhar vago e distante. Por onde andaria o espírito dela? Provavelmente nalguma margem remota do Ganges, onde as crianças se banham junto ao local onde se atiram as cinzas cremadas dos anciãos. Aquela zelosa filha de Sudas faria o seu ultimato a centenas de pessoas por dia, e elas prontamente levantariam os tabuleiros sob a ameaça do seu farrapo molhado de água e detergente; prestaria contas do trabalho feito ao supervisor; diria «aqui tem» com um sorriso suplicante ao revisor do metro assim que ele lhe pedisse o passe social, centenas e centenas de pessoas diariamente entrando e saindo da sua vida sem que ela comunicasse com uma só, porque o seu espírito vagueia distante, abandonando no corpo um rosto neutro e órfão de qualquer emoção. Imagino que naquela última semana antes das férias a minha expressão não fosse muito diferente da dela, pois também o meu espírito vagueava sem trela por outros mundos, alguns distantes, outros mesmo utópicos.

Num instante de lucidez entre dois pensamentos que cruzaram a minha mente como nuvens, ouvi a Madalena gabar-se.

— Eu não devia dizer isto — confessava ela —, mas o Dr. Mário Fernandes fez-me saber, no outro dia, que os sócios estão bastante impressionados com o meu trabalho na sociedade e é bem provável que fique a trabalhar lá. É claro que ele não disse por estas palavras, mas a ideia é esta.

— Isso é óptimo! — respondia o outro. — Quanto a mim, ainda não sei nada, mas acho que mereço ficar lá! Sou mais dedicado do que muitos outros estagiários que para lá andam...

E pode ser que ande com a paranóia da perseguição, mas senti que, sem virarem os olhos, as suas mentes pousaram em mim e que aquela dica me era dirigida. Na verdade, aquela boca poderia ser também dirigida ao Armando, até com mais justiça, mas fiquei com a sensação de ser eu o visado. De seguida, o que havia falado virou-se para mim e disparou:

— Então e tu, Francisco? Tens planos para depois do estágio?

— Sinceramente não sei. Se me convidarem para ficar lá na sociedade a trabalhar, óptimo. Senão, também me arranjo — respondi, sem grande interesse.

— Pareces-me meio desiludido...

— Eu? Não! — menti, porque sabia que se lhes fizesse a vontade e dissesse que já não podia ver à frente aquele escritório e o seu recheio humano, com certeza não deixariam de fazer chegar o desabafo aos ouvidos de algum dos mais velhos, como quem não quer a coisa, e logo o meu patrono me chamaria ao gabinete para uma palestra paternalista sobre assumir responsabilidades.

Vejo-os como colegas, não como amigos. Isso diz tudo. É uma camaradagem de armas, egoísta, de quem resiste como pode em pequenas lutas individuais em tudo semelhantes umas às outras, mas que jamais convergem numa luta comum. São uns filhos da mãe, de qualquer forma. Não hesitariam em esmagar-me sem piedade se disso dependesse a sua ascensão na carreira. Naquela arena, ou se estabeleciam alianças interesseiras, ou dificilmente se sobreviveria. E eu, em tempos, também tivera essa determinação. Agora, tanto me fazia.

— Estou apenas cansado — concretizei. — Tem sido um ano difícil. Mas de resto, quanto maiores as dificuldades, mais cresce a motivação!

Contive-me com todas as forças para não irromper à gargalhada com o afinco com que representava o papel que aprendera. Eles, incapazes de detectar no meu rosto as marcas de uma mentira obscena (porque, no fundo, acreditavam que eu seria um deles), pareceram desapontados.

O outro terminou a conversa com um vago: «Pois bem, há que pensar na carreira...», e todos assentiram com a cabeça perante o sacrossanto dogma, menos eu. A carreira, a carreira, só sabem falar nisso! Sempre a merda da carreira! Eu não sou nenhum autocarro da Carris para fazer carreira, sou um Homem! Quero viver uma vida, não uma carreira.

Pensei por mais alguns instantes na indiana do pano molhado, que estava ainda à vista, limpando uma mesa ao fundo do enorme espaço de refeições do centro comercial, mas era já uma figura igual às outras, desarmada da força brutal com que surgira poucos minutos atrás. Impusera-nos tiranicamente a sua existência, e agora não era mais do que um ponto movendo-se na paisagem difusa. Preferia trazer de novo à mente a imagem dela junto a mim, e a força do seu «Importam-se de levantar os tabuleiros?» do que olhar para ela, agora, diminuída. Os seus lábios tinham-se realmente movido e deles saltara uma frase com ondulações sedosas de Ganges e açafrão, mas não foi ela que falou. Foram os lábios e a língua que mexeram e as cordas vocais que vibraram como a corda grave de uma viola, decerto, mas ela não nos falou, tal como eu não falei verdadeiramente aos meus colegas; limitei-me a produzir um movimento mecânico que emitiu sons com um sentido linguístico para lhes manter as mentes ocupadas. De resto, raramente falo; apenas me deixo a falar, enquanto o meu espírito vagueia, distante. Apenas falo no verdadeiro sentido da palavra quando sinto que tenho algo realmente importante para dizer ao mundo, e isso só raramente acontece, pois tal como o resto do mundo, vivo com o piloto automático ligado, respondendo a estímulos e frases feitas, como os cãezinhos do Pavlov, sem me lembrar do que fiz no dia de ontem, porque foi igualzinho a anteontem e por aí fora. Há muito que procuro o botão do *off*, mas ele está bem escondido.

Com o final da hora de almoço da maioria dos escritórios da zona, desapareceram quase todos os jovens de camisa às riscas, *after-shave* barato e pose de forcados amadores, e ficaram apenas algumas tímidas patrulhas de adolescentes mascando pipocas de enormes baldes de cartão. Demos um curto passeio por montras brilhantes que prometiam a redenção sob a forma de computadores portáteis e camisas de marca. A nossa colega Madalena entrou num cubículo onde uma multidão feminina se acotovelava para manusear bugigangas baratas e nós, por pudor, ficámos do lado de fora, de braços cruzados, com ar de suspeitos alinhados numa esquadra para reconhecimento.

— Tens aquilo que te pedi? — perguntou-me o Armando, discretamente.

— Armando, tu ainda te desgraças com a quantidade de droga que andas a fumar...

— Tens ou não? — insistiu, ansioso.

Aqueles que dizem que a canábis não vicia, deveriam conhecer o Armando. Ou, pelo menos, ver o seu olhar ansioso e suplicante.

Mais tarde, dei-lhe um pouco do que o Zuca me entregara e não lhe pedi um tostão, mas garanti que seria a última vez que lhe traria haxixe.

Regressámos ao escritório. O oxigénio de conserva do aparelho de ar condicionado arrepiou-me os pêlos das pernas grudadas às calças pelo suor e calor da rua. Lá fora, ao sol, a vida prosseguia numa moleza de plasticina. Ocupei a tarde a escrever um parecer que seria mostrado ao cliente com a assinatura de um sócio, como se tivesse sido ele a gotejar suor sobre ele durante horas; mas não conseguia concentrar-me no trabalho. A cada cinco linhas que escrevia, erguia o nariz e apreciava o ambiente à minha volta: vozes difusas e dedos supersónicos batendo em teclados de computador, por todo o lado. Acabei por levantar-me e ir até à biblioteca pesquisar algumas decisões do supremo tribunal. A biblioteca do escritório ficava ao fundo de um corredor elegante onde se situavam os gabinetes dos sócios, uma fileira de portas fechadas ou encostadas com o nome do ocupante gravado numa placa discreta. Nas paredes pontificavam pequenas serigrafias abstractas que berravam por atenção do alto das molduras. Uma delas atraiu-me em particular (e apesar de passar ali quase todos os dias, nunca antes parara para observar os quadros): o seu fundo era de um amarelo tórrido e gasto, manchado no centro por uma névoa cor de sangue; vários sóis redondos (ou melhor, esferas que a mim me surgiram imediatamente identificadas com o Sol) sobrepostos, em tons que iam do amarelento anémico ao negro corrompido pela neblina escarlate do fundo, e em contraste com eles, formas pontiagudas, linhas traçadas a régua, uma cornucópia bicuda donde nasciam espinhos e relâmpagos em forma de N que ora eram negros, ora tomavam o tom rubro do fundo. O quadro era um uivo saído da paleta de Kandinsky, que fora jurista, tal como eu, antes de deixar a sua Rússia natal para se dedicar às artes. Deixara de lado as leis, mas a obsessão pela ordem ali estava, na degradação lenta dos tons, à medida que se apartavam do epicentro da tela, no equilíbrio geométrico do caos...

— O equilíbrio geométrico do caos! — saboreei a frase como quem revolve um caramelo na boca.

Dentro de um dos gabinetes do corredor, uma voz rouca de mulher tagarelava alto em inglês com um tipo chamado John, dizendo-lhe que não se preocupasse, que eles estavam assustados e que iam conseguir um acordo muito favorável. «Faço-lhes uma proposta que não poderão recusar», concluiu ela em tom ameaçador. Mais parecia o Al Pacino a falar. E o tal John, do outro lado da linha telefónica, e eu, que do outro lado da porta encostada mirava o quadro, engolimos em seco com os ímpetos bélicos daquela mulher.

O resto da conversa foi cordial. Ela mencionou, como quem não quer a coisa, a questão dos honorários, e o pobre John decerto sabia que, se estrebuchasse, aquela amazona cair-lhe-ia em cima com toda a sua artilharia. Fui ver quem estaria por detrás daquela porta e o nome de E. lá estava, gravado na placa a azul-escuro, semelhante às placas que se colocam junto às esculturas nos museus, com o nome do artista, o ano e os materiais utilizados. Naquele instante a porta abriu-se e à minha frente surgiu o sorriso luminoso de E. Recuei um passo, sobressaltado.

— Então senhor doutor, não sabe que escutar conversas pela frincha da porta é muito feio? — perguntou com ar trocista.

— Não estava a escutar! Ou melhor, estava aqui a admirar aquele quadro e ouvi-a a falar, mas nem liguei — desculpei-me.

Ela desligou a atenção da minha desculpa atabalhoada e admirou o quadro com a curiosidade severa de júri de patinagem no gelo.

— É um belo quadro, não é? — comentou. — Tem qualquer coisa de intenso, de sangrento... A mancha vermelha do borrão no fundo, as formas pontiagudas, até as luas (as circunferências, que para ela eram luas) parecem pequenos coágulos de sangue... Intrigante!

«A mulher é psicopata!», pensei eu. «Deve ser daquelas pessoas que, ao fazer o teste do borrão, onde o comum dos mortais vê ovelhas num prado, mãe e filha de mãos dadas, um anjo, vêem antes homicídios, carnificinas, incestos.» Um arrepio trespassou-me a espinha. Que legitimidade tinha eu para pensar isso dela, logo eu, que havia semanas fantasiava estrangulá-la com brutalidade?

— O que o traz por estes lados? — perguntou ela, abandonando as divagações sobre o quadro.

— Ia até à biblioteca pesquisar umas coisas para um parecer.

— Pois está dispensado por agora... É que queria dar-lhe uma palavrinha — disse-me.

Surpreendido, fiz então sinal com a cabeça para que me dissesse o que tinha a dizer. Ela fez o mesmo sorriso malicioso de há pouco e acrescentou: «Por aqui...» Virou as costas e eu segui-a pelo gabinete adentro.

E. era daquelas mulheres que, apesar de em tudo terem o aspecto de quem tem vinte e muitos anos, viam a sua idade de trinta e muitos revelada por algum pormenor que ninguém conseguia identificar ao certo, mas do qual qualquer um se apercebia. Provavelmente o facto de a juventude da sua aparência ser demasiado coerente; é que até uma jovem de vinte anos tem alguma pequenina ruga semioculta, um cabelo branco que se descobre numa manhã de ressaca sob o clarão anémico do espelho da casa de banho. Ela não, a sua juventude era plena, logo, não era verdadeira juventude, mas sim uma espécie de benigna aberração da natureza. Pelo seu rosto já havia passado, com toda a certeza, o bisturi do talhante das vaidades, e os cabelos, que tinham um não sei quê de loiros, mas que não eram loiros, pareciam incomodados pelo penteado ortodoxo e profissional, como que dispostos a rebentar a qualquer momento numa explosão de melenas ferozes em desalinho.

Sentou-se e convidou-me a fazer o mesmo. Foi então que reparei na elegância do seu tronco esguio e na sua pose altiva. Seria tal e qual uma hospedeira de bordo, com o seu ar perpetuamente composto e cintilante de figurante de um teledisco dos Abba, não fosse o relógio caro que lhe dançava no pulso e o olhar arguto debruçado nos óculos sobre o nariz.

Foi ela a primeira a falar. Começou com um «Bom, doutor Viana», e eu, que nunca me habituei a ser tratado por esse nome, tive como de costume a sensação de que deviam estar a falar de outra pessoa, que o tal doutor Viana devia ser outro alguém, um tipo sério e aprumado, que nada teria que ver comigo. Estremeci levemente e ela reparou nisso.

— Já esteve em três departamentos desta sociedade e tem-se dado muito bem. Estamos todos muito impressionados com o seu trabalho até agora — continuou.

Sorri cinicamente, pondo a minha expressão humilde de «um tipo faz o que pode», e ela prosseguiu:

— Eu e mais umas quantas pessoas estaríamos interessadas em saber quais são os seus planos para depois do estágio...

— Bom, sinceramente não tenho quaisquer planos ainda. Neste momento estou a cem por cento concentrado no estágio, e depois logo se verá — respondi.

— Vamos, você sabe aonde quero chegar — ripostou ela. — Gostaria de ficar a trabalhar connosco depois do estágio?

Lívido, pensei no que deveria responder àquela pergunta. Detestava aquele trabalho e a sociedade, mas que iria eu fazer da vida se não fosse aquilo? À cautela, respondi que sim, que gostaria de ficar lá.

Ela esboçou um leve sorriso sarcástico, como se estivesse à espera daquela resposta.

— Tenho andado a observá-lo ultimamente — comentou, e esta frase arrepiou-me até às profundezas da alma. — Você o que faz, faz bem, mas noto que o faz sem aquéle fascínio e sede de sucesso que tem a maioria dos estagiários.

— Talvez eu não seja como a maioria dos meus colegas! — respondi.

Foi a única frase que encontrei na mente para responder àquela insinuação, mas sem querer creio tê-la temperado com um desdém mal disfarçado.

— Nisso dou-lhe razão — concordou ela. — Você não tem aquele ar suplicante e graxista dos seus colegas. Eles mais parecem cachorros em volta dos nossos pés, a mendigar atenção, para poderem brilhar por alguns minutos! Eles sentem-se eternamente gratos por nós lhes facultarmos o estágio aqui, nesta espelunca, vê-se nas carinhas deles, coitadinhos!

E ria baixinho, um riso cruel e trocista que me cativou. Eles eram, sem dúvida, ridículos, nisso estávamos de acordo.

— Agora, na sua cara não vejo essa gratidão; vejo antes alguém que sente que não deve nada a ninguém, muito menos a nós. É capaz de não estar contra nós, mas também não está verdadeiramente connosco, pois não, sôtor?

Estava estupefacto. Para quê mentir-lhe se ela tão facilmente lia na minha testa aquilo que sentia? O doutor Viana foi imediatamente sacudido com um safanão de alma, e o Francisco ia a responder, com total sinceridade, sem se preocupar com as consequências, quando alguém bateu à porta.

— Entre! — berrou ela, e pela porta surgiu um outro sócio, que a cumprimentou efusivamente.

E. apresentou-me como a mais jovem esperança da firma, com quem estava a debater os desafios que viriam dali para a frente, e acrescentou que eu estava já de saída. Era a minha deixa... Despedi-me educadamente e caminhei até à biblioteca, não sem antes deitar um último olhar furtivo ao borrão sangrento e lunar do Kandinsky.

Só voltei a ver E. no final da tarde. Fazia já os preparativos para sair, quando a sua voz rouca sussurrou por detrás de mim: — Com aquela interrupção acabámos por não terminar a nossa conversa. Como amanhã não vou andar por cá e para a semana o sôtor vai estar fora, pedi à secretária que me marcasse mesa para dois no Akira.

Disse-mo assim, de chapa. Não estava a convidar-me, mas sim a informar-me de que nessa noite iria jantar com ela.

— Parece-me bem — balbuciei, esmagado pelo poder daquela mulher. De qualquer forma, no fundo eu queria conhecê-la melhor. Aquela conversa marcara uma mudança na minha forma de olhar para ela, e agora a repulsa que sentia concorria no meu espírito com uma curiosidade obsessiva em relação à sua figura misteriosa.

— Óptimo! Seja então um cavalheiro e venha buscar-me a casa — exclamou ela.

— Onde mora? — perguntei.

— Na Praça do Areeiro, número oito, quinto esquerdo. É num daqueles prédios mais altos que fazem esquina. Apareça às oito e meia.

— Lá estarei — assenti.

Falávamos com frases curtas e rápidas, como se estivéssemos a combinar algo ilegal. Ela piscou-me o olho e despediu-se com um «Fico à sua espera». E eu fiquei de novo a sós, inquieto e com a boca a saber a absurdo.

Por volta da hora combinada, do sol abrasador daquele dia não restava mais que uma brisa morna e airosa. Os torreões dos prédios que faziam esquina no Areeiro precipitavam-se no ar, acima das antenas de televisão dos telhados vizinhos, cada um encimado pela sua esfera armilar que lembrava os tempos do império catatónico. No centro da praça, mirava-me em tom de censura a hórrida cabeça de bronze do Sá Carneiro, empalada no alto do seu monumento de betão, reinando no centro de um baldio de relva descuidada.

No alto dum desses torreões de castelo de fadas, antigas torres de vigia da muralha salazarina de Lisboa, vivia E. Toquei à campainha e a sua voz, filtrada por um emaranhado de fios eléctricos, soou pela caixa de plástico do intercomunicador num «Olá, eu desço já, é só um minuto».

E passado um minuto, E. surgiu pela porta envidraçada do prédio, com o corpo sinuoso percorrido por um vestido negro e os ombros cobertos por uma echarpe translúcida. Hesitou por um segundo à minha frente, provavelmente pensando como devia cumprimentar-me, e acabou por me dar dois beijos nas faces.

— Que tal estou? — perguntou com orgulho.

— Deslumbrante! — balbuciei.

— Você também está muito charmoso — respondeu ela.

A entrada discreta do Akira, numa zona recatada da cidade, projectava na rua uma luz fosca e intimista. Lá dentro, um japonês baixinho, de laçarote e casaca escura, deu-nos as boas-noites com um sotaque bicudo, desfazendo-se em sorrisos e curvando-se em mesuras. Pensei por instantes como era possível que este inofensivo povo de fotógrafos fetichistas e pigmeus complexados alguma vez pudesse ser neto da raça dos samurais.

Ela disse-lhe que tínhamos reserva para dois, em nome de E., e o gerente avançou pela sala.

— Por aqui, por favor...

Atravessámos a sala de jantar do restaurante, onde trintões em mangas de camisa tentavam desesperadamente ajeitar-se a transportar até à boca pedaços de *sushi* sem borrarem a toalha da mesa numa hecatombe de molho de soja. Esperava que uma das mesas vagas fosse a nossa, mas não. O empregado, agitando-se na sua casaca como uma carpa subindo o rio, conduziu-nos por uma escada que dava para o primeiro andar, uma parte do restaurante onde nunca tinha estado. E. deu-me o braço e sorriu.

O andar de cima estava dividido em pequenos compartimentos isolados por divisórias de caixilhos de madeira preenchidos por cartão branco, que faziam lembrar a casa das gueixas d'*O Império dos*

Sentidos. Algumas das pequenas câmaras estavam iluminadas, e vultos negros jantavam, sentados no chão, com a leveza onírica de sombras chinesas.

O japonês fez deslizar a calha de uma das divisórias e fechou-a, com deferência, assim que entrámos. Sentámo-nos sobre almofadas circulares, junto à mesinha rente ao chão.

— Então... Impressionado? — perguntou ela, sorrindo.

Respondi que sim, sem saber se a pergunta se referia ao local, a ela, ou a tudo. Em qualquer dos casos, era a verdade.

— É uma faceta minha que poucos conhecem lá no escritório. Para eles, sou a cabra obcecada pelo sucesso, sempre mortinha por dar nas fuças a um pobre diabo qualquer em tribunal — concluiu ela, enquanto falava com o desembaraço duma jovem delinquente da Buraca, não com o desajeito pudico que tinham as pessoas educadas quando tentavam imitar a linguagem comum da rua.

— Não me admira nada! — comentei. — Afinal, era para sítios como este que os samurais se retiravam a seguir às batalhas!

Ela soltou duas gargalhadas, tocando-me levemente com uma palmadinha no ombro.

— Você é demais! Sim, acho isto agradável. O que me irrita nos outros sítios é a falta de privacidade. Por mais fino que seja o restaurante, há sempre o empregado a espreitar pelo canto do olho e a perguntar se está tudo a nosso gosto de dois em dois minutos, vemos o tipo da mesa ao lado a engasgar-se com a sopa de espinafres, enfim... Isso repugna-me! Aqui toda a gente bate à porta antes de entrar, não aparecem assim do nada.

— Mas suponho que não convide todos os estagiários para jantar consigo aqui?...

Quando me apercebi da pergunta que acabara de deixar transpor os lábios, desejei ter um telecomando cósmico que pudesse rebobinar o tempo. Que me teria passado pela cabeça para perguntar aquilo, e que pensaria ela que eu estava a insinuar?

E. mirou-me por instantes, de sobrancelha hasteada. Menos de um segundo, que a mim me soube a séculos de purgatório. Ia pedir-lhe desculpas pela frase irreflectida quando o sorriso retomou o controlo dos seus lábios e, passando a mão pelos cabelos, respondeu:

— De facto, não convido. Mas, como dissemos esta tarde, você não é como os outros estagiários. E arrematou a frase com um piscar de olho, como se fosse um ponto final.

Subitamente tomado por um acesso arrebatador de confiança, disparei a pergunta que me carcomia o espírito desde que ela me fizera o convite:

— Era a soutôra que me deixava aquelas mensagens e poemas no meio dos papéis da secretária? — Ela sorriu e pediu-me que a tratasse pelo nome. Voltei então à carga: — Era você, E.?

— Céus! Há tão pouco tempo na sociedade e já tem admiradoras secretas? Temos de ter cuidado consigo, o Francisco é um sedutor!

— Mas diga lá! Era ou não você?

— Deixe cá ver... Poemas e mensagens deixados secretamente? Isso é tão adolescente! Certamente foi uma alma romântica! Ou alguém a picá-lo, para ver a sua reacção. Ou as duas coisas! Quem poderá ser? — questionou-se E.

— Foi você sim! — rematei, com um leve sorriso de ternura e vitória.

— Ó homem, você é tramado! Estou a dizer-lhe que não fui eu! Que quer que lhe diga? Que fui? Também posso dizer que fui eu, se isso lhe dá prazer! — exclamou E., rindo.

No momento em que me preparava para tentar novamente, alguém bateu ao de leve com os nós dos dedos no caixilho da porta de correr. Uma rapariga sorridente, de camisa branca e maçãs do rosto salientes, disse-nos chamar-se Kyoko e que estaria ao nosso serviço ao longo daquela noite. Nada de *kimono* pesado, nem rosto gorducho de lua cheia pintado de branco, nem *koto* para acompanhar num dedilhado hábil o choro de baladas esganiçadas sobre heróis lendários e flores de cerejeira, como nos filmes. Pedimos *sashimi*, para começar.

Nessa noite conversámos animadamente sobre tudo, menos o trabalho e a firma. Dias atrás tinha fantasias tétricas com o rosto de E. a sufocar nas minhas mãos e agora conversava desenfreadamente com ela, numa ânsia de cobrir todos os recantos da nossa existência naquelas horas de diálogo. Soube que era divorciada, que ligava pouco ao dinheiro porque tinha bastante, e não apesar de ter bastante, e que a única razão pela qual havia seguido aquela carreira era ter um espírito arruaceiro, que precisava de ser satisfeito de alguma forma. De resto, detestava aquela gente tanto quanto eu, desde o miserável estagiariozinho graxista que puxaria o lustro ao rabo de um superior, se ele lho pedisse, ao sócio do sorriso sacana que parece dizer ao mundo: «Sim, é verdade, nasci para o sucesso!»

Comecei a ponderar seriamente se aquela mulher não seria como eu, se não tentaria, também ela, lutar à sua maneira contra o piloto automático ao qual a rotina nos ligou a todos, recusando-se a ser mais uma cabeça consumidora no meio da vasta carneirada.

Com as maçãs-do-rosto já coradas pela potência do *saké*, perguntei-lhe no fim da refeição, simplesmente: — Tu não és uma deles, pois não?

Por breves instantes temi que ela me dissesse que era uma deles, sim, e que tudo não passava de uma emboscada, e então uma brigada da polícia do pensamento irromperia pelo cubículo, guiada por advogados sérios e bem-sucedidos, corretores da bolsa e o meu irmão mais velho, o do «havias era de pôr os olhos nele, esse é que nunca nos deu chatices», esmagando com as botifarras as divisórias de madeira e cartão, sob o olhar atónito da empregada Kyoko e do anão sorridente da casaca, para me levarem para algum centro de lavagem cerebral perdido num complexo subterrâneo das Berlengas.

Ela pensou por um momento, e respondeu:

— Não sou uma deles. Sempre tive essa sensação, de ser uma estranha em todo o lado a que vá. A maior parte dos assuntos que fascinam os outros, a mim não me dizem nada. São quase sempre subterfúgios para deixar de ouvir, ainda que por momentos, o chiar das rodas dentadas da existência.

— Também as ouves? — perguntei, extasiado.

— Muito alto... — murmurou E.

Foi então que E., como que possuída por alguma estranha força, se lançou sobre mim e me beijou os lábios com a ânsia sôfrega de quem inspira o ar ao conseguir voltar à tona da água. Os dois rebolámos pelo tapete, ao lado da mesinha, até que ela me murmurou ao ouvido:

— Do lado de lá do biombo vê-se a sombra de tudo o que fazemos aqui. Anda, vamos embora para outro sítio qualquer.

Retomámos a compostura. Tentei pagar, mas ela impediu-me:

— Pago com o cartão da sociedade e depois debitamos nos honorários dum dos clientes maiores. Não te preocupes, ninguém dá por nada. Oficialmente, estou num jantar de negócios.

À saída, o japonesinho da casaca abriu-nos a porta com um sorrisinho perverso de réptil, como se pressentisse que ali havia qualquer coisa.

O ar dentro do carro era agora quente e íntimo, como se todo o universo se comprimisse no minúsculo habitáculo. Lá fora, os carros, os vultos e os candeeiros pareciam fosforescentes e irreais — naquele momento só nós os dois existíamos intensamente, tudo o resto à nossa volta bem poderia ser uma ilusão de óptica.

Assim que E. abriu a porta para a escuridão do seu apartamento no torreão do Areeiro, vi-me sufocado contra o seu peito num abraço feroz. Foi então que me lembrei de que havia combinado encontrar-me nessa noite com a Paula, do centro budista. Ela terá ficado horas controlando pelo canto do olho a entrada para a minha casa, a ver se me via chegar e depois, furiosa, terá apagado com um sopro agressivo cada uma das velas que iluminavam as bochechas de gesso pintado do Buda, regressando por fim a casa. Podia imaginar mil e uma desculpas para dar à Paula, e sobretudo a mim mesmo, para fazer o que fiz. Podia dizer que a culpa fora do álcool, do ambiente em si, do destino ou da sociedade, que me levara a isso. Qualquer delas seria uma mentira criada para evitar assumir a escolha consciente que fiz de me embrenhar naquela que era a primeira mulher que alguma vez dera luta ao meu espírito inquieto, aceitando todas as consequências. Ela dava luta como nenhuma outra. O que distingue a mulher forte em espírito das outras é que aquela tem o poder da dominação passiva, capaz de fazer um homem desesperar sem que ele possa identificar ao certo o que ela fez para isso. Aparentemente não fez nada. Assim era E. Dela não poderia esperar que alguma vez me chamasse qu'ido ou fofo, ou que me sussurrasse promessas de amor eterno ao ouvido; esperava que me espicaçasse, que me dirigisse provocações contínuas para conhecer os meus limites. «Que se lixe a Paula!», pensei. Não podia saltar do comboio em andamento agora, nem queria.

Apertado contra o seu corpo e debaixo duma saraivada de beijos, fui conduzido a passos cegos pela escuridão, até chegar a um ponto em que me desequilibrou de propósito com o peso do seu corpo, e tombámos, abraçados, no vazio, sobre os seus lençóis. Desembaracei-me do vestido com uma ferocidade animalesca que até a mim me espantou, percorri com os lábios todo o seu corpo lânguido, semi-iluminado pelo prateado etéreo de um fio de luar que escorria por uma fresta do estore da janela. Ela respirava ferozmente, parecendo devorar o mundo inteiro a cada suspiro. Naufraguei entre as suas coxas, mergulhando no calor mais profundo da sua nudez soberba, os seus mamilos observavam-me a alma enquanto o seu olhar esgazeado repousava no vazio. À medida que os corpos suados caminhavam juntos para a catarse, um furacão de imagens, sons e cheiros luziram-me no espírito, percorreram-me a espinha, eram índios da Amazónia dançando e devorando a noite, alucinados num transe de *ayahuasca*; era uma estrela milenária engolindo galáxias num suspiro de fogo; eram fileiras de monges com cabeças enrugadas e olhares sábios de tartaruga tropeçando no cascalho dos Himalaias; era o cheiro a terra ensopada a seguir ao dilúvio, na Argentina; era o grito histérico duma mulher perante uma osga no quintal, e uma fileira de sons pescados dalguma memória distante ribombava-me no espírito, GATE GATE PARAGATE PARASAMGATE BOHDI SVAHA! Não sabia o que significava, se é que significava alguma coisa, mas algo inconcebivelmente forte impelia-me a gritá-la a plenos pulmões, libertá-la para a imensidão do universo, tinha de berrá-la, ou esmagar-me-ia. Estava prestes a soltar o grito, o maior grito da minha vida, quando a força de um intenso espasmo trespassou o meu corpo e a minha alma, e eu, esmagado pelo seu poder, deixei cair o peito sobre o seio macio de E., que arfava de alívio. As ondas de energia que varriam os nossos corpos pousavam agora no silêncio suado da noite, o mundo voltava lentamente a existir para nós, enquanto refugiados na escuridão dum abraço nos apercebíamos de novo do rugido distante dum carro que passava na rua e do tiquetaque dum relógio algures no quarto, com a mente desperta de quem ouve esses sons pela primeira vez na vida.

Despedimo-nos às seis da manhã seguinte, junto à porta da rua do prédio. Ela tinha um julgamento no Porto, e eu fui até casa para mudar de roupa. Desejou-me umas boas férias, só assim, sem promessas de telefonemas nem combinações futuras. Enfiei-me no carro e guiei pelas ruas ainda desertas da capital que despertava lentamente para os primeiros raios de Sol. O cheiro do corpo de E., ainda entranhado nas minhas mãos e faces impedia-me de pensar sobre o que ocorrera na noite anterior e de tentar explicar o inexplicável.

VIII

Sexta-feira. O último dia passado a debicar pedaços de ar respirável no meio do tumulto babilónico de Lisboa. Amanhã deixaria para trás a cidade, vendo-a mirrar até desaparecer por completo no espelho retrovisor, ao rolar sob os portais de aço da ponte 25 de Abril, rumo às paragens tépidas e remotas do Alentejo.

Entrei na atmosfera gelada e artificial do escritório com um sorriso pateta estampado nas faces. Por todos os cantos via as maçãs-do-rosto suado da desvairada E., enquanto o nervosismo perpétuo dos sócios, os esgares de enfado das secretárias, a luz trémula e azeda dos computadores ligados surgiam agora perante os meus olhos em tons esbatidos e gasosos, como se nada daquilo me dissesse respeito. Sentia-me naquele dia como se toda aquela gente não fosse mais do que um grupo de figurantes contratados, e todo o escritório fosse feito de papel de cenário, que poderia despedaçar com um soco na parede. Tudo era irreal e remoto, tudo eram águas passadas, pois já contava as horas que faltavam para me ver longe dali, ainda que só por alguns dias.

Uma colega estagiária reparou, com um olhar de suspeita, nas minhas olheiras abissais. Menti dizendo que havia ficado a estudar uns casos até tarde. Logo o seu rosto retomou a familiaridade de quem pensa estar perante um semelhante, disposto ao supremo sacrifício pelo bem do escritório, honesto carneirinho seguidor do colectivismo capitalista.

E., por seu turno, tomara todas as precauções para que o resto do mundo julgasse que ela passara a noite num jantar de negócios. As secretárias eram umas víboras, e se algo lhes cheirasse ligeiramente a esturro, fariam questão de difundir a suspeita. Seria para elas um momento de suprema glória, poderem coscuvilhar com os senhores doutores, e de um dia para o outro seria conhecido como o estagiário-que-anda-a-papar-a-sócia-para-ver-se-faz-pela-vida, e os meus colegas olhar-me-iam com um desdém de górgonas ultrajadas, invocando mentalmente as leis morais que proíbem truques baixos quando não praticados por eles mesmos. Por instantes desejei que a história se espalhasse mesmo, só pela ironia.

Sem qualquer justificação normal que pudesse apresentar como desculpa se fosse abordado, fiz uma breve peregrinação de volta àquele corredor, e o pequeno quadro do Kandinsky parecia animado por algum combustível próprio que ameaçava explodir a qualquer momento, estilhaçando a vitrina da moldura e espraiando-se pelo mundo numa ejaculação de lava incandescente. O borrão escarlate que se esvaía e pulverizava ao afastar-se do centro da tela era o tom exacto das faces de E. em pleno clímax, no momento do supremo suspiro. «O equilíbrio geométrico do caos ou pormenor de E.» é o nome do quadro... Não certamente o nome com que o baptizou o velho Wassily, quando o contemplou com um sorriso satisfeito assim que o terminou; é o nome do quadro para mim, e é esse o único que verdadeiramente interessa.

Dois advogados passaram por mim e um deles comentou em voz alta para o outro:

— Temos de tirar daqui estes quadros, senão um dia destes temos uma linda firma de estetas!

Depois de chegar a casa, fui até ao centro budista, à procura da Paula. Ela lá estava, furiosa por não lhe ter dito nada na quinta-feira, dia em que o marido dela partira em viagem de negócios. Fomos tomar um café na Calçada da Ajuda e disse-lhe que achava melhor terminarmos a nossa relação, que obviamente não andava a fazer-lhe bem, pois eu não estava disposto a entregar-me tanto quanto ela agora queria, e nunca tivera intenção de criar nela quaisquer ilusões a esse respeito. A Paula aceitou a notícia de uma forma estranhamente serena. Havia escolhido ter aquela conversa no café do lado em vez de a convidar para vir até minha casa justamente para evitar uma explosão de fúria, sem no meu íntimo crer que uma assistência de desconhecidos a coibisse minimamente. Sentia-me aliviado por ter arrumado aquele estranho e obsessivo capítulo da minha vida e satisfeito por as coisas terem sido tão fáceis.

De seguida, voltei a casa e liguei ao Faria para combinar a minha ida no dia seguinte. Atendeu-me com um «Estou sim!» provinciano e despojado, que achei adorável. Assim que percebeu que era eu, mudou imediatamente de registo para um dialecto mais urbano.

— 'Tão, puto, com'é? — perguntou-me com a sua voz arrastada e amigável.

Apesar de o Faria ser mais velho do que qualquer outro do nosso grupo de amigos, sempre me tratara só a mim por puto, talvez por ser o mais ingénuo de todos.

Perguntei-lhe a que horas me queria em sua casa no sábado.

— Aparece à hora que quiseres, pá, vamos estar aqui por casa... Não, não!... Aparece a tempo do almoço, para comermos juntos e pormos a conversa em dia. Depois logo pensamos no que fazer... O Alentejo está à tua espera!

Não pude deixar de sorrir com a imagem solitária dos sobreiros corcundas erguendo os seus braços nus e encarquilhados ao sol, intensamente sábios e sagrados como velhos oráculos, cegonhas espreitando com ar doutoral dos ninhos plantados no cimo de casebres abandonados na paisagem, o cheiro a alfazema e a terra ressequida e, claro, os amigos. Não estaríamos todos juntos, como nos velhos tempos, mas no fundo teria até um especial encanto passar aqueles dias com o Faria, a mulher e a filha. Quanto ao Daniel, não fazia ideia do que ele iria acabar por fazer. Se aparecesse, teria a Cristina a rogar-nos pragas a todos, na solidão do sofá minimalista da sala do apartamento. Faltava o riso maníaco do Miguel, aqueles ah-ah-ah! trocistas e teatrais capazes de contagiar toda a plateia de um cinema até no meio do drama mais intenso. Mas se o Miguel voltasse de Paris, Amesterdão, ou donde quer que estivesse, traria histórias de cidades formidáveis e fervilhantes, de gentes e línguas estranhas e diferentes, e o bulício dos Champs-Elysées e as multidões acotovelando-se em Sharing Cross entrariam aos atropelos pela casinha caiada perdida na planície, e o grande mundo desconhecido profanaria o Alentejo, a golpes de deslumbramento exótico. Naquele momento eu queria mais que tudo ser dali, queria ser a azinheira de troncos sinuosos e enegrecidos, e a sombra pançuda que repousa encostada a ela, nem que fosse por uns dias. Viver ao sabor do sol, conversar sobre gado, ignorar que para lá da planície existe uma estrada, que vai dar a uma estrada ainda maior, que leva à cidade, e que na cidade existem cotações da bolsa, taxistas mal-humorados, reuniões de gente séria e engravatada sem rosto, pedófilos e caixotes isolados das forças do universo por vidro, aço e ar condicionado, onde centenas de almas se esbatem à luz anémica dos computadores. Esquecer-me de que tudo isso existe, haverá felicidade maior?

Tiro mais prazer do acto de fazer a mala do que da própria viagem em si. A viagem tem altos e baixos, problemas inesperados, desilusões, enquanto ao fazer as malas tudo é perfeito, e cada camisa que deposito nas entranhas do enorme saco desportivo é um sonho empacotado. Por outro lado, o refazer das malas antes do regresso é já um ritual dorido, fatalista, em que jamais cabe tudo de novo dentro do saco sem que me monte em cima dele num rodeio de calças transbordando por fora e vértices teimosos de estojos de higiene pessoal que se recusam a ocupar o seu lugar.

Enquanto me dedicava aos preparativos, dava comigo várias vezes a pensar em E. Instintivamente sabia que não me ligaria, nem na semana seguinte, nem nunca. A noite anterior fora um grito de desespero de duas almas que desprezam e rejeitam a sua normalidade quotidiana, mas para quem não existe vida para além dela. A sua sina era o perpétuo «caminhar sozinho entre as gentes». Aquela noite havia sido um hiato, um momento mágico em que se quebram as ligações causa-efeito. Tudo aquilo que fizemos não teria quaisquer consequências, não alteraria a nossa relação nem nada daquilo que nos rodeia, pelo que seria como se nunca tivesse acontecido. Mesmo que tivéssemos no futuro outros encontros semelhantes, eles jamais criariam uma normalidade nova, seriam sempre hiatos e gritos de revolta isolados e terapêuticos contra a normalidade a que vivíamos aprisionados.

Tinha quase tudo aquilo de que precisaria enfiado dentro do saco, quando o telefone tocou. Atendi e do outro lado da linha soou uma voz conhecida.

— Então, meu grande maluco, como é que vais? — disse uma voz alegre e familiar.

— Miguel, pá! Há quanto tempo! — exclamei.

— É verdade... Tenho andado aqui por Paris. Agora que as aulas acabaram e a maior parte do pessoal universitário está de férias, espalhado por aí, não se faz nada de jeito nesta cidade. Que tens feito?

— Eh pá, nada de especial. Praticamente só trabalho. Tirei uma semana de férias, a começar a partir de hoje — respondi.

— Ainda andas a comer a outra do centro budista? — perguntou, trocista.

— Já não, mas nem te digo nada, rapaz! Isto ultimamente tem andado uma loucura! Agora apareceu outra!

— Eh lá! Estou a ver que te orientas à grande! Mas olha, vais ter tempo para me contar as novidades todas, porque vou aí ter a Portugal. Vou de carro e saio daqui amanhã de manhã, mas vamos ter de fazer uma escala em Madrid, portanto não sei a que horas chegamos. Suponho que tarde.... Vais para algum lado, esta semana? — perguntou Miguel.

— Amanhã de manhã vou para casa do Faria, no Alentejo, e passo lá uma semana com ele. Porque é que não lhe telefonas e te fazes convidado? Tenho a certeza de que ele só não te disse nada, porque não sabia quais eram os teus planos. A ideia era mesmo juntar o nosso pessoal todo — disse eu.

— A sério? E o Daniel também vai? — perguntou.

— Hmm, quanto a isso já tenho as minhas dúvidas... — respondi.

— Pois... Aquele problema que a gente sabe, não é?... Mas podes contar comigo, pá. Vai ser épico! Vou agora ligar-lhe.

— Ok, Miguel, ficamos à tua espera! — exclamei.

— Ah, é assim: eu levo comigo uma amiga. É uma longa história, mas ela é porreira, vais gostar dela. Será que o Faria não se importa que ela também fique connosco? Em último caso, tenho cá uma tenda de campismo e se não houver espaço para toda a gente, nós dormimos nela.

— Cá para mim tu gostavas muito dessa ideia, para poderes estar à vontade para pitar a amiga! — gracejei.

— Isso agora!... — exclamou Miguel, rindo à gargalhada.

— Fala com ele e aparece! — insisti.

Despedimo-nos. «Afinal», pensei eu, «parece que vai ser mais como nos bons velhos tempos do que à partida pensava...»

Por volta da meia-noite, soou a campainha da porta.

«Deve ser a Paula, a insistir para que façamos outra tentativa... Não sei porquê, mas pareceu-me sorte a mais ela ter aceite o fim da relação tão facilmente...», pensei.

Abri a porta e surpreendi-me ao ver o rosto acabrunhado do Armando.

— O que é que vieste aqui fazer a esta hora, pá? — perguntei, incrédulo.

— Primeiro, posso entrar? — retorquiu ele.

Deixei-o entrar e sentámo-nos no sofá.

— Basicamente, hoje à noite, ao sair de casa esqueci-me do pólen que me arranjaste enrolado em papel de prata em cima da mesinha-de-cabeceira do meu quarto, e o meu pai apanhou-o e percebeu o que era. Quando me apercebi de que me tinha esquecido daquilo, corri até casa à rasquinha, mas já era tarde demais. Tive de gramar com um drama enorme, com a minha mãe a chorar baba e ranho, e o meu pai a berrar que não quer drogados a viver sob o seu tecto e a comer à sua mesa... Nem imaginas a cena que aquilo gerou! São pessoas com uma mentalidade muito fechada...

Interrompi-o:

— Deixa-me então adivinhar: vieste cá pedir que eu te arranje mais haxixe, porque os teus pais te confiscaram o que tinhas! Já te disse que não te dou nem mais uma língua.

— Não, Francisco, não é nada disso. O que eu te queria pedir era que me deixasses ficar em tua casa por um curto período de tempo. É que, no calor da discussão, fui posto fora de casa. Mas não há-de ser por muito tempo, isto passa-lhes. Ou também posso ir viver com a minha avó, mas ela neste momento está no hospital e só deve sair daqui a uns dias. Fico em tua casa uma semana, no máximo dos máximos! O que achas? — perguntou, fitando-me com um olhar suplicante durante alguns segundos, em silêncio.

— Deves estar mas é maluco! — explodi, indignado.

— Vá lá, Francisco, tu também tens uma parte da responsabilidade! — replicou ele.

— Não tentes sequer fazer-me ter sentimentos de culpa, porque o único culpado daquilo que te aconteceu és tu e só tu! — gritei.

— Francisco, por favor, faz-me lá esse jeito e empresta-me a casa. Tu nem vais estar cá ao longo da próxima semana, pois não? — suplicou o Armando.

Olhei para o ar desesperado daquele pobre-diabo e, por alguma estúpida razão, senti pena dele.

— Fazemos então assim: eu amanhã vou-me embora para o Alentejo e volto no domingo da próxima semana. Quando eu voltar, não te quero encontrar aqui, porque se ainda cá estiveres, corro contigo a pontapés no rabo! E o que comeres do frigorífico, pagas!

74

Armando prometeu que eu não o encontraria quando voltasse e que não desarrumaria nada durante a minha ausência. Deixei-o ir ao carro buscar os seus pertences e instalar-se na sala.

Adormeci com o barulho do Armando a ressonar, no sofá da sala. No dia seguinte, pretendia acordar cedo. Quanto mais depressa deixasse para trás todos aqueles loucos e me encontrasse no meio da minha gente, melhor.

IX

Lembro-me da última vez em que eu, o Miguel, o Faria e o Daniel estivemos todos juntos, numa estranha noite de Outubro. Tudo se passou há uns anos, na véspera da primeira partida do Miguel para Paris. Como ele só tinha de estar na estação de comboios de Santa Apolónia às seis da tarde do dia seguinte, combinámos uma festa de despedida na casa dos pais do Daniel, que iam estar fora nessa noite. Passei por casa do Miguel por volta das oito e meia da noite para lhe dar boleia, e seguimos caminho, tagarelando alegremente sobre assuntos banais.

A casa dos pais do Daniel ficava na Costa da Caparica, uma enorme vivenda junto ao parque de estacionamento poeirento das praias, à vista dos bares de madeira e das bolas gigantes do creme *Nívea* no paredão.

Conduzi por um atalho, uma estrada íngreme e sinuosa que serpenteava de forma alucinante por entre os pinhais e os penhascos arenosos da Arriba Fóssil. Descíamos calmamente a estrada, detendo o avanço do carro com o travão quando, de súbito, os pneus apanharam óleo ou areia sobre o asfalto polido, e a traseira do meu pobre chaço patinou para a esquerda num solavanco. Guinei com o volante para a direita, mas o carro deslizava em frente, desgovernado. Tentei travar, a frente do carro lançou-se para a esquerda e fomos projectados, aos gritos, para fora da estrada. O carro descia a enorme encosta aos trambolhões, dando cambalhotas com estrondo, os vidros estilhaçavam-se junto às nossas caras horrorizadas, que tentávamos desesperadamente proteger com os braços. O Miguel gritava, aterrorizado, e eu, lívido, olhava nos olhos a ideia da própria morte, à medida que os nossos corpos eram chocalhados pela encosta abaixo como bonecos nas mãos duma criança. Não sei ao certo quanto tempo demorou o carro a descer aos trambolhões a arriba, apenas sei que parou nas profundezas da garganta quase escarpada, virado do avesso. Ficara suspenso no ar pelo cinto de segurança, de olhos postos no chão onde jazia o pára-brisas escavacado.

Por fim, um silêncio sinistro. Suspirei de alívio. Por sorte, na vida real os automóveis não explodem com a mesma facilidade que nos fazem crer os filmes de acção.

— Estás bem, Miguel? — perguntei.

Miguel, suspenso pelo cinto tal como eu, parecia desmaiado.

Agitei-o com aflição, gritando pelo seu nome, mas ele não recuperava os sentidos. Escorriam umas tímidas gotas de sangue da sua face e temi que estivesse morto. Continuei a agitá-lo e a gritar, ainda mais assustado até que, aos poucos, as suas bochechas se contorceram e a sua cabeça tremeu levemente. Percebi então que ele se continha com todas as forças para reprimir um ataque de riso.

— Cabrão! Estavas a dar-me gozo! Íamos morrendo os dois aqui e tu ris-te?! — gritei, esmurrando-o desajeitadamente na barriga.

— Desculpa lá, Chico! Mas tu és hilariante quando estás aflito! Estava a curtir à brava a tua cena melodramática! — E soltou um sonante ah-ah-ah! que até a mim me pôs a rir, apesar da minha vontade de esganá-lo.

Soltámos o cinto de segurança e caímos desamparados sobre o forro do tejadilho. Saímos pela janela do carro e apalpámos os ossos para nos certificarmos de que estávamos inteiros. Tínhamos caído no buraco mais profundo da enorme garganta das arribas e à nossa volta só se viam, à luz dos faróis ainda acesos do automóvel, canaviais e entulho. O som remoto dos automóveis não deixava dúvidas de que havíamos caído muitos metros abaixo da estrada.

— Foi um senhor tombo, heim! — exclamou o Miguel, observando o destroço do carro com a leveza dum simples mirone, como se não fosse nada com ele. — É um milagre estarmos vivos, quanto mais inteiros!

Ambos tínhamos apenas algumas esfoladelas e arranhões nos braços e na cara.

Estávamos no meio de nenhures, no fundo de uma garganta formada por duas encostas quase escarpadas e cobertas por enormes tufos de canas, a noite havia caído e não se via um palmo à frente dos olhos fora da área coberta pelo foco dos faróis do carro. Era impossível escalarmos sozinhos aqueles declives e nenhum ser humano suspeitava sequer de que estivéssemos ali.

Ao cabo de uma longa busca, conseguimos encontrar o meu telemóvel no interior do carro e liguei para o 112 para pedir ajuda. Miguel sentou-se no chão a olhar para as estrelas. Nada mais havia a fazer senão esperar.

— Já viste bem a nossa vida? — resmungou. — Numa sexta-feira, com as pessoas normais curtindo a noite, e nós os dois aqui enfiados!

— Seria mais incómodo se estivéssemos mortos! — gracejei, ainda procurando algum carreiro oculto no canavial cerrado.

— Sim... Mas depois dum desastre destes, não era suposto estarmos vivos, pois não? Tivemos uma sorte danada, foi o que foi! É como nos jogos de computador, em que estamos quase a perder e o boneco morre e, sem estarmos à espera, é-nos atribuído um bónus de mais uma vida pelo nosso desempenho. Foi isso que aconteceu aqui... — disse o Miguel.

Sorri, divertido com a ideia. Quando estas coisas acontecem, as pessoas normalmente falam em milagres, anjos da guarda, destino e coisas do género, não falam em bónus de vidas de jogos de computador. Mas a ideia era a mesma.

— Agora, a grande questão, meu amigo — prosseguia ele, com o olhar posto nos tufos negros do canavial — é o que é que tu e eu vamos fazer para mostrar que merecemos essa gentileza divina. Quando se escapa à morte, na prática é como se nascêssemos de novo. O que é que pretendes fazer com a vida nova que ganhaste?

— Sinceramente, neste momento estou mais preocupado em ver se aparece alguém para nos tirar daqui e saber se o carro tem algum valor nem que seja para sucata — respondi.

— Senta-te, pá! — ordenou-me. — Isto é mais importante que a porra do carro!

Sentei-me no chão ao seu lado. Miguel coçava a barbicha negra com o olhar, vago e neutro, posto nalgum ponto invisível.

— O que pensas fazer da vida a partir de agora? — perguntou-me, imóvel.

— Sei lá! Acho que vou continuar a viver a vida da forma como tenho vivido. É um bocado tarde para mudar! — respondi.

— Nunca é tarde para mudar! Santo Agostinho, por exemplo, passou metade da vida enfiado em borgas e com mulheres, só se converteu ao cristianismo aos trinta e dois anos e acabou por dar em santo! Não estou a dizer que devas tornar-te santo, se bem que no teu caso até teria uma certa piada... Mas estás sempre a queixar-te do *stress* da vida, dos professores arrogantes e dos colegas que só pensam no umbigo, porque é que não mudas de vida? — perguntou o Miguel.

— Que queres que te diga? Não tenho a tua coragem, de deixar tudo para trás, ir conhecer o mundo de mochila às costas e meia dúzia de centavos no bolso. Por minha vontade até ia contigo naquele comboio amanhã, mas e depois?

— E depois logo se vê! — ripostou ele. — Não venhas é falar-me de coragem... Coragem tens tu, que prevês o tipo de vida que vais levar, e ainda assim não abandonas o barco enquanto é tempo, continuas na esperança de um dia, como que por magia, vires a gostar disso. Mais uns aninhos a fuçangar na faculdade de Direito, terminas o curso, vais estagiar para alguma sociedade e dar ao couro de sol a sol, primeiro aumento de vencimento, pancadinhas nas costas de parabéns, depois talvez casamento, putos, almoço com a família ao domingo com o *Expresso* espalhado pela mesa, ganhas barriga, tornas-te sócio da firma, dúplex em Telheiras e férias no Brasil, divórcio renhido, os putos só te ligam quando querem que abras os cordões à bolsa, acabas a brilhante carreira a fumar charuto com clientes e a apalpar o rabo a estagiárias, até que alguém numa linda tarde te encontra morto com as bochechas entornadas sobre uns papéis, e esvaziam o gabinete para dar lugar ao senhor que se segue. Isso é viver uma carreira, não é viver uma vida!

O Miguel sorria para mim, triunfante, em pose de velho do Restelo, ao ver o estrago que o seu discurso provocava. Ele era em tudo uma criatura solar, capaz de pôr os amigos a rir mesmo nas situações mais desgraçadas, mas sabia como deixar um homem deprimido quando queria.

— A partir do momento em que um tipo percebe que não pode mudar o mundo — concluí, mergulhado num transe melancólico —, para ele qualquer coisa serve. O grande erro foi termos nascido neste período da história, em que já não há causas por que lutar. Se tivéssemos nascido há décadas, poderíamos ter-nos revoltado contra o fascismo, protestado contra a guerra do Vietname; se tivéssemos estado cá nos anos 30, tu e eu teríamos sido dos primeiros a alistar-se na guerra civil espanhola, a lutar pela liberdade ao lado do Orwell, do Hemingway e de tantos outros; podíamos ter gritado *slogans* no Maio de 68, acreditando piamente no que estaríamos a gritar. Nesses tempos ainda se cria que as pessoas comuns podiam mudar o rumo da humanidade, ainda havia quem acreditasse em causas. Tu e eu pertencemos irremediavelmente à casta dos guerrilheiros desempregados, dos fanáticos sem uma bandeira.

— Quando as causas se esgotam, é cada um por si... — reflectiu Miguel, em voz alta.

Nesse momento lembrei-me duma manifestação a que assistira nesse ano, no dia do trabalhador. Estava de passagem pelo Martim Moniz, para comprar incenso e chá preto num minimercado indiano de odor intenso a especiarias. Encantava-me a zona do Martim Moniz e a possibilidade de naufragar por entre um mar de ombros sem nome, desaparecer no meio daquela corrente de humanidade que esbracejava e tagarelava em voz alta cantonês, árabe, punjabi, crioulo, francês *pieds-noir*, suaíli. É a zona de Lisboa onde os povos e as raças mais se misturam num imenso caldo humano, e nunca lá presenciei quaisquer distúrbios, que seriam de esperar num local onde o choque de culturas e civilizações é o prato do dia todos os dias. A razão daquela paz é provavelmente o facto de aquela ser uma zona de pequeno comércio fervilhante e todos estarem ali para fazer negócio. A violência é pura e simplesmente má para o negócio, logo, a coabitação tem necessariamente de ser pacífica. No entanto, naquela tarde a enorme praça estava cheia de brancos em mangas de camisa aos quadrados, sobretudo velhos, e só a custo se vislumbrava um tímido rosto oriundo das margens do Ganges ou do Rio Amarelo. Por toda a parte havia faixas de sindicatos disto e daquilo, esvoaçavam bandeiras vermelhas, distribuíam-se cravos e autocolantes. No centro da agitação, no alto dum pequeno palco improvisado, uma mulher com os seus trinta anos, vestida com calças de ganga e uma camisa desajeitada e masculina, discursava agarrada ao microfone. O seu rosto corado de calor e raiva contorcia-se enquanto discursava com um fervor que eu jamais havia visto. Fiquei hipnotizado pelo tom afectado e apocalíptico da sua voz, uma espécie de mistura entre apresentador de circo e *suffragette* do início do século XX. Não me interessava aquilo que ela dizia (qualquer coisa sobre a resistência contra os atropelos do governo neoliberal aos direitos dos trabalhadores), mas a maneira como o dizia. Ela falava com todo o seu ímpeto, sentia cada palavra que dizia, acreditava com fervor em cada apelo bradado ao povo no seu tom épico e trauliteiro. Porém, apesar dos seus esforços, a audiência permanecia morna e distraída. Numa tentativa de galvanizar o ímpeto daquela gente, experimentou lançar um *slogan* ao microfone, para ver se pegava. Gritou repetidas vezes: «Trabalho sim, desemprego não, tra-ba-lho sim, de-sem-pre-go não!»

Em vão. O *slogan* era demasiado comprido para ganhar a cadência extática de mantra e o fervor esmorecia quando as vozes atravessavam o longo deserto de sílabas áridas da palavra «de-sem-pre-go», que quebrava todo o ritmo. A multidão desistia, retomava as conversas. A oradora, ao ver-se gritar sozinha, não se atrapalhou, e continuou a bradar: «Trabalho sim, de-sem-pre-go não!», ainda com mais fervor, enquanto deitava olhares furiosos à multidão desinteressada.

Nesse momento desejei intensamente ser como ela, ter na vida alguma causa na qual acreditasse com fervor, pela qual estivesse disposto a tudo, que me fizesse imune a qualquer instante de mal-estar ou de ridículo.

O eco fantasmagórico dos brados da mulher da manifestação foi sendo profanado pelo choro remoto duma sirena, e pela voz do Miguel que, em tom soturno, exclamou:

— Olha! Parece que já nos vêm buscar!

Parecia desapontado, como se estivesse irremediavelmente afeiçoado àquele buraco no fundo da garganta das falésias.

— Bom, rapaz — disse-me, num tom aborrecido —, daqui a nada isto vai estar cheio de gente, com meio mundo à nossa procura. Vai ser uma confusão do caraças e não sei se teremos outra oportunidade para falar sobre estas coisas. Tu é que sabes o que vais fazer da tua vida. Não me pareces muito animado quanto ao futuro provável, mas isso é lá contigo. Amanhã vou-me embora, mas já sabes: há sempre lugar para mais um para onde quer que eu vá, caso precises de pôr as ideias em ordem.

Ia agradecer-lhe a preocupação, talvez abraçá-lo, quando o seu rosto deixou cair o peso cavernoso de profeta e sugeriu com leveza:

— Se calhar era boa ideia ligarmos ao Daniel e dizer-lhe que vamos chegar um pouco atrasados. Já devem estar todos à nossa espera.

Ele sempre foi assim, capaz de passar duma conversa densa e soturna sobre temas profundos como o sentido da vida, para tiradas absolutamente banais. Era como se tivesse um certo pudor em mostrar toda a profundidade genial do seu espírito, disfarçando-a apressadamente com trivialidades, para demonstrar que afinal era um tipo normal como qualquer outro.

Telefonámos ao Daniel. As sirenes soavam agora muito próximas, lá no cimo da ribanceira, por entre os arvoredos, até que a apressada procissão estacou. Ouviram-se vozes nervosas na escuridão e focos de lanternas saltitaram por entre o cascalho lá no alto. Gritámos para saberem onde estávamos. Passados poucos minutos, dois homens de coletes fluorescentes desceram com a ajuda duma corda e ajudaram-nos a trepar a encosta. Ao chegarmos à beira da estrada, éramos aguardados por meio mundo, com macas, botijas de oxigénio, luzes giratórias. Uma paramédica saiu disparada da ambulância a perguntar onde é que estavam as vítimas. Quando lhes disse que éramos nós com um gesto tímido, ela não queria acreditar, achava que estávamos em demasiado bom estado para quem acabara de ter um acidente daqueles. Quase nos fez sentir culpados por nem uma mísera chaga digna de se ver termos conseguido angariar durante os nossos trambolhões pela encosta abaixo. Toda a gente sorria e nos congratulava por entre os carros de socorro parados, tudo aquilo mais parecia uma espécie de festival apocalíptico.

Pouco depois, o Faria e o Daniel apareceram de carro para se juntarem à festa. O Faria abraçou-se a nós, quase em lágrimas, enquanto o Daniel, abanando a mão de pasmo, espreitava o precipício.

— Então, meu grande maluco, tens a mania que és um helicóptero? — troçou o Faria:

O Faria louvava Deus, o Daniel louvava a carroçaria pequena mas sólida do carro

— Já não se fazem destes hoje em dia, agora é tudo em plástico! — E o Miguel louvava... É impossível saber o que aquele tipo louvava. Enquanto esperávamos que chegasse um jipe da GNR com dois bigodes sisudos para «dar conta da ocorrência», aquela estrada sombria foi animada por uma enorme celebração da vida e da sorte que estivera do nosso lado. Todos ríamos e contávamos piadas em voz alta, como que para afugentar a morte. Quando um bombeiro me trouxe num saco os meus pertences resgatados do interior do carro, entre eles estavam as garrafas de cerveja que eram a minha contribuição e do Miguel para a festa dessa noite. O Faria deitou-lhes logo a mão, deu uma a cada um de nós, abrimo-las numa chuva de espuma e bebemos alegremente à beira da estrada, sob os olhares atónitos do pessoal de socorro que devia estar a pensar que nós tínhamos enlouquecido. Apesar de o meu carro ter ficado lá em baixo, feito em destroços, pensava pouco nele. Após termos olhado a morte nos olhos por momentos, eu e o Miguel sentíamo-nos possuídos por uma euforia histérica que era impossível de conter, tínhamos vontade de beber toda a vida em poucos instantes e contagiámos com esse estado de espírito toda a gente com quem nos cruzámos nessa noite. Foi preciso o guarda da GNR ordenar que desmobilizássemos para entrarmos no carro do Daniel e sairmos dali, pois por nossa vontade ficaríamos naquela estrada toda a noite a rir à gargalhada.

O resto da noite e da madrugada foi uma longa bebedeira de anedotas, histórias de juventude e promessas de planos em conjunto que todos sabíamos serem quase impossíveis de cumprir dali em diante. Era difícil aceitar que crescêramos e que as coisas nunca mais seriam como dantes, que cada um estava preso a um caminho diferente que o levaria numa direcção diversa de todos os outros. Só o Miguel ousara deixar o clássico carreiro da faculdade-emprego-estabilização na vida, e nós olhávamo-lo com um misto de censura e inveja. E se fosse ele que estivesse certo e todos nós errados?

No dia seguinte acordámos a meio da tarde, espalhados pelos quartos da casa. Levei o Miguel a casa para se despedir da família e trazer as malas e vi-o desaparecer numa carruagem cinzenta em Santa Apolónia.

SEGUNDA PARTE

X

— Migwell!

— Migwell!! — ouviu alguém gritar, esbatido nos ruídos da cidade, algures no meio das hordas de turistas que marchavam de mochila às costas por aquela viela abaixo, no coração do bairro de Montmartre.

— Migwell! — a voz insistiu.

Miguel olhou para trás, lembrando-se subitamente de que era assim que os estrangeiros (os anglo-saxónicos e holandeses, sobretudo) pronunciavam o seu nome, lendo o «u» cavado entre o «g» e o «e», fazendo «Miguel» soar como algum vocábulo obscuro em gaélico.

A cabeleira ruiva de Mark empoleirava-se sobre os ombros da multidão, esperando que Miguel o avistasse.

— Olá, Mark! — saudou-o, em inglês. — Tu por cá? Que fazes aqui em Paris?

Mark era um travesti americano que escolhera a Holanda para seu lar. Começara com alguns negócios estranhos em sociedade com outros dois compatriotas, em Amesterdão, e agora era dono de três dos bordéis mais chiques do Red Light District. «Nada mau para uma mocinha do Midwest!», costumava dizer a brincar, pondo uma cara inocente e pacóvia que parecia saída de *Uma Casa na Pradaria* e acentuando de forma grotesca a pronúncia *redneck*.

Mark fora-lhe apresentado dois anos antes pelo dono de uma galeria de arte alternativa do centro de Amesterdão, durante uma exposição onde Miguel tinha alguns dos seus rabiscos, modestamente acomodados no meio de obras de outros artistas desconhecidos. Nesse dia conversaram longamente sobre arte e, à custa de uma série de outros encontros fortuitos, tornaram-se amigos.

— Oh, nada de especial! — respondeu, gesticulando no seu tom majestoso e decadente de Cleópatra com a serpente no braço. — Vim cá passar uns dias sozinho.

— Como está a velha Amesterdão? — perguntou Miguel, com alguma saudade.

— Horríííííível! Cheia de turistas por todos os lados, famílias inteiras, putos universitários com a mania que são radicais a tirar fotos nas *coffee shops* com charros ao canto da boca... Cambada de cromos!... E imigrantes! Tanto preto, turco, indonésio, nem calculas! Já se sabe, a boa velha Holanda deixa lá entrar toda a gente!

Miguel jamais conhecera alguém tão pomposamente incoerente como Mark. Tanto era capaz de sair-se com tiradas de extrema--direita capazes de fazer corar até os mais conservadores, como no instante seguinte vociferar contra a exploração do homem pelo homem e defender o direito dos imigrantes a tratamento igual como cidadãos do mundo que são. Era o tipo de pessoa capaz de enumerar longamente os defeitos de um qualquer, para no final concluir dizendo «mas no fundo é bom tipo, gosto muito dele». Quando Miguel lhe fez notar que tanto ele como o próprio Mark eram, na prática, imigrantes, ripostou no seu estilo típico que não tinha absolutamente nada a ver, pois eles eram refugiados de outra espécie, que tinham outro *glamour*, outra classe...

Mark perguntou-lhe se tinha planos para essa noite. Não tinha, excepto ficar no apartamento a pintar ao som dos seus CDs.

— Tenho uma ideia melhor! — sugeriu Mark. — Esta noite a condessa de Biscarrosse (uma mulher que tresanda a chique, ias adorar conhecê-la!) vai dar uma festa na sua casa de Paris e convidou-me. Porque não vens comigo?

— Uma festa nesta altura do ano? É preciso esforçarmo-nos para conseguir ver um parisiense na rua; estão todos fora, e a cidade está entregue aos turistas! — estranhou Miguel.

Mark esboçou um sorriso paternalista de quem já esperava ouvir aquilo e respondeu:

— Pois é... Foi essa a razão pela qual a condessa resolveu organizar a festa. Como ela não é grande fã de viagens, enfada-se terrivelmente nesta altura do ano. Por isso, resolveu juntar os bichos citadinos que ainda resistem por cá. Anda, vai ser divertido: o vagabundo infiltrado na alta sociedade!... Vais fazer furor!

— O problema é que o vagabundo não tem uma fatiota bonita para se pavonear pelos salões... — observou Miguel.

— Deixa que aqui a fada madrinha trate disso. Se quiseres, vamos agora mesmo alugar uma — sugeriu Mark, ficando imenso tempo a rir à gargalhada com a sua própria piada da fada madrinha.

Miguel aprendera por experiência própria que os convites sociais de Mark eram algo do qual se deveria sempre desconfiar. Numa ocasião, um ano antes, convidara-o para acompanhá-lo a um pequeno *rendez-vous* entre amigos da nata da sociedade de Amesterdão. Quando lá chegaram, a casa do anfitrião estava transformada num sórdido antro de veludo escarlate onde o cheiro amargo e amiótico da erva se misturava com o odor quente do suor de corpos nus. A música era pesarosa e repetitiva, numa cadência que fazia tombar sobre os espíritos todas as angústias viciosas do mundo, num longo transe de libertinagem. À entrada da casa, lia-se a *spray* vermelho na parede: «SE DEUS NÃO EXISTISSE, TUDO SERIA PERMITIDO». Logo foram saudados por um tipo que, partindo do pressuposto de que tudo é permitido, sorvia *shots* de *tequila* de tampões (era nova moda: mergulhava-se o tampão na bebida para que ele a absorvesse e apertava-se entre a língua e os dentes para a fazer escorrer). Só lá dentro foi informado que tudo aquilo era uma celebração do aniversário do Marquês de Sade. Apanhado na ratoeira, caíra num antro secreto da nata do submundo «estranho» da cidade (e «estranho», pelos padrões de Amesterdão, conseguia ser algo verdadeiramente bizarro!). Numa das divisões, repleta de almofadas vermelhas e tenuemente iluminada por candeias árabes como um harém *kitsch*, proprietários de casas da noite, jovens manequins de moda de corpos macilentos e andróginos e bastardos de sangue azulado gemiam e contorciam-se no chão engalfinhados numa monumental orgia saída dalguma visão do Inferno de Bosch. Na cozinha, um matulão peludo com o rosto ocultado por uma máscara de cabedal negro dava a uma jovem seminua de olhar vidrado e sem vida uma injecção de dose cavalar de morfina, para que ela recebesse com um sorriso apatetado e indiferente a marca do ferro em brasa que estava a aquecer no fogão, destinado à sua nádega. Mark, apesar de tudo, era um conservador e jamais tomaria parte naquelas bacanais, que o repugnavam, mas não o perturbava demasiado tê-las a decorrer ao seu lado, enquanto conversava despreocupadamente com outro travesti que se digladiava em pleno acto sobre as almofadas rubras,

como se fosse a coisa mais banal do mundo. As divisões da casa su-
cediam-se num longo chorrilho de perversões e bizarrias. Miguel,
enfiado naquele estranho covil de uivos lascivos e corpos cinzentos entornando as almas pelos sofás e carpetes, acomodara-se atónito
a um canto, desviando-se de partes nuas de corpos humanos suados
em pleno êxtase, de chicotadas que zuniam no ar quente e estag-
nado, pensando como raio se deixara levar para aquele filme. De
resto, Amesterdão era pródiga em festins da mais requintada perversão. Mark contara-lhe uma vez que a última moda eram grandes orgias em que se amontoavam multidões inebriadas em salas
totalmente às escuras, com as janelas forradas a negro para estancar
a mais pequena nesga de luz exterior, em que se praticava sexo
desenfreado e desprotegido, sendo um ou mais dos vultos em êxtase
portadores do vírus HIV. Chamavam-lhe a roleta de São Francisco, porque fora nessa cidade que nascera a ideia. Contava que a
combinação do sexo e da morte era, para quem participava nessas
bacanais doentias, o supremo binómio afrodisíaco. Ao final da noite,
já se sabe: mais meia dúzia de novos desgraçados com as veias enve-
nenadas, cheios de revolta e desejo de vingança, que descarregavam
num qualquer outro infeliz na sessão seguinte da roleta.

Os dois entraram juntos num café, pediram uma água com gás,
uma cerveja e uma lista telefónica da cidade, para procurar uma
loja que alugasse trajes de gala. Por aquela altura, Mark, com todas
as operações a que se submetera e a farmacopeia de hormonas que
andava a tomar, de masculino já só tinha o nome, que fazia questão
de manter como que por penitência; em tudo o resto era uma mulher perfeita. No entanto, o empregado de jeitos efeminados, que
esvoaçava por entre as mesas, esboçou um leve sorriso matreiro
e gozão («Paneleiros dum raio!», queixava-se Mark. «Os malditos
gays topam-nos sempre!»), tomando Miguel por algum jovem
homossexual caído na teia dos ímpetos vorazes daquele travesti gla-
moroso. Miguel sentiu um calafrio perpassar-lhe a espinha ao ler
na testa do empregado esse pensamento.

Descobriram uma loja situada uns quarteirões abaixo, que ficava
a dez minutos a pé, e puseram-se a caminho. Após uma longa sessão
de passagem de modelos sob o olhar exigente de Mark, que torcia
o nariz a quase todos os *smokings*, e ao fim de uma hora de sofrimento do empregado da loja, para quem qualquer um deles ficava
lindamente, Mark alugou um *smoking* negro para o seu amigo levar

à festa. Era um investimento, como dizia Mark, pois esses eventos costumavam estar cheios de donos de galerias de arte que poderiam ser aliciados para as obras de Miguel.

Miguel combinou encontrar-se com o amigo às dez da noite no átrio do Ritz, onde este estava hospedado, e voltou a subir as ruas que se contorciam até Montmartre, onde deixara acorrentada a um candeeiro a bicicleta velhinha que comprara dois meses antes num mercado de rua por vinte euros, para poupar nos transportes públicos.

«Quem teve a ideia de chamar a Paris a Cidade-Luz de certeza que nunca pôs o pé no meu bairro!», reflectia Miguel, ao regressar a casa.

O primeiro andar que ocupava ficava num quarteirão insalubre do Norte da cidade, de paredes cinzentas mascarradas com uma pátina de poluição e camadas e sobrecamadas de fragmentos de cartazes rasgados, que formavam frases desconexas parecendo saídas dalgum poema dadaísta ou escritas no método *cut-up* de Burroughs, como «Grande Concerto... Os trabalhadores exigem melhores... porque todos são necessários na luta contra o anticristo... bilhetes à venda na... curso de francês para imigrantes». A sua rua era partilhada por mercearias, lojas de ferragens e *bistrots* desarrumados de arménios pançudos, cafés obscuros, casas de fumo e pequenos bazares argelinos — do número trinta e dois para sul, a rua era arménia, do trinta e dois para norte era argelina.

— Vinte anos atrás a rua era toda nossa... — não se cansava de relembrar a velha senhoria arménia, com a amargura dorida de quem recorda as baixas de uma santa cruzada perdida, enquanto Miguel imaginava os sarracenos varrendo um dia por completo as humildes chafaricas arménias para os blocos indistintos dos subúrbios, hasteando a bandeira do Profeta junto ao sinal de proibido voltar à direita na esquina do fim da rua, patrulhando a terra conquistada em fato de treino berrante e telemóvel contrabandeado em punho; e um dia os argelinos seriam também substituídos por senegaleses e estes por vietnamitas, e estes por ucranianos, e a vida seguindo o seu curso normal e agitado na Rue des Deux Chemins.

Já Miguel subia o lance de escadas, quando as bochechas rosadas da senhoria surgiram na frincha da porta perpetuamente entreaberta do seu apartamento do rés-do-chão.

— Pssst! Monsieur «Alvéz», está na hora de fazermos contas!

Miguel respondeu-lhe com enfado que esperasse uns minutos para que ele fosse ao quarto buscar o dinheiro, e trepou até ao primeiro andar, amaldiçoando aquela velha semita que por desconfiança obrigava os inquilinos a pagar a renda semanalmente.

Todo um estranho lote de humanidade que chegava aos atropelos a Paris ia desaguar à Rue des Deux Chemins. Entre os habitantes da rua contavam-se algumas das personagens mais estranhas da cidade, criaturas com estilos de vida solitários, desvairados e ocultos do resto das pessoas, que se limitavam a cruzar com eles olhares fugidios no metro e a pensar de que planeta teriam saído. No apartamento mesmo por cima do de Miguel vivia um casal de ciganos romenos que passava as noites a discutir violentamente, gritando, derrubando loiça, fazendo ribombar no soalho pesadas passadas secas, enquanto ele se revolvia na cama vezes sem conta na esperança de conseguir adormecer com toda aquela hecatombe a decorrer uns metros acima da sua cabeça. Contava-se no prédio que eles começaram por pedir esmola nos semáforos mais movimentados da cidade com os dois filhos pequenos ao colo, mas acabaram por deixar-se disso quando descobriram ser mais rentável alugar os putos por períodos de meio-dia a compatriotas seus, também profissionais da pedinchice. Jamais se deve subestimar a capacidade de uma criança de colo devidamente sedada para assim dar, durante todo o dia, aquele ar de anjo-adormecido-sem-pecado-nem--culpa ideal para despertar a compaixão alheia. A mulher estava grávida de novo, talvez para assegurar a continuidade do negócio de família, uma vez que o miúdo mais novo já se ia tornando pesado de mais para carregar ao colo durante um dia inteiro. Havia também o Vasil, um albanês desempregado, que passava os dias hasteando o portentoso bigode balcânico pelos cafés da rua, em camisolas de alças que deixavam a descoberto parte do seu enorme ventre peludo. Vivia queixando-se amargamente de que o Estado não lhe dava um emprego, e jamais alguém seria capaz de o imaginar com outra ocupação que não a de desempregado, até pela sua estranha doença nervosa — era frequente estar ruminando pacatamente o seu cigarro com o olhar obtuso e opaco posto em quem passava e, de repente, sem aviso prévio, explodir num furioso «Blaaaaah!», vociferando irritadamente sozinho na sua língua natal por alguns segundos, para logo a seguir voltar ao normal — isto é, até ao ataque seguinte.

Miguel e os seus vizinhos, habituados às bizarrias de Vasil, já nem pestanejavam quando surgiam aqueles acessos de raiva. Outra personagem curiosa do prédio era um velho reformado evangélico a quem todos chamavam o pregador, porque passava os dias com um megafone e uma mesinha desmontável a pregar a sua interpretação da Bíblia na Place Pigalle, obrigando os bisonhos frequentadores das *sex shops* a enterrar as cabecinhas acabrunhadas nos sobretudos como cágados tímidos, quando se dirigia a eles individualmente, gritando pelo megafone: «Eh você! Sim, você mesmo, o senhor do bigode que está a sair da loja Doce Pecado! Você já conhece a Palavra do Senhor?» Ficava horas nisto até que algum polícia misericordioso decidia arrastá-lo dali para fora com receio de que o pregador apanhasse uma sova de algum dos donos de lojas furioso. Ele era casado com uma antiga estrela de cabaré dos anos 50, agora reformada e balofa, que quando bebia demais era vista a cambalear pela Rue des Deux Chemins envergando os seus antigos vestidos desbotados, de penachos já decrépitos e cantarolando velhas canções há muito fora de moda. A senhoria contava que sempre que o pobre pregador chegava a casa, via a mulher naquele estado e se atrevia a tecer algum comentário moralista, apanhava monumentais enxertos de pancada.

Por fim, entre todos esses lunáticos, vígaros e aves-raras habitantes do lado escuro da cidade-luz, vivia ele, Miguel, um nómada irresponsável que deixara para trás os estudos, os amigos, a família e o seu país para experimentar o assombro de viver a vida sem rede de protecção, radicalmente livre. O porquê, não o sabia ao certo. De resto, ultimamente desistira de perder tempo procurando nos meandros do seu espírito uma resposta convincente, limitava-se a apreciar a vida que levava, um dia a seguir ao outro. Nos seus primeiros tempos de exílio voluntário, ao fim de incessantes buscas espirituais, a única explicação cabal que encontrara fora a sua irremediável pertença ao grupo dos que escalaram a montanha e, ao atingir o cume, não gostaram da vista sobre o vale: um tédio irreprimível que vinha há anos fermentando no seu espírito, tédio do carreiro por onde entrara a sua existência, perfeitamente previsível e estereotipada, tal como aqueles filmes americanos em que ao fim de dez minutos já se adivinha que a rapariguinha do feitio execrável acaba por apaixonar-se pelo herói, é raptada pelo mau da fita para chantagear o bom, salva por este dois segundos antes de a bomba explodir, e o vilão morre em câmara lenta, caindo num precipício ou numa trituradora. Tédio das pancadinhas nas costas e frases feitas de louvor do género de «Continua assim e terás um futuro brilhante pela frente!», que o faziam sentir-se um cavalo de corrida no qual toda a gente em seu redor havia apostado as suas economias. Tédio de viver fazendo aquilo que outros esperavam dele e não aquilo que ele esperava de si mesmo — que mudava a todo o momento, porque os sonhos mais não são que desejos romantizados que perduram no tempo, e os desejos mais não são que impulsos sob cuja capa se esconde o instinto básico que compele todos os seres a buscar o prazer e a fugir à dor.

O pequeno apartamento de Miguel estava impregnado de um odor quente e pesado de terebintina e tintas frescas das enormes telas e materiais de pintura em desalinho que povoavam todo o espaço não preenchido por mobílias. Apesar da janela deixada aberta o dia inteiro para arejar, qualquer pessoa que entrasse naquele apartamento, ao fim de cinco minutos a inalar aquele ar, teria as veias da testa a latejar, os olhos vermelhos e a cabeça a andar à roda. Miguel já estava habituado a viver naquele estaleiro artístico, e já nem dava pelo cheiro. A porta rangeu ao abrir-se sobre as sombras adormecidas da casa. Miguel ligou a ventoinha trémula que soluçava desesperadamente, impotente para deglutir a muralha de calor intenso, e estendeu-se na cama a repousar.

XI

À hora combinada, Miguel fitava com nervosismo as pontas reluzentes dos sapatos negros, sob a luz radiosa dos lustres do átrio do Ritz. Mesmo penteado, barbeado e de *smoking*, o sujeitinho do balcão da recepção passara já duas vezes por ele para lhe perguntar se precisava de alguma coisa, e quando Miguel lhe respondia que não, regressava ao seu canto, deitando-lhe olhares desconfiados de esguelha. Aqueles tipos eram treinados para distinguir os tais um ou dois por cento de privilegiados da população mundial que detêm a maioria da riqueza, topando os impostores a léguas de distância e tratando-os com um desprezo doutoral, para no final do turno regressarem aos seus apartamentos exíguos em subúrbios lúgubres, satisfeitos consigo mesmos por serem mais do que os seus vizinhos por terem reservado bilhetes para a ópera para um qualquer barrigudo do top 500 da revista *Fortune*. De resto, Paris não é como Amesterdão, onde a barreira que separa a elite da escumalha é muito esbatida; além disso, só com muito treino em eventos sociais se consegue vestir um *smoking* com destreza, sem dar a ideia atabalhoada de quem veste uma pele alheia. Miguel sentia-se desconfortável, como se o seu organismo estivesse a rejeitar um corpo estranho.

Passados dez minutos, Mark desceu a escadaria majestosa com o ar de solene *glamour* de quem se dirige para uma varanda para cantar o «Don't cry for me Argentina». Trazia um horripilante vestido de lantejoulas que feria a vista com as suas cintilações atrevidas, completado por uma enorme estola de penas rosa-choque e tinha o rosto escondido algures sob pesadas camadas de maquilhagem espampanante e decadente que o fazia parecer uma puta fina dos postais eróticos dos anos 30. Quando perguntou a Miguel que tal estava, este, que tinha bastante confiança com Mark, respondeu-lhe com toda a sinceridade que lhe parecia demasiado *slutty*, um termo intraduzível que refere algo entre o lascivo, o barato e o decadente. Ficou incrédulo quando Mark sorriu e respondeu simplesmente: — Óptimo!

Mark sempre fora um travesti discreto e recatado nos modos e na forma de vestir, que detestava as manifestações espalhafatosas de penachos, cabedais e maquilhagens berrantes dos *pride parades*, a que chamava com desprezo «paneleirices», e por isso Miguel não acreditava no que via.

Mark esclareceu-o que era mesmo essa a intenção, pois o *slutty chic* estava muito em voga nos salões sociais de Paris. O objectivo a atingir era o aspecto devasso e decadente de prostituta fina.

— É a moda, não há nada a fazer! — concluiu com um gesto apologético.

Entraram juntos no táxi chamado pelo porteiro do Ritz, do alto do seu uniforme de coronel carnavalesco de alguma república das bananas, e passados alguns minutos estavam em frente ao majestoso prédio onde habitava a condessa. As janelas dos dois andares que ocupava a casa precipitavam sobre a rua um clarão misterioso e intimista. Um jovem casal bebia e tagarelava animadamente numa das varandas sumptuosas, por onde a música vinha desfalecer no ar exterior num suave murmúrio. Na rua, um sujeito de mochila às costas, óculos de massa e aspecto suspeito fingia escrever uma mensagem no telemóvel. Por uma breve fracção de segundo, o seu olhar nervoso cruzou-se com o de Miguel, para logo a seguir voltar a mergulhar no visor do telemóvel, forjando um ar exageradamente despreocupado, de quem está a preparar alguma.

Miguel sentiu um arrepio de nervosismo quando Mark lhe deu o braço e tocaram à campainha.

Ao penetrar no enorme salão da casa da condessa, foram assaltados pelo ribombar de uma estranha música de soluços electrónicos fundidos com o serpentear de cítaras indianas. Miguel apercebeu-se então de que era o único ali dentro vestido de *smoking*: as mulheres envergavam quase todas trajes escandalosos e berrantes, como o de Mark, e os homens faziam lembrar vagabundos sem abrigo daqueles que se encontram nas escadinhas de qualquer catedral, com casacos coçados e repletos de remendos, calças rasgadas e com o aspecto sujo de quem acaba de se rebolar na relva húmida, *T-shirts* decrépitas feitas em fanicos de tecido. E ele, de *smoking* impecável e sapatos luzidios no meio daquela horda de bandalhos que debicavam canapés de caviar e bebiam champanhe, sentiu-se tão deslocado como uma freira numa *sex shop*. Pensou por instantes em regressar a casa para calçar as suas botas coçadas compradas numa venda do Exército de Salvação, as suas velhas calças de riscas pretas e laranja e uma das camisolas de manga curta que usava para dormir, mas era demasiado tarde. Tornara-se, por momentos, a atracção principal da festa, com todos os convivas voltando-se para mirá-lo com expressões de desdém. Mais tarde, Mark pediu-lhe desculpa por ter subestimado a rapidez com que a moda do *chic negligé* tomara conta das festas da classe alta. Naquele Verão, o máximo era aquele *look* ultradesmazelado de vagabundo urbano, e todos se escandalizaram por Miguel ter tido a lata de aparecer bem vestido — aos olhos daqueles meninos-bem do *jet-set* trajando farrapos andrajosos, aquele sujeito de *smoking* parecia demasiado burguês, quando na realidade era ele o único verdadeiro vagabundo naquela festa!

A condessa de Biscarrosse, a anfitriã, era de longe a mulher mais requintadamente decadente da festa, e ondulava, majestosa, como a rainha de Sodoma entre a sua corte de prostitutas sofisticadas e vagabundos eloquentes. As rugas cavadas na maquilhagem das maçãs-do-rosto denunciavam os quase sessenta anos de vida passados a rasgar sorrisos *pepsodent* de orelha a orelha em festas e *cocktails*, enquanto os seios embalsamados no decote do vestido tinham a suave volúpia dos de uma jovem de vinte anos — cortesia dalgum bisturi virtuoso inspirado por um cheque bancário chorudo. Ela e Mark trocaram cumprimentos durante imenso tempo, como velhas amigas, com gracejos do género de: «Minha querida, tu pareces uma rainha*!» (Mark), «Oh não, minha linda, isso és tu!» (condessa). Por fim, Mark apresentou Miguel à condessa como um jovem e brilhante artista plástico em ascensão que estava a viver uma temporada em Paris em busca de inspiração, o que fez com que ele corasse de lisonja. Os lábios da condessa logo descreveram um enorme «O» de admiração e quis saber em que corrente

* O termo inglês *queen* tem o duplo significado de rainha e travesti. (NA)

artística se inseria. Miguel percebeu que estava perante uma mulher que tratava por tu os milhares de ismos que polvilhavam como estrelas o panorama artístico moderno, e ele, que nunca havia pensado nas suas criações como parte de algo maior, estacou por momentos tentando desesperadamente encontrar uma definição para o seu estilo. Mark correu em seu auxílio, afirmando em tom de exagerada veneração que Miguel era um autodidacta e que, como tal, se estava borrifando para toda e qualquer corrente; pura e simplesmente pintava quadros geniais, e em todas as exposições em que estivera presente em Amesterdão, a sua obra tinha recebido excelentes críticas.

— Vou querer ver isso um dia destes! — exclamou a condessa, com uma curiosidade que a ambos pareceu genuína.

Miguel e Mark despediram-se momentaneamente da condessa de Biscarrosse e caminharam juntos pelos salões da casa para apreciar o ambiente da festa, para «ver e ser visto», nas palavras de Mark. A condessa havia dado folga a quase toda a criadagem da casa, excepto uma ou outra serviçal mais antiga e de confiança, para que os convivas se sentissem mais à vontade. Estes, entregues a si mesmos, haviam dado início à pilhagem do bar. Jovens de sucesso cuspiam dezenas de palavras por minuto com olhares esbugalhados de fanatismo, enquanto enchiam as narinas de centenas de euros de coca, disposta em riscos de pó sobre o tampo de mogno duma escrivaninha estilo Luís XIV; empresários de meia-idade com ar perverso engalfinhavam-se com jovens debutantes nos sofás sugando-lhes as almas em linguados profundos e desapareciam aos pares num constante corrupio em direcção aos quartos da casa; duas coelhinhas da *playboy* à paisana, podres de bêbedas, davam empurrões furiosos a uma floresta de joelhos agitados enquanto procuravam de gatas uma lente de contacto caída algures no chão de mármore.

Mark contemplava todo aquele caos com a serenidade solene de quem passa revista às tropas, até que vislumbrou um amigo ao fundo de uma sala contígua através das portas abertas e deixou Miguel à conversa com um par de *designers* sul-coreanos de cabelo tingido de louro, conhecidos como A&K.

Ambos os *designers* vestiam de igual, uma estranha indumentária que parecia um cruzamento de fato de treino da feira de Carcavelos com uniforme de cosmonauta soviético, completada por óculos de lentes cor de laranja de aspecto asséptico, tinham uma aparência rectilínea e assexuada que tornava impossível determinar a olho nu se seriam homens ou mulheres, e só falavam em desenvolver projectos e no novo conceito disto e daquilo, num linguajar hipersónico de autómatos anfetaminados.

— Nós estamos neste momento a desenvolver um projecto de gabinetes ultra-ergonómicos para os executivos da *Honda*; trata-se de um novo conceito de locais de trabalho como estruturas inteiramente integradas e interfuncionais. Mas assinámos recentemente um contrato para no futuro desenvolvermos alguns projectos na área do *design* de equipamentos urbanos. Mas diga-nos, Miguel, que projectos está a desenvolver, neste momento?

— Bom, hum... Essencialmente, tenho andado a trabalhar nalguns painéis em acrílico...

— Sim, sim, interessante... Mas qual é mesmo o conceito-base desse projecto que está a desenvolver?

No espírito de Miguel já luzia o conceito de uma fuga airosa e o projecto de uma mentira educada para escapar às garras dos siameses do planeta Zorg, quando a condessa lhe acenou com um sorriso. Aliviado, acorreu ao seu chamamento como se ela fosse o anjo da Anunciação.

Ao lado da condessa, com um copo vazio na mão, estava um homem de cabelo branco rapado, rosto bexigoso e escarlate e brinco na orelha, fazendo lembrar os velhos pederastas veteranos dos antros escuros de Amesterdão.

— Miguel, queria apresentá-lo a um dos meus melhores amigos, o Aristide Sigonneau. O Aristide é dono da galeria L'Âge d'Or e ficou bastante curioso quando lhe falei de si. Ele anda sempre à caça de novos talentos escondidos para expor na sua galeria, e mostrou-se interessado em ver o seu portefólio — anunciou a condessa.

O velho Sigonneau acenava com a cabeça, sendo impossível perceber se o fazia em reacção às palavras da condessa, se à cadência da música. Os seus olhos de bêbedo, vidrados e apáticos, diziam que sim a tudo. Tornara-se claro para Miguel que ele estava demasiado pedrado para ter vontade própria e que a querida condessa de Biscarrosse tinha aproveitado o momento de fraqueza para lhe formatar a mente para receber as obras de Miguel na galeria. Agora tudo o que ele tinha de fazer era dar-lhe uma boa dose de conversa e assegurar-se de que Sigonneau se lembraria dele na manhã seguinte. Miguel falou-lhe longamente dos seus projectos artísticos, apadrinhado pelos sorrisos da condessa; Mark desviou os olhos do grupo com quem conversava, no outro extremo da sala, e piscou o olho a Miguel, com um sorriso sarcástico. Quando Sigonneau começou a lançar demasiados olhares saudosos ao bar das bebidas e a prestar menos atenção à conversa, Miguel desculpou-se e dirigiu-se à casa de banho.

Sob a luz anémica dos lavabos, uma jovem manequim que não deveria ter mais que dezanove anos debruçava a cabeça no lavatório sob uma torneira a correr, choramingando: «Sou desprezível, sou a maior merda que pode haver!», enquanto um sujeito embriagado com cara de fuinha fingia ajudá-la e lhe apalpava de forma obscena todo o corpo, tornado insensível e inerte pela farmacopeia de alcalóides que lhe corria nas veias. Miguel pediu perdão e pensou em procurar outra casa de banho, mas a rapariga dirigiu-lhe os olhos vidrados de anjo de plástico e, com o cabelo a escorrer água, implorou:

— Por favor, faça tudo o que vinha fazer, como se eu não estivesse cá!... Como se eu não existisse! Não quero perturbá-lo, porque eu sou um verme! — E entornou de novo a cabeça no lavatório, soluçando.

— Porra! Vou dar de frosques! — exclamou Miguel, enojado.

— Não ouviu a menina? — resmungou o outro, numa voz pífia de bêbedo, enquanto abria a braguilha desajeitadamente. — Faça lá a sua mija ou lá o que quer que seja que veio cá fazer, como se não se passasse nada!

Chocado, Miguel sacou-o das calças e apontou à retrete, tentando limitar-se a olhar para o que estava a fazer, abstraindo-se dos soluços chorosos e dos balidos de prazer que vinham de mesmo ali ao lado.

O resto da noite não foi menos bizarro. Miguel exilara-se numa das salas recatadas do andar de cima da casa da condessa com um jovem encenador de teatro experimental e a namorada, mais uma garrafa de *vodka*. Discutiam alguns projectos teatrais e a possibilidade de Miguel ficar encarregado do cenário da sua próxima peça, quando, vindos do andar de baixo, se ouviram gritos histéricos de pavor. Desceram a escadaria com calma, julgando tratar-se de mais alguma bizarria dos convidados, e perguntaram despreocupadamente o que se tinha passado.

Um *papparazzo* atrevido conseguira trepar até à varanda por um tubo de escoamento de águas e, escondido pelo cortinado, o seu *flash* apanhara justamente o momento em que a condessa levantava a cabeça da mesinha da sala de estar com os olhos inchados e as narinas polvilhadas de cocaína. O malandro escapara-se logo a seguir e desaparecera na esquina, à pendura numa moto. Pânico. Horror. Escândalo. A festa terminou ali. A música calou-se. A condessa, transtornada, empurrava os convidados para a porta pedindo mil perdões e prometendo que lhes telefonaria depois.

Mark já se havia posto na alheta assim que lhe cheirara a confusão. Ainda procurara Miguel, mas como não o vira, imaginara que se teria esgueirado para alguma das suítes com alguma jovem manequim de feições angélicas e não pensou mais no caso.

Miguel também foi posto na rua. À entrada do prédio, encolhido em posição fetal junto à ombreira da porta da rua, o tipo com cara de fuinha que há pouco se aproveitava da manequim alucinada, delirava com o olhar esgazeado plantado em Miguel.

— Isto é que é uma festa! Há muito tempo que não me divertia assim! Espero que a condessa organize mais em breve! — balbuciou.

E por um breve segundo pareceu que a morte lhe subia aos olhos e a fala foi-lhe tirada por uma golfada de vómito, que derramou sobre o chão da rua. «Este já não sai daqui para lado nenhum», pensou Miguel.

O último a ser corrido da casa da condessa foi o velho Sigonneau, que descia a escadaria colado como uma lesma ao corrimão de mármore. Ao cambalear pela ombreira da porta da rua, deu um forte encontrão com a perna no cara-de-fuinha, que, sem forças, foi entornar-se de bruços sobre a sua própria poça de vomitado. Sigonneau mirou-o por instantes, enojado e com o desprezo estampado na face, como se o tipo se tivesse atirado para ali de livre vontade.

— Eu sei quem tu és! — exclamou, com o olhar alucinado, ao ver Miguel. — Tu és aquele puto, o protegido da Biscarrosse! Como é que te chamas mesmo?

As suas palavras eram quase imperceptíveis, só com muita atenção se conseguia distinguir algum significado nos sons guturais e empastelados que produzia. Por instantes desequilibrou-se e foi abraçar-se ao pescoço de Miguel, implorando que o levasse a casa.

— Muito bem... Onde é a sua casa? — perguntou-lhe numa voz serena, tentando incutir-lhe alguma calma.

— A casa... A minha... Não sei... Não me lembro! Não sei, mas leva-me a casa, não me deixes aqui, peço-te, leva-me, não me deixes ficar aqui sozinho! — soluçou, com os joelhos a tremer e agarrado ao pescoço dorido de Miguel, antes de irromper num pranto amargo.

Miguel já havia assistido a muitas cenas como aquela. O corpo humano é um microlaboratório de reacções químicas, um laboratório muito mais complexo do que deveria ser permitido ao *homo sapiens-ma-non-troppo*. Uma noite a emborcar álcool, uns riscos de coca, pastilhas, uns quantos balões de óxido nitroso e duas ou três ganzas para ajudar à festa, tudo aquecido e chocalhado ao som de música bem batida, e o cérebro transforma-se num campo de batalha — há tipos que só às cinco da tarde do dia seguinte começam a conseguir lembrar-se de coisas simples como o seu próprio nome.

Não valia a pena insistir com ele. Já era uma sorte o velho conseguir lembrar-se de inspirar e expirar. Miguel pensou em levar Sigonneau consigo para o seu apartamento da Rue des Deux Chemins. A ideia repugnava-o, mas luzia-lhe na mente a promessa de uma exposição individual na L'Âge d'Or, o que era algo demasiado precioso para desprezar. Amparou-o pela cintura para evitar que ele se estatelasse no chão como um boneco de borracha e carregou-o até aos Champs-Elysées para chamar um táxi.

Quem visse aqueles dois vultos caminhando agarrados na escuridão da madrugada parisiense não deixaria de sorrir de compaixão e de lembrar aquelas gestas de heróis que arriscam a vida para carregar um camarada ferido na batalha. Ninguém diria que Miguel estava apenas a proteger o seu investimento.

XII

Frrrrzzzzzzzzzzztttttt squeeeeeeeaak

— Aqui fala do módulo espacial Sisifus I, conseguem ouvir-me aí em baixo, Houston?

— Afirmativo. Há três dias que não conseguíamos entrar em contacto, que raio se passa aí em cima?

— Tivemos uma avaria no sistema de comunicação. Além disso, toda a tripulação está atacada por uma estranha demência. Anteontem era apenas o Carl, que se passou dos cornos e mais parecia um cão raivoso. Tivemos de o amarrar e amordaçar. Mas agora todos os restantes membros da equipa estão nesse estado. Passam os dias furiosos a agredir-se mutuamente e tenho de estar a pé noite e dia a proteger os comandos da nave com o machado de incêndio!

— O quê? Chame o Ivan, o médico da expedição, ao intercomunicador.

— Até chamaria, Houston, mas ele parece demasiado atarefado a morder no polegar do meu pé.

— Hamm... Tudo aponta para que se trate da Síndrome de Karpovsky...

Rsssssssschhhhhhhhhh

— Os russos depararam-se com esse problema nos anos 70. Tudo indica que seja originado pela inalação de partículas de poeira de estrelas difundida por explosões termonucleares de supernovas. Ela infiltra-se nos ventiladores e não é totalmente estancada pelos filtros atmosféricos, porque são partículas de dimensões microscópicas. Em certas galáxias, isso é muito frequente.

— Perfeito, Houston! E agora o que é que eu faço com uma tripulação completamente choné?

— Há quem diga que a ingestão de canabidiol ou CBD cria imunidade à Síndrome de Karpovsky, devido às perturbações que produz no funcionamento do sistema imunológico, onde se localizam a maioria dos receptores CB2. Não temos estudos oficiais sobre a matéria devido à lei dos narcóticos. Seu malandro, andou a aldrabar os exames de urina durante a recruta!

(Risos gozões no centro de comando de expedições espaciais.)

— Vou abortar a expedição, Houston. É impossível continuar nestas condições. Regressamos à Terra.

— Era só o que faltava! Oiça bem: não se atreva a fazer uma coisa dessas! Pense nos nossos patrocinadores. Sabe o que tem a fazer quando pisar o solo de Vénus: mostrar bem o maço, acender um cigarro e dizer: «Ah, *Marlboro!* O verdadeiro sabor da aventura!»

Rsssssssssssch titititititititit!

— Expedição Sisifus I? Expedição Sisifus I! Respondam! Maldição! Alguém tem mais uma moeda de vinte cêntimos?

Miguel acordou com a luz do Sol ferindo-lhe o olhar. Reviu num relance o estranho sonho que tivera e logo procurou com os olhos o velho Sigonneau, que estava tal qual como ele o deixara na noite anterior, estendido de braços abertos sobre a sua cama, ressonando como um javali. Miguel dormira encolhido no velho sofá.

Como o relógio marcava as duas da tarde, achou boa ideia acordar o velho.

— Vamos, levante-se. Já é tarde — sussurrou, enquanto lhe abanava os ombros.

Sigonneau resmungou qualquer coisa imperceptível e voltou-se de barriga para baixo. À segunda tentativa de Miguel, ele abriu os olhos com dificuldade e agarrou-se ao crânio num gemido de dor.

— Sinto-me a morrer! — gemeu.

— É normal — assegurou-lhe Miguel. — É da ressaca. Ontem à noite estava num estado lastimável.

Sigonneau percorreu aquele quarto estranho com os olhos.

— Onde estou? — perguntou.

— Está no meu apartamento. Não se lembra de nada? Ontem à noite... A festa da condessa de Biscarrosse... Encontrei-o com o cérebro fundido, à saída, nem se lembrava da sua própria morada. Tive de o trazer para aqui.

— Lembro-me vagamente. Foste um cavalheiro em safares-me! — balbuciou Sigonneau, com a voz empastelada de sono, antes de cair de novo sobre a cama, agarrado à cabeça, fulminado por uma dor lancinante.

— Sabe que com a idade vão-se tornando piores... Quer uma aspirina? — ofereceu Miguel.

Sigonneau levantou-se de um salto, resmungando algo imperceptível contra os medicamentos químicos. Cambaleou pela casa e, ao encontrar a cozinha, Miguel ouviu-o a revolver os armários. Passado um pouco, tornou ao quarto numa fúria atabalhoada.

— Nao há nada de jeito nesta porra desta cozinha! Até parece que voltei aos tempos da minha terceira mulher! Há algum café aqui na zona?

Miguel lavou a cara e acompanhou-o pela escada do prédio abaixo. À saída, Sigonneau ia tropeçando em Vasil, o albanês desempregado, e quedaram-se em observação mútua durante longos segundos. Pareciam dois cães farejando-se.

— Sujeito curioso... Deve ter mau feitio, como eu. Gosto disso! — comentou Sigonneau, enquanto caminhavam pela rua.

No pequeno café arménio, o empregado enxotava moscas com a toalha e o único cliente era um velho que ruminava o seu cigarro a um canto. Miguel pediu um galão e Sigonneau tentou explicar ao empregado o que queria num murmurejar imperceptível. Quando o empregado meneou a cabeça dizendo que não compreendia, Sigonneau pediu-lhe que o deixasse passar para o lado de lá do balcão e preparar ele próprio a sua bebida.

— Tu és jovem e ainda não sofres demasiado com estas malditas ressacas — bradou Sigonneau em voz alta, sem se virar para Miguel, enquanto reunia ingredientes, como se estivesse a apresentar um programa de culinária —, mas convém que vás aprendendo estas coisas. Um homem de ressaca não precisa de envenenar o corpo com químicos, precisa de ajuda divina! Pegas num copo grande, enche-lo com dois terços de sumo de tomate, e um terço de *vodka*...

Miguel assistia divertido à exposição, enquanto o empregado coçava a cabeça, estupefacto.

— E cinco esguichadelas de molho de tabasco. Mexes tudo muito bem com uma colher...

— Você vai beber isso? — perguntou Miguel, estremecendo de pavor ao antever o ardor do tabasco e da *vodka* incendiando a garganta em jejum.

— A esta bebida, meu amigo, dá-se o nome de Sangue de Cristo. Purifica o corpo e a alma e redime-nos dos pecados da véspera — respondeu, de olhar esbugalhado e lunático, enquanto erguia o copo com a mistela como quem ergue o Santo Graal.

— Tens aí trinta cêntimos à mão? — perguntou Sigonneau.

— Para quê? — estranhou Miguel.

— Quanto é que Judas recebeu dos sacerdotes do Templo para entregar o Mestre?

— Trinta moedas de prata...

— Aí tens! — concluiu o velho.

Pegou na moeda de vinte cêntimos e na de dez emprestadas por Miguel, atirou-as para dentro do *cocktail* e ergueu-o, proferindo uma curta prece em surdina, perante o olhar atónito do empregado e de Miguel. Para completar o ritual, bebeu a mistela de um só trago, esboçando uma careta medonha, e cuspiu as moedas de volta para o copo vazio.

— Já me sinto um homem novo! — gritou, com a voz corroída pelo molho picante e pelo álcool, mas animado por um súbito acesso de vigor.

Ambos pediram café e ficaram a conversar, encostados ao balcão. Sigonneau, além de conhecido mecenas das artes, era a imagem acabada do monstro mitológico parisiense, que cruza os recantos sombrios da noite citadina, protagonista de bizarras gestas urbanas transmitidas de boca em boca por várias gerações como se se tivessem passado com um amigo de um amigo. Herdeiro de uma fortuna construída na produção de solventes industriais em Le Havre, rumara a Paris aos dezanove anos, a fim de estudar Direito, como queria a família. Desistiu do curso ao fim de três meses, enveredou por belas-artes sem dizer nada aos pais, e começou uma existência diletante de bebedeiras e discussões herméticas nas espeluncas estudantis da margem esquerda do Sena. O seu pai morrera poucos anos antes, com Alzheimer, convencido de que o filho era um advogado de sucesso.

— Não valia a pena dizer-lhe a verdade. Assim pôde saborear o seu sonho, e eu o meu.

Sigonneau bateu com a palma da mão na testa, soltando uma exclamação.

— Antes que me esqueça: vi alguns dos teus quadros naquela espelunca a que tu lisonjeiramente chamas quarto, e fiquei impressionado. Até ao início de Setembro espero que me telefones para ajustarmos os pormenores da exposição das tuas obras na L'Âge d'Or. Gostei muito deles, têm aquela força primordial e feroz de tudo o que é autêntico! Isso hoje em dia vai-se tornando raro. «A estética morreu, porque a elaboração matou a virtude», disse Schopenhauer há mais de um século, e com toda a razão!

A arte morreu — respondeu Miguel em pensamento — porque as vanguardas sucessivas conseguiram confundir e relativizar de tal forma a ideia do belo, outrora um dado inato de um sentido estético quase universal, que hoje em dia tudo é arte, ou seja, nada é arte; a ciência morreu quando os cientistas entenderam ser mais rentável criar bombas que vacinas; o direito internacional morreu assim que se percebeu que a sua vinculatividade varia consoante o poder do Estado prevaricador; Deus morreu, dizia Nietzsche; Nietzsche também morreu. Restará algo vivo, nos dias que correm?

Enquanto Sigonneau percorria a juventude e se gabava das noites de bebedeira com Sartre, Miguel apoderou-se disfarçadamente do copo vazio da santa mezinha contra a ressaca e recuperou do seu fundo as moedas que havia emprestado. Estas tilintaram ao deslizar pelo vidro e atraíram um breve olhar de esguelha do velho. Um arrepio de culpa trespassou-lhe o espírito por se ter agarrado ao dinheiro que até os sacerdotes do Templo recusaram quando o Iscariotes o atirou aos seus pés, arrependido do seu acto.

Vieram-lhe à cabeça as palavras remotas de um académico de longa juba grisalha durante um ciclo de conferências promovidas por uma colectividade anarquista, em Florença:

— A ganância, meus senhores, na sua versão mais básica, mais não é do que a ânsia de ter coisas, bens materiais. Este terrível instinto animalesco, que a espécie humana desenvolveu em todo o seu negro esplendor, tem sido desde tempos imemoriais criticado por todos os verdadeiros humanistas. As próprias religiões... e falo nas religiões enquanto conjunto de crenças metafísicas, e não como instituições e pessoas que as representam... têm sido unânimes em condená-la. Na Bíblia consta como um dos sete pecados mortais, nas escrituras budistas é apontada como causa de todas as

107

desgraças humanas... O dinheiro, por sua vez, esse vil metal que comanda os destinos de qualquer sociedade capitalista nos seus variados estádios de evolução, representa a capacidade ou possibilidade de ter bens. A conclusão óbvia a que chegamos é a de que a ganância por dinheiro é a pior das ganâncias, pois ela não se reporta simplesmente a bens, reporta-se à possibilidade de os ter quando o sujeito muito bem entender; é, portanto, uma ganância açambarcadora. Na especulação financeira temos a ganância suprema, a febre dourada em fase terminal, pois subjacente a esta está o desejo de possuir dinheiro para que este gere mais dinheiro ainda; ou seja, para multiplicar *ad infinitum* as possibilidades de domínio sobre bens. Mas será esta a única função do dinheiro, a de permitir *ter*? Se fosse apenas essa, seria fácil ao homem, como ser racional, descobrir o seu erro e abolir de uma vez esse instrumento de exploração, que lhe tem trazido mais desgraças que benefícios. Depressa passaríamos a usar o nosso prodigioso polegar oponível apenas para manejar instrumentos e construir o bem-estar, e não para nos apoderarmos daquilo que nos rodeia. Mas não! A suprema perversão das sociedades capitalistas é que o dinheiro não é apenas um instrumento ao serviço do *ter*, mas tornou-se igualmente indispensável ao próprio *ser*. O dinheiro tudo concede a quem o tem, mas àqueles que se encontram confinados ao lado errado da muralha das classes, nega-lhe as mais básicas hipóteses de realização enquanto seres humanos, como a saúde, a educação, a cultura, a mobilidade. Se analisarmos com atenção a retórica cínica do tal «iluminismo» burguês cujo paradigma ainda paira sobre o pensamento ocidental (e o iluminismo mais não é do que a crítica ao capitalismo nas suas formas mais imperfeitas, ou seja, mais ineficientes na exploração do homem pelo homem, pelo que representa a ausência de crítica ao ideário burguês), a retórica iluminista, dizia eu, não promete a felicidade. Promete, isso sim, a livre procura da felicidade em regime de concorrência feroz entre os homens. Trará o dinheiro felicidade? No presente estádio de evolução da humanidade, infelizmente sim, porque o dinheiro se encontra indissociavelmente ligado à realização do ser. *Pecunia non olet*, o dinheiro não tem cheiro, dizem os fiscalistas, para assim poderem tributar rendimentos de actividades criminosas. Pois eu digo: o dinheiro tem cheiro e cheira mal. Sempre. Onde quer que se encontre, de onde quer que provenha, trará sempre o odor forte da miséria daqueles que ficaram pelo caminho na desenfreada corrida ao ouro. O ser humano jamais ascenderá à total emancipação enquanto não abolir este vil instrumento de valor.

Ao terminar a palestra, o velho académico corou e estacou por instantes, hesitando como quem pensa: «Digo?... Não digo?...». Por fim desembuchou, pedindo à assistência para não se esquecer de, à saída, dar a sua contribuição monetária, na medida do possível, para ajudar a financiar as actividades da colectividade.

Miguel conduziu Sigonneau de volta, em direcção ao seu apartamento, onde tencionava chamar um táxi para o levar a casa. Sentia-se inquieto e com um estranho nó no estômago. Estaria predestinado a terminar os dias como um velho sátiro vicioso e desiludido com o mundo, citando Schopenhauer, terminando as noites com a memória apagada pelo álcool e drogas porque recordar dói? Apetecia-lhe apalpar cada centímetro de pele do rosto em frente ao espelho, tentando detectar algum traço de Sigonneau ou do que quer que fosse que lhe permitisse atingir num relampejar de iluminação fugaz o futuro para o qual caminhava. Sigonneau não tinha amigos, apenas conhecidos. Caminhava pelo mundo como um eterno turista; conhecia gente, muita gente, mas sempre como o-tipo-que-vem-de-fora, como um explorador de terras distantes para quem os nativos desempenham os seus rituais, as suas danças, convidam-no a provar a sua hospitalidade, mas sem jamais entrarem na sua vida nem permitirem que ele entre na deles. Sigonneau não tinha mulher, apenas amantes. Uma vida inteira de afectos fugazes e vazios pareciam tê-lo tornado imune ao amor, incapaz de sentir o doce arrebatamento que se desenrola para além do deslumbramento dos primeiros tempos. Mesmo que agora procurasse o amor, as suas paixões seriam de combustão rápida e terminariam irremediavelmente em cacos de amargura e incompreensão. Paris não foi feita para homens assim; para eles, a cidade do amor será sempre um perpétuo coito interrompido.

Na verdade, ao fim de três anos vagueando pela Europa, a alma de Miguel era ainda um enorme estaleiro de obras, desarrumado e caótico. Antes de partir para o seu longo exílio, esperara conhecer o mundo, encontrar seres humanos com respostas para as questões que carregava na mochila, embriagar-se com a sua sabedoria e com ela encontrar a paz de espírito de quem conhece o sentido da sua existência. Em vez disso, cruzou-se no seu caminho com centenas de homens e mulheres também em busca de respostas para as suas próprias perguntas, toda uma humanidade em busca, igualmente órfã, igualmente digna de compaixão. De nada se arrependia, vivera que nem um danado, sorvera mais do mundo naqueles três anos do que a maioria das pessoas numa vida inteira, tornara-se um sujeito misterioso com uma aura de vagabundo de cajado bíblico, coberto pela mesma matéria-prima de que são feitas as lendas, mas a tal iluminação que esperava alcançar para si escapara-lhe sempre. Conhecera criaturas generosas, alucinadas, mais ou menos parasitárias como ele próprio, aprendera a viver sem posses nem apegos, enchera-se de mundo, e todo esse mundo desaguava num turbilhão de memórias fragmentadas e ruidosas que o faziam mais sábio, mais experiente, mas nem por isso mais feliz. Nenhumas dessas memórias vaporosas e intermitentes tinha o peso das recordações (que, no fundo, são memórias emolduradas no espírito) que guardava dos amigos que deixara em Portugal. Miguel estranhou ao dar consigo a fantasiar um regresso a Portugal para uma temporada de copos, galhofa e recordações da inocência perdida junto dos seus antigos companheiros, de tal forma que já a longa tira de alcatrão negro se desenrolava pelo seu espírito, mergulhado numa súbita visão etérea de luminescências de candeeiros de auto-estrada na noite da Europa.

XIII

Quando chegaram à porta do velho prédio, lá estava ela, Nadina, furiosa, tocando à campainha do primeiro andar de Miguel.

Nadina era daquelas pessoas que vivem com a tragédia gravada no rosto. Quem olhava para ela, sem saber explicá-lo, sabia encontrar-se perante alguém que havia nascido para ser carne para canhão de um qualquer destino superiormente traçado. Talvez a própria não se apercebesse, mas parecia aceitá-lo e acolhê-lo, o que fazia dela uma figura maior que a vida, como o são todas as heroínas trágicas, quer sejam de Tebas, quer de Paris. Uma sábia e velha criança, incrivelmente bela, cheia de mundo e cheia de nada.

No one could save her, save the blind tiger...

Quem, como Miguel, a avistasse ao longe, repararia imediatamente nos seus caracóis ruivos num alvoroço contido. Aproximaram-se, Sigonneau tocou-lhe ao de leve no ombro e ela voltou-se, revelando as inevitáveis sardas que sempre acompanham os cabelos da cor das chamas. Um milésimo de segundo depois, a surpresa: o desconhecido que aguardasse no seu íntimo um olhar azul ou verde a condizer com os cabelos ruivos e as sardas, veria surgir olhos castanhos — não dos serenos e banais próprios dos povos latinos: aqueles eram espantadiços e vívidos como os de um gato surpreendido sob a luz dum candeeiro de rua. Tudo isto, aliado a um estranho pressentimento que Miguel se habituara a ver surgir em momentos que se revelariam de viragem na sua vida, deixou nele uma impressão forte.

— Sempre a mesma merda, não é, Aristide? — refilou, assim que nos viu.

— Desde quando é que és minha mãe para andares atrás de mim a ver por onde eu ando? — protestou Sigonneau.

111

— Na noite de anteontem dormiste em minha casa, tão bêbedo que nem te conseguias mexer. Ontem estávamos todos juntos no Buddha Bar e desapareceste dizendo que ias só dar um salto a uma festa de uma amiga ali na zona. Nunca mais ouvi falar de ti, telemóvel desligado, enfim, desapareceste do mapa! Hoje de manhã o Raul acorda-me com a capa dum tablóide onde apareces com os olhos vidrados, agarrado a uma baronesa não-sei-do-quê, enquanto cheiravam riscos de coca. Aí comecei a preocupar-me. Consegui arranjar o número de telefone da casa, que pertence a uma tal condessa de Biscarrosse, que, segundo a empregada que me atendeu o telefone, fugiu esta manhã para uma das suas casas fora da cidade, desgostosa com todo aquele escândalo. Ela disse-me que te tinha visto sair com um rapaz que ninguém conhecia de lado nenhum, que era amigo dum travesti de Amesterdão que estava hospedado no Ritz. Bom, telefonei para o Ritz, pedi que me passassem a chamada para o quarto desse tal Mark Kippling, que, pelos vistos, estava acompanhado por um francês que me atendeu o telefone, e foi o tal Mark que me deu a morada do teu amigo!

— Ó Nadina, este rapazola é impagável! Divertimo-nos à grande, não foi, Miguel?

— Pois sim, tenho a certeza que se divertiram! — rosnou Nadina. — Ele provocou algum estrago ou fê-lo pagar alguma despesa? — perguntou a Miguel, mudando radicalmente de tom.

— Nada de nada. Foi um hóspede exemplar — respondeu Miguel, um pouco intimidado.

— Pois, aposto que sim... — murmurou, olhando ferozmente para Sigonneau.

— Seja como for, a hospitalidade tem de ser retribuída! Miguel, estás convidado para vir jantar amanhã a minha casa. Por essa altura já devemos estar recuperados dos pecados de ontem! — exclamou, dando uma cotovelada amigável a Miguel. — Tu também, Nadina, e traz esse traste com quem vives! — exclamou Sigonneau.

— Fica então combinado! — respondeu Miguel, estendendo-lhe a mão em despedida, enquanto Nadina se apoiava impacientemente na porta aberta do carro, fazendo sinal a Sigonneau para entrar.

— Dão mais trabalho do que o que valem, são assim as mulheres, rapaz! — segredou-lhe Sigonneau, antes de virar as costas.

«E que mulher!», pensou Miguel.

Hemingway, quando na sua juventude andara por aquelas bandas, muito provavelmente passaria o mês de Agosto fora de Paris, caso contrário não teria chamado à cidade, com tanta convicção, *a moveable feast*. Paris, no Verão, despida de parisienses, era uma seca, tal como um aquário vazio e poeirento, sem água e sem peixes. Só com muita sorte se conseguia ter uma noite interessante como a que Miguel teve em casa de Sigonneau.

Miguel tocou à campainha da porta de casa do seu anfitrião, que ocupava todo um andar de um prédio elegante situado numa zona pacata da cidade. Uma criada morena e de baixa estatura conduziu-o até à sala, comunicando-lhe que havia sido o primeiro a chegar, que Sigonneau estava só a arranjar-se («provavelmente a cambalear, zonzo, pelo quarto, após mais uma noitada», pensou Miguel) e que se entretanto precisasse de alguma coisa, podia chamar por ela, Adelaide.

— Adelaide? — estranhou Miguel.

Perguntou-lhe, então, em português:

— A senhora é portuguesa?

A empregada, embaraçada, respondeu-lhe prontamente, em francês, que não percebia o que ele dizia, e apressou-se a deixar a sala, repetindo que estaria ao dispor caso precisasse.

«Portuguesa, sem sombra de dúvida!», pensou Miguel, triunfalmente.

Ainda Miguel não havia tido tempo de fazer o reconhecimento completo da sala, espreitando pela janela e passando os olhos pelos títulos dos livros que se encontravam nas prateleiras, quando a campainha ecoou novamente, seguida dos passos sobre o soalho da diligente Adelaide, que depositou na sala Nadina e um tipo mulato enorme.

«Olá!», pensou Miguel, «Será este o tal "traste" de que falava ontem o Sigonneau?»

Miguel e Nadina observaram-se mutuamente por breves instantes, enquanto o mulato olhava em todo o redor, como um animal desconfiado, em território alheio.

Nadina incumbiu-se a si própria das apresentações. O mulato chamava-se Raul e era de Cuba, mas já vivia há muitos anos em França. Pelo tamanho e pela cara de poucos amigos, Miguel mais facilmente o imaginaria a quebrar ossos à entrada dum clube nocturno que de maracas em punho a cantar o «Guantanamera».

Seguiu-se uma breve e silenciosa troca de olhares entre todos, como sempre acontece quando um anfitrião deixa os seus convidados entregues a si mesmos, sem ainda se conhecerem, logo, sem nada de verdadeiramente importante para dizerem uns aos outros.

Foi Nadina quem quebrou o silêncio, perguntando a Miguel se era amigo de Sigonneau.

— Amigo, amigo, não direi. Conhecemo-nos ontem — respondeu Miguel, lembrando-se das motivações, tudo menos altruístas, que o levaram a dar abrigo a Sigonneau na noite anterior.

Nadina fez um sorriso enigmático, parecendo compreendê--lo sem que dissesse nada, e atalhou:

— Bom, uma pessoa com paciência para aturar aquele velho maluco ao fim de uma noite de bebedeira e sabe-se lá mais de quê, parece-me suficientemente amigo!

— És namorada do Sigonneau, ou algo do género? — perguntou Miguel.

Ao ouvir a pergunta, o cubano lançou-lhe um olhar feroz, como quem diz: «Estou-te a topar, vê lá o respeitinho!»

— Não! Tivemos umas aventuras no passado, nada de sério. Agora somos só bons amigos! — respondeu ela.

À mesa, um ambiente incómodo contrastava com o magnífico festim de ostras da Normandia regadas a vinho branco, seguidas de um assado e dum fantástico Bordéus. Sigonneau encarava Miguel e Nadina como dois discípulos predilectos e visivelmente desprezava Raul, sentimento que se esforçava cada vez menos por disfarçar à medida que as garrafas de Bordéus se esvaziavam. Raul parecia nutrir uma antiga raiva contra Sigonneau e uma grande desconfiança em relação a Miguel, desde que ele atirara aquela pergunta indiscreta. Nadina dividia a atenção entre as conversas com Miguel — os dois eram os únicos que realmente conversavam naquela mesa, não se limitando a falar para não terem que suportar o silêncio — e os olhares reprovadores lançados de esguelha ora sobre Raul, ora sobre Sigonneau.

Nadina era de Barcelona e viera para Paris estudar Gestão numa das conceituadas escolas que fornecem ao velho continente os *yuppies* de que necessita para funcionar, e apaixonara-se pela vida boémia parisiense, sem nunca cair totalmente no turbilhão de decadência de Sigonneau.

O tipo com quem ela vivia, Raul, era filho de um antigo diplomata cubano em Paris, e ficara por lá com o pretexto de terminar os estudos depois de o pai ter sido chamado de volta a Havana.

Também ele era um apaixonado pela boa vida parisiense e prolongava os estudos indefinidamente para não ter de regressar tão cedo à ilha de Fidel.

Para sobremesa, a zelosa Adelaide, num aparente gesto de simpatia para com o seu patrício, preparou-lhes uma fantástica travessa de arroz-doce, coberto com desenhos em canela em pó. Miguel lembrou-se então da cena narrada por Eça de Queirós n'*A Cidade e as Serras*, em que Zé Fernandes, para alegrar o seu amigo Jacinto, encomenda, em Paris, ao seu cozinheiro, uma travessa de arroz-doce à boa maneira portuguesa. Os dois protagonistas, lambendo os beiços de gulodice, viram então surgir, com horror, um tremendo prato de arroz-doce, maciçamente moldado em forma de pirâmide egípcia, mergulhada em calda de cereja, revestida de frutos secos e encimada por uma coroa de conde feita de chocolate e tangerina gelada. Miguel não conseguiu conter uma risada solitária e Nadina obrigou-o a contar o que o fazia rir tanto. A gargalhada alastrou-se por toda a mesa (mal sabia o velho Eça que as suas loucas histórias ainda fariam rir um grupo em Paris, decorrido mais de um século), à excepção de Raul, que observava Miguel com um sorriso distante e pirrónico.

O jantar terminou por volta da meia-noite e meia. Nadina pousou a chávena de café vazia e observou os outros, como quem diz: «E agora, que vamos fazer?»

— Vamos para alguma discoteca continuar a noite? — sugeriu.

Sigonneau queixou-se de que não se sentia muito bem, pelo que tencionava deitar-se cedo, mas incitou-os a irem sem ele.

Raul, parecendo embaraçado, sugeriu que fôssemos apenas a algum local beber um copo.

— É a primeira vez que oiço um cubano recusar-se a ir dançar! — gracejou Miguel.

— Fantástico, não é? — respondeu Nadina. — Pois o Raul é talvez o único cubano do mundo que não sabe dançar! É tão cómico, ias adorar vê-lo!

Miguel franziu o sobrolho, parecendo-lhe aquele comentário um pouco cruel. O pobre Raul estava com o ar de quem desejava desesperadamente encolher e esconder-se numa qualquer fresta do soalho.

Nadina apercebeu-se de que se tinha excedido, e tentou animá-lo.

— Mas eu gosto dele mesmo assim!

Apesar de o próprio Miguel não apreciar muito o ambiente de discoteca, aceitou logo o convite, para agradar a Nadina.

Na discoteca, Raul assegurou uma marcação cerrada a Miguel e Nadina, o que tornava impossíveis quaisquer eventuais confianças excessivas da parte de ambos. Mesmo quando via conhecidos que o cumprimentavam, Raul jamais saía de junto deles, limitando-se a acenar de longe.

«Ele bebeu ao jantar e agora está a beber uma imperial», pensou Miguel. «Mais cedo ou mais tarde, há-de ter vontade de ir fazer uma mija!»

Esse momento, porém, não chegou nunca.

Nadina dançava freneticamente ao som da música *house* que ribombava das colunas e fazia o chão vibrar. Parecia alheada de toda aquela disputa silenciosa pela demarcação do território entre dois machos, ou então apercebia-se e divertia-se a incitá-la, provocando ora um, ora outro, com movimentos mais ousados e olhar felino.

Miguel tinha quase a certeza de que Raul não era namorado dela, pois nunca os vira agarrados uma única vez, o que seria normal naquele ambiente festivo regado a álcool. Além disso, ele parecia infinitamente feliz cada vez que ela lhe tocava, ainda que de raspão, ou lhe dedicava alguma atenção naqueles passos de dança mais arrojados. A verdade nua e crua é que um homem se torna mais contido nos frenesins românticos quando já tem aquilo que quer.

Pelo padrão de comportamento, o mais provável era que alimentasse alguma secreta paixão por Nadina, mantendo-se ao lado dela na esperança de que algum dia ela entendesse quão feliz ele a poderia fazer e quanto a amava perdidamente. Raul fazia-lhe as vontades, abria-lhe as portas, pegava-lhe na malinha enquanto ela atendia chamadas de telemóvel de outros homens. Com o tempo, provavelmente terá sido promovido a amiguinho preferido e confidente de Nadina, a quem ela se queixava das sacanices dos homens com quem ia para a cama. Para um homem, tornar-se amigo de uma mulher que pretende conquistar é a mais segura garantia de que jamais terá qualquer sucesso com ela.

«Raul, meu grande idiota!», pensava Miguel, «não sabes que *nice guys finish last?*»

As mulheres costumam queixar-se de que os homens são todos iguais e a verdade é que têm toda a razão. Ao contrário das mulheres, acerca das quais não é possível estabelecer regras universais, os homens seguem todos instintos bastante idênticos, e existem padrões de comportamento que se repetem sempre. É por essa razão que todos os homens se compreendem uns aos outros, enquanto as mulheres nem a si próprias se entendem.

Quando os três saíram da discoteca, já o Sol rompia num halo luminoso por detrás dos prédios, que feria os olhos, habituados à escuridão e às luzes artificiais da noite. Nadina, embriagada, apoiava-se em Raul, que, assim que saíram, se apressara a oferecer-lhe o braço.

Talvez nessa mesma manhã, a caminho de casa, Nadina comentasse com ele que adorara conhecer Miguel e que se divertira imenso na sua companhia, e Raul respondesse com um «Pois, pois...», e fosse para a cama amargurado e incompreendido, como sucedera tantas outras vezes.

Miguel quase teria pena dele, não fosse ele o tipo que tinha de conseguir tirar do caminho, caso quisesse vir a ter outro tipo de intimidade com Nadina.

XIV

Ao longo das noites seguintes, Miguel e Nadina encontraram-se várias vezes, sempre sob o olhar silencioso e vigilante de Raul. Combinaram ir ao cinema e Raul foi com eles. Combinaram ir tomar um café ao Quartier Latin e Raul seguiu-os. Mais parecia que Miguel andava a cortejar uma filha da realeza, sempre com o guarda-costas seguindo cada passo do casal.

Numa dessas noites, estavam os três sentados, conversando animadamente enquanto bebericavam cervejas numa esplanada perto da Ópera, quando Miguel pediu licença para se ausentar por breves momentos e entrou no café, dirigindo-se à casa de banho. Não reparou num sujeito de baixa estatura, cabelos encaracolados e olhar esquivo que estava sentado sozinho numa mesa no canto da sala, e que enfiou a carteira e o telemóvel nos bolsos e se levantou assim que o viu passar.

Só ao fim de alguns segundos encarando os azulejos da parede acima do urinol é que Miguel se apercebeu de que não estava sozinho na casa de banho — alguém o observava, do seu lado direito.

Olhou o mirone de esguelha, fazendo o ar de durão mais convincente que conseguia, como quem diz: «Fala lá de uma vez, ou põe-te a andar se não queres ter problemas», mas o sujeito não desarmava. Por fim, Miguel rosnou:

— Não sei bem o que queres, mas calculo. E esquece, ouviste? Gosto de mulheres, ok?

— Isso sei eu, especialmente das que não te pertencem! — murmurou o estranho, numa voz rouca que mais parecia previamente ensaiada para dar um toque aterrador de pseudo-mafioso.

«Isto vai acabar mal!», pensou Miguel, fechando a braguilha.

— Queres um conselho? — continuou ele. — Afasta as mãos da Nadina. Ela pode custar-te cara à saúde.

— Mete-te na tua vida! — respondeu Miguel, enquanto desviava o estranho com o braço, para abrir caminho em direcção à porta.

O sujeito empurrou-o contra a parede, com mais força do que aquela que a sua baixa estatura permitiria adivinhar, obrigando Miguel a responder com um poderoso soco no maxilar.

O desconhecido ficou um pouco atordoado, mas logo regressou à carga com um pontapé que fez Miguel dobrar-se em torno do estômago. A seguir, abraçaram-se num confronto corpo-a-corpo, chocando contra lavatórios e espelhos da casa de banho. Por sorte, o barulho no interior do café impedia que as pessoas se apercebessem da luta que decorria no interior dos lavabos.

De súbito, a porta voltou a abrir-se e por ela entrou Raul que, ao ver os dois lutando, correu a meter-se no meio. Com a força de quem tinha o dobro do tamanho do outro, atirou-o contra o chão de mosaicos, provocando um enorme estrondo que dificilmente teria passado despercebido do lado de fora.

— Eu não te avisei já para deixares a Nadina em paz? — gritou Raul.

— Cabrão! — rosnou o outro, enquanto protegia a cabeça, deitado em posição fetal.

Raul respondeu à provocação com dois poderosos pontapés em cheio no rosto do outro, e logo um fio de sangue escorreu por entre os dedos da mão que tentava, em vão, proteger a cara.

— Que eu nunca mais te ponha a vista em cima! — avisou Raul, enquanto conduzia Miguel, lívido, para fora da casa de banho.

— Quem era aquele? — perguntou Miguel.

— Não interessa. Já é tarde, portanto vamos aproveitar para deixar as coisas pagas e sair daqui depressa. A Nadina não precisa de saber deste incidente, está bem? É melhor não comentares nada do que se passou — respondeu Raul, num tom seco.

Miguel e Raul pagaram no balcão e foram ter com Nadina. Os três entraram no carro de Raul e as avenidas da cidade desfilaram calmamente à sua volta em movimentos trémulos e fragmentados, como nas películas experimentais do século XIX, com temas banais como «trabalhadores saindo da fábrica» ou «senhoras na praia, na Normandia».

Miguel, sentado no banco de trás, deliciava-se com a brisa morna gerada pelo movimento do automóvel, que lhe refrescava o rosto através da janela aberta. Estava uma magnífica noite de calor, as mulheres flutuavam pelas ruas em minissaias e *tops* decotados, cheirando a gel de duche e a perfumes caros. Para onde quer que se olhasse, tudo parecia ameno, cintilante e civilizado.

Ele gozava a cidade em silêncio quando Nadina, soltando um palavrão, ordenou a Raul que acelerasse. Este, apercebendo-se subitamente de qualquer coisa, acelerou a fundo, atirando Miguel contra o encosto do banco.

— Se quiseres, eu paro o carro, vou lá e parto-lhe a boca toda! — gritou Raul.

Miguel olhou para trás e viu o sujeito da casa de banho, perseguindo-os ao volante de um automóvel, enquanto pressionava contra o nariz um lenço ensopado de sangue.

— Alguém sabe de onde é que ele apareceu? — perguntou Nadina.

— Bem, por acaso ele estava... — ia começar a responder Miguel.

— O Miguel teve um encontro desagradável com ele na casa de banho — interrompeu Raul. — Eu apanhei a cena a meio.

— Então e tu não me dizias nada?! — gritou Nadina.

— Não queria preocupar-te e nunca pensei que ele fosse suficientemente doido para vir atrás de nós. Mas se quiseres, paro o carro e vou lá ter outra conversa com ele... — respondeu Raul.

— Não quero mais confusões! — gritou Nadina. — Vamos ver se o despistamos!

Primeiro, uma cena de pancadaria na casa de banho; agora, uma perseguição de automóvel pelas ruas de Paris. Miguel pensava no que mais poderia ainda acontecer naquela noite. Colocou o cinto de segurança, coisa que de costume não fazia, pois aquela noite estava a ser tudo menos *como de costume*.

Raul acelerou pela rua deserta e virou à direita, fazendo chiar os pneus. O outro automóvel continuava no seu encalço.

Entraram numa rua mais movimentada. No passeio, estendia-se uma fila de gente à espera da sua vez de entrar numa discoteca, e muitos carros procuravam estacionar junto à berma. Ultrapassaram um automóvel pela direita e o seu perseguidor fez o mesmo. Ao fundo da rua, ao ver um semáforo que acabara de ficar amarelo,

Raul acelerou de repente, puxando ao máximo pelo motor do velho *Ford*, e conseguiram dobrar o cruzamento justamente no instante em que caiu o vermelho. Miguel olhou novamente para trás e soltou um suspiro de alívio. O seu perseguidor parara ordeiramente atrás do semáforo, enquanto eles desapareciam por entre o trânsito das ruas mais movimentadas.

— Quem era aquele tipo? — perguntou Miguel, enquanto recuperava do susto.

— Um antigo namorado da faculdade. Foi um ano e meio absolutamente miserável, aquele em que estive com ele. Desde que o pus a andar, persegue-me por todo o lado, pedindo-me para o ouvir dizer as coisas do costume, que desta vez vai ser diferente, enfim... Acabamos sempre essas conversas aos berros um com o outro. Ele é um ciumento obsessivo, é uma pessoa doente! Mas é inofensivo... — disse Nadina.

— Inofensivo?! Acabamos de o despistar numa perseguição automóvel digna de um filme de *gangsters!* Isto é normal?

— Ah, não! — respondeu Nadina. — Isto, é a primeira vez que acontece.

— Bom, e agora o que fazemos? — perguntou Raul, sem desviar os olhos da estrada.

— Não podemos ir para casa. Ele é bem capaz de passar lá a noite com o carro estacionado à porta do prédio, à espera de nos ver chegar — disse Nadina, pensativa.

— Isso para mim não era problema nenhum — retorquiu Raul. — Partia-lhe a cara e era da forma que nos deixava em paz definitivamente!

— Sim, sim, *Rocky*, davas-lhe uma valente sova, mas eu é que não quero cá mais escândalos.

— Podem ficar na minha casa, se quiserem. Essa não sabe ele onde fica e podemos ficar por lá a conversar até à hora que nos apeteça. Depois arranja-se forma de todos termos lugar para dormir... — sugeriu Miguel.

Foi assim que a Rue des Deux Chemins se tornou, naquela noite, no porto de abrigo para os fugitivos da loucura do ex-namorado de Nadina.

Durante essa noite falaram sobre tudo um pouco, sobretudo Nadina e Miguel, pois Raul passou boa parte da noite a dormitar, recostado no sofá, inteirando-se de tempos a tempos das conversas ouvidas a meio, só ocasionalmente deixando um comentário, para depois regressar novamente ao silêncio.

— Mas o que é que fizeste ao gajo para ele te perseguir assim? — perguntou Miguel, enquanto se sentava ao lado dela sobre a cama e lhe vertia para o copo um pouco de vinho do Porto trazido por um amigo de Portugal e que Miguel planeara guardar para uma ocasião especial.

— Namorei com ele um ano e meio. Havia ali um desfasamento qualquer de personalidades. Nunca nos demos realmente bem. Ele raramente saía à noite, excepto com os amigos dos copos do costume, e chateava-me a cabeça sempre que eu passava a madrugada toda em discotecas. Chegava a telefonar de hora a hora para controlar o que eu fazia. Depois vinham os ataques de ciúmes. Na imaginação dele, eu devia andar a encorná-lo com Paris inteira!

— Eu avisei-te desde o início! — suspirou Raul, estirado no sofá.

— Não me venhas com essa agora, está bem?

— Bom, um perfeito paranóico, portanto — comentou Miguel, para manter a conversa dentro do mesmo tema.

— Em grande parte, sim. Não digo que não tivesse razão para se preocupar, mas ele vivia a imaginar coisas — respondeu Nadina.

— Que razão teria ele para se preocupar? — perguntou Miguel.

— Desde logo, eu tenho um feitio difícil. Se gosto de uma pessoa e ela me trata com respeito, dou o melhor de mim. Mas também sei ser cruel quando quero. Foi raro o homem com quem tive uma relação que não tenha tido instalado, a certa altura, um belo par de cornos — confessou Nadina, sem vergonha, mas também sem orgulho.

— És então uma espécie de vampira sentimental! — observou Miguel, ficando, contudo, na dúvida se não estaria a ir longe demais nos comentários que fazia.

Nadina, porém, não parecia ofendida e perguntou, intrigada:
— Vampira sentimental? Como assim?

— Bom, quero dizer... uma mulher que anda de homem em homem, em busca de algo novo, algo diferente, alguém que a preencha e a faça sentir-se feliz, para mais tarde descobrir que essa pessoa afinal não consegue fazê-lo. Então, violenta-o psicologicamente e quando a tortura chega a um ponto em que deixa a outra pessoa num farrapo humano, sem nada mais para dar, deixa-o. Com o coração dorido, procura outro, e a história repete-se.

As palavras de Miguel mergulharam Nadina numa espécie de transe, carregado e soturno.

— Não o faço por gosto, nem de propósito... — murmurou.

— As vampiras sentimentais nunca o são por gosto. É um instinto... Por maldade ou não, tornam-se o tipo que mulheres das quais a malta aconselha os amigos a manterem-se à distância — respondeu Miguel.

No quarto reinava um cheiro a beatas de cigarro esfriadas, que se mesclava com o odor das tintas e da terebintina que vinha da sala, ambos esbatidos pela aragem quente que penetrava pela janela aberta.

— Acho que estou condenada a ser uma daquelas mulheres que nasceram para animar os sonhos dos homens em noites de solidão, mas com quem ninguém quer casar... — concluiu Nadina, encolhendo os ombros, resignada.

— Calha bem — respondeu Miguel, chegando-se para mais perto de Nadina. — Eu cá também não tenciono casar nos próximos tempos!

Nesse instante, Raul, que até ali dormitara, tossiu e abriu os olhos. Miguel forçou uma curta gargalhada fingida, como que a distanciar-se das suas próprias palavras. Depois, ficou a pensar porque tivera aquele reflexo estúpido. Aquela mulher deixava-o nervoso como nenhuma outra que alguma vez conhecera.

Nadina sacudiu os cabelos, como que tentado repelir da memória os acontecimentos daquela noite, e concluiu:

— Bom, mas agora que o Raul vai para Cuba daqui a uma semana e meia, para visitar a família, e por lá fica uns tempos, tenho de sair de Paris, ir para bem longe deste ambiente!

— Podes ir para casa, como as pessoas normais — observou Raul.

— Para Barcelona? Vou lá, sim, mas não queria lá passar muito tempo este Verão. As coisas não andam muito bem, ultimamente... Sempre que falo ao telefone com a minha mãe, acabamos a discutir, e não queria ter de aturar uma temporada inteira de mau ambiente.

E acrescentou, virando-se para Miguel:

— É uma história familiar complicada... Mas tenho mesmo de mudar de ares, ir para longe daqui por uns tempos.

No espírito de Miguel luziu então uma ideia, tão louca e descabida que parecia perfeita.

Sorrindo, perguntou a Nadina:

— E Portugal, parece-te suficientemente longe?

XV

Três dias passados sobre aquela noite, a interminável estrada desenrolava-se perante os olhos de Miguel e Nadina, rasgando de lés-a-lés a geografia francesa.

Na América, existem pelo menos três estradas emblemáticas, feitas tanto de alcatrão e cimento como de sonhos de escritores, vagabundos e aventureiros: a famosa Road 66, de Chicago a Los Angeles; a mítica Big Sur, inúmeras vezes exaltada pela *Beat Generation*, que percorre a costa da Califórnia; a desmesurada Pan--Americana, que parte da Patagónia chilena, segue pelos Andes, serpenteia pela América Central acima até vir terminar no Norte do México. Na Europa, as grandes estradas não têm nome, são apenas longas faixas de alcatrão identificadas por números sem alma, onde o caminho em si é tido como um mal necessário para se chegar ao destino, a única coisa que verdadeiramente interessa.

Miguel vinha sonhando ao longo de várias semanas passar uns tempos em Portugal, para rever os amigos. Fazê-lo com companhia, sobretudo levando consigo uma mulher interessante como Nadina, parecia-lhe ainda mais delicioso.

Quando Miguel atirou a ideia de irem juntos até Portugal, Raul empalideceu. Já tinha comprado as passagens de avião para Cuba, estando o voo marcado para dali a uma semana e meia, e antes disso planeava ir visitar um amigo seu a Madrid (teria convidado Nadina a acompanhá-lo, se ela não tivesse aceite tão entusiasticamente a ideia de ir até Portugal, país onde nunca estivera).

Na véspera, Miguel havia telefonado ao seu amigo Francisco, que nesse momento acabava de fazer a mala para partir para a quinta alentejana onde Faria, outro amigo de juventude, vivia com a mulher.

Miguel discou também o número de Faria, sob o olhar impaciente da senhoria, que lhe cobraria a preço de ouro cada minuto passado em chamadas internacionais desde o telefone de sua casa, já que Miguel não tinha telefone fixo no apartamento.

Atendeu Sandra, que correu a chamar o marido, sem grandes conversas de cortesia, para evitar que o amigo gastasse demasiado dinheiro com a chamada. Passados poucos segundos, Miguel ouviu Sandra anunciar do outro lado: «É o Miguel!», seguindo-se a voz familiar de Faria, exclamando um: «Olha, olha, quem é ele!»

— Ligou para a Linha SOS: Saudades da Terra, vinte e quatro horas por dia ao serviço das comunidades portuguesas espalhadas pelo mundo. Se quer saber os resultados da liga de futebol, marque um; se quer queixar-se de como é difícil beber um café decente no estrangeiro, marque dois; se está cansado de línguas gélidas e quer ouvir uma morenaça a dizer palavras doces em português, marque três.... — disparou Faria, assim que atendeu o telefone, imitando de improviso o tom monocórdico de uma gravação, enquanto Miguel ria à gargalhada do outro lado da linha.

— Ora bem, eu estou para aqui na França emigrado e estava a pensar ir para Portugal amanhã, com uma amiga de cá! — respondeu Miguel, entrando na brincadeira e imitando a pronúncia, meio beirã, meio afrancesada, da maioria dos emigrantes portugueses em França.

— Venham então cá passar uns dias a casa, que também vai cá estar o Francisco. Estava agora mesmo a pensar no plano turístico para entreter os convidados — sugeriu Faria.

— E não há problema em levar essa amiga comigo? Ela não tem propriamente aonde ir durante o Verão e também não convém que fique aqui por Paris... É uma longa história...

— Sim, claro! Trá-la também! Temos um quarto vazio, que fica num anexo, e há lá muito espaço! — exclamou Faria.

O combinado era irem no carro de Raul até Madrid, aproveitando o facto de este passar pela capital espanhola para visitar o amigo, e seguirem depois de autocarro até Évora, que era uma das paragens normais da viagem Madrid-Lisboa. Assim que atravessassem a fronteira, telefonariam a Faria, que se encarregaria de ir buscá-los de carro à cidade.

Pelas cinco da manhã, o pequeno grupo navegava pelo asfalto liso e infinito da auto-estrada, todos silenciosos e ensonados, a cheirar a gel de banho e com hálito de café matinal e dentífrico. Com Raul ao volante, iam como que embalados pelo rugido do motor e pelos traços brancos que se estendiam sobre o alcatrão, que pareciam esticar e de novo encolher à medida que avançavam.

A paisagem desvelava-se sob os seus olhos. Almoçaram na Dordogne e continuaram a sua marcha em direcção ao Sul, onde a planície deu lugar aos maciços rochosos dos Pirinéus Atlânticos e, finalmente, Espanha. O calor aumentava à medida que deixavam para trás a montanha e penetravam no coração da Ibéria.

Raul parecia atrapalhado desde que haviam transposto a fronteira espanhola, pois não parava de mexer no telemóvel com olhar apreensivo. Foi apenas quando se encontravam já a menos de duzentos quilómetros de Madrid, em pleno deserto castelhano, que anunciou:

— Não sei o que se passa, mas estou há horas a tentar ligar ao Alex, o meu amigo de Madrid, e ninguém atende!

— Bom — disse Miguel, reflectindo —, tens a morada dele?

— Tenho-a aqui anotada.

— Então vamos tentar ir lá ter. Depois, logo se vê.

A noite já havia caído quando as placas da auto-estrada anunciaram a aproximação da capital espanhola. Mirasierra, o bairro onde ficava a casa do amigo de Raul, surgia indicado no mapa como um aglomerado rodeado de espaços verdes na zona norte da cidade.

Pelo aspecto, era claramente uma zona residencial de elite: blocos de apartamentos murados e cercados por árvores, mansões imponentes, *Porsches* e *BMWs* aguardando a abertura de portões automáticos...

A morada que procuravam ficava num desses prédios, situado numa rua pacata. Tocaram à campainha do portão, mas ninguém atendeu pelo intercomunicador. Repetiram a operação vezes sem conta, mas no apartamento ninguém dava sinais de vida. Também pelo telefone continuava a ser impossível contactar o amigo de Raul.

— E agora, que fazemos? — perguntou Nadina, irritada.

Encontravam-se os três sozinhos, numa cidade que não lhes dizia nada, sem um sítio para onde ir nem ninguém a quem recorrer.

Atordoados com a situação, mantiveram-se perto de uma hora dentro do carro, parado na berma, do lado de fora do condomínio, enquanto Raul tentava em vão telefonar ao amigo.

Miguel pensava na estranheza de toda a situação: encontrava-se parado no meio da rua, num arrabalde fino de Madrid, por causa de um amigo de Raul que, por sua vez, era amigo de Nadina, que era amiga de Sigonneau, que tinha conhecido através da condessa de Biscarrosse, a si apresentada por Mark. Um mês atrás, estava pacatamente em Paris e agora, graças a um amigo de um amigo de uma amiga de um amigo de uma amiga de uma amizade sexualmente híbrida (Mark), encontrava-se ali, naquela estranha situação.

Um carro-patrulha da polícia parou junto deles e por lá se manteve durante alguns minutos. Dele saíram então dois agentes com ar inquisitivo.

— Os senhores estão aqui parados há um bocado. Há algum problema? — perguntou um deles.

— *No pasa nada, señor!* — respondeu Raul, explicando a situação.

Ao ouvirem a pronúncia sul-americana de Raul, os agentes trocaram um olhar desconfiado. Um deles murmurou para o outro, de forma audível:

— O carro deles tem matrícula francesa...

Pediram-lhes os documentos de identificação e demoraram-se sobre o passaporte de Raul, com um visto de estudante, devolvendo-o sem mais perguntas. Viram também os documentos de Miguel e Nadina.

— Um cubano, um português e uma catalã, num carro francês, parados em Mirasierra a esta hora da noite? Não estão a tramar nenhuma, pois não? — perguntou um deles, com um sorriso paternalista.

Perante a resposta negativa, concluiu:

— Bom, nesse caso, pedimos desculpa pelo incómodo. As pessoas daqui são um pouco desconfiadas e recebemos chamadas pedindo que viéssemos cá ver o que se passava.

Os três forasteiros perguntaram aos agentes como se ia para o terminal de autocarros de longo curso da cidade e despediram-se deles. Deixaram depois o bairro de Mirasierra, em direcção ao centro de Madrid.

Eram onze e meia da noite quando chegaram ao terminal ferroviário e rodoviário de Atocha, situado num bairro lúgubre a sul do centro, onde puderam constatar, pelo horário afixado numa montra da empresa de transportes, que haviam perdido por alguns minutos o último autocarro da noite com destino a Lisboa e paragem em Évora. O próximo sairia apenas às nove da manhã seguinte.

— De qualquer forma, não podíamos deixar o Raul aqui sozinho, sem sabermos o que é feito do outro. E se fôssemos procurar um sítio ainda aberto para comermos qualquer coisa? — sugeriu Miguel.

Entraram numa pequena tasca, numa esquina mal iluminada da Calle de Atocha, paralela à linha de comboio. No seu interior, dois velhos jogavam às cartas enquanto bebiam aguardente de *orujo* por copos em forma de dedal. Por todo o lado havia cartazes de eventos taurinos, cornos de touro e outros troféus pendurados pelas paredes. Do tecto pendia um apocalíptico engenho de electrocussão de moscas, que projectava uma aura azul-celestial por toda a sala e denunciava cada nova captura com um zumbido seco.

Os três viajantes pediram para comer as primeiras coisas que viram na montra de vidro baço sob o balcão. Três sandes de presunto, argolas de calamares à romana fritos em óleo de motores e uns estranhos e misteriosos pastéis não-identificados que pareciam de origem vagamente animal, boiando numa espécie de molho gorduroso de escabeche. Com a fome que traziam, o execrável repasto, empurrado até ao estômago por cerveja, soube-lhes que nem o mais requintado banquete.

Entretanto, o jogo de cartas, que decorria ao lado, parou. Um dos velhos, gordo e de camisa desabotoada até ao meio do tronco, dirigiu-se ao balcão para pedir mais uma rodada de *orujo*, fazendo conversa enquanto o dono da tasca enchia os copos.

— Já encontraram o noivo da andaluza? — perguntou o velho.

— Creio que ainda anda desaparecido — respondeu o outro, enquanto colocava três copos sobre o balcão. E é o melhor que ele faz, porque a família da *chica*... Aquilo não é brincadeira! — exclamou o dono do bar, sacudindo a mão para sublinhar a gravidade da situação.

— O rapaz estava a pedi-las! Quem lhe mandou trair a noiva indo para a cama com a actriz?

— Qual quê! Com uma mulher daquelas até eu ia, e sou casado há quarenta anos e tenho três netos! Quanto mais naquela idade... Com vinte e tal anos, um homem não pensa duas vezes. Aqui estão os *chupitos*. Saúde! — disse o dono do bar, bebendo um copo que enchera para si mesmo de um trago.

Miguel, que ouvira a conversa, perguntou ao homem do bar o que se passava.

A história que entretinha as páginas das publicações sensacionalistas, e até dos jornais sérios, na aridez noticiosa do Verão espanhol, era a de um jovem madrileno cuja noiva, oriunda de uma família pobre da Andaluzia, suspeitando de que ele a traía, o inscrevera, sem que ele o soubesse, num programa de televisão que consistia em colocar a vítima perante as investidas sexuais dos mais belos exemplares do sexo oposto. Tudo isto acontecia sob vigilância de câmaras ocultas, sendo a prova da infidelidade exibida nas televisões a partir de um estúdio onde se encontrava o namorado ou namorada traída, assistindo e comentando. A família da noiva, um enorme clã de campónios andaluzes, gente com sangue na guelra e muito dada a dramas de faca e alguidar, ameaçara deslocar-se em peso a Madrid para dar uma lição ao noivo recalcitrante. Desde então, o rapaz, inteligentemente, andava desaparecido, não se sabendo ao certo se continuaria escondido ou se algo de mais sinistro lhe teria acontecido entretanto.

— Como se chama esse rapaz? — perguntou Raul, com desinteresse.

— Já nem sei bem, acho que é Pablo-qualquer-coisa... — respondeu o velho do balcão, puxando pela memória.

— Como é que se chama o teu amigo? — perguntou Miguel.

— Pedro Montoya — respondeu Raul.

Adivinhando o pressentimento de Miguel, Raul acrescentou:

— Não te preocupes, não é ele. O Pedro não tem namorada, quanto mais estar à beira do casamento!

— Olha, está a começar o telejornal. Pode ser que haja notícias sobre o rapaz! — exclamou o dono do bar, enquanto aumentava o volume do televisor.

Uma voz feminina ecoou pelo bar, debitando as manchetes do dia. A certa altura, anunciou:

— É ainda desconhecido o paradeiro de Pedro Montoya, desaparecido há três dias da sua residência no bairro madrileno de Mirasierra...

— Pedro! Isso sim! Há pouco disse-vos «Pablo», mas enganei-me! É Pedro! — exclamou despreocupadamente o velho, por detrás do balcão, rindo com o seu erro enquanto os três viajantes empalideciam, colados ao televisor.

Raul parecia petrificado. Nadina rosnava contra a má sorte que lhes havia batido à porta.

Os três companheiros de viagem decidiram procurar alojamento o mais depressa possível. Não havia muito que Raul pudesse fazer para encontrar o amigo, restava-lhe regressar a Paris no dia seguinte. Por Miguel e Nadina esperava uma longa viagem de autocarro dali a umas horas, na manhã seguinte. Todos se sentiam de rastos ao fim de um dia cansativo de estrada e depois de tudo aquilo que lhes sucedera em Madrid, pelo que dormir no carro, além de ser perigoso, para os seus ossos doridos pura e simplesmente não era opção.

Vaguearam de carro por algumas ruas escuras e desertas da zona velha de Madrid, que se estendia pelas traseiras da Gran Via, avistando letreiros de pensões de aspecto barato. Miguel saía do carro e ia saber se tinham quarto para os três. Tocava à campainha de portas adormecidas e, ao fim de muita insistência, ouvia vozes ensonadas anunciando pelo intercomunicador: «Estamos completos!» Noutras nem se dignavam a vir à porta.

Só à quinta tentativa recebeu uma resposta satisfatória. As suas deambulações tinham-nos levado a uma viela esconsa da Chueca, uma zona de má fama da cidade onde praticamente só existiam minimercados chineses fechados com gradeamentos e pensões de aspecto duvidoso. A viela — Calle Barberini — estaria totalmente mergulhada na penumbra, não fosse a aura vermelha de um néon que resplandecia sobre as paredes e sobre o chão empedrado da rua: HOTEL ÓNACO. Seria «Mónaco», não estivesse o «M» fundido, recusando-se a emprestar o aval do *glamour* monegasco àquele antro perdido nos becos da badalhoca Madrid.

«E porque não?», pensou Miguel, já cansado de sair do carro e voltar de mãos a abanar. Correu até à porta, ainda entreaberta, e entrou. Regressou de lá com um ponto de interrogação cavado na testa.

— Eles só têm um quarto de casal, mas dizem que podem colocar uma cama extra. Querem?

— Claro! — responderam os outros.

No *hall* do hotel, as paredes eram acompanhadas até meio da sua altura por mármore cor-de-rosa (ou algo que pretendia passar por cor-de-rosa) e, na metade superior, eram cobertas por papel de parede também rosa, com aspecto sujo e coçado. Duas enormes plantas de plástico prestavam silenciosa sentinela a cada um dos extremos do balcão. Por toda a parte pendiam pinturas emolduradas, com paisagens bucólicas de moinhos de vento, canais, arvoredos, um cão *setter* caçando perdizes, uma casinha de pedra com a chaminé a fumegar. Nos sofás, a um canto, dois cigarros fumavam prostitutas de aspecto macilento e chupado, que olhavam para os recém-chegados com a expectativa de quem espera alguém, mas não sabe ao certo quem.

O empregado conduziu-os por uma escadinha sinuosa e indicou-lhes o seu quarto.

Ao abrir a porta, um bafo de calor intenso escapuliu-se para o corredor e um cheiro a mofo e a cinzeiro frio, misturado com outros odores estranhos que os três viajantes preferiam nem averiguar o que seriam, invadiu-lhes as narinas. O chão era forrado a carpete encardida e martirizada por chagas de pontas de cigarro, que se descolava nas extremidades, junto às paredes, revelando as entranhas de cimento da cidade. As camas, quer a de casal, quer a articulável, estavam cobertas por camadas e sobrecamadas de cobertores completamente inúteis no pico do Verão.

Nadina, como que prevenindo a embaraçosa questão de quem dormiria onde, gracejou:

— Bem, rapazes, vejam lá o que fazem nessa cama de casal!

E tomou posse da cama desmontável, colocando a sua mala sobre ela, à laia de navegador erguendo um padrão de pedra numa praia recém-descoberta.

Raul encarou Miguel com um sobrolho reticente. Provavelmente alimentaria a esperança quimérica de ficar com Nadina na cama grande, enquanto Miguel dormiria sozinho na desdobrável.

— Aviso já que se te chegas muito para o meu lado, levas caneladas! — gracejou Miguel, vendo o olhar aborrecido do cubano.

Os três adormeceram profundamente assim que se deitaram, tomados pelo cansaço. Nada os despertava, nada lhes perturbava o sono profundo. Nem os uivos e gemidos estridentes de uma mulher (ou talvez fossem várias sucessivas, pois os ruídos pareciam uma perpétua banda sonora daquela pensão madrilena) que fazia sexo no quarto ao lado, nem o fantasma vermelho projectado pelo néon «HOTEL ÓNACO», assente junto à janela do seu quarto, nem os gritos dos bêbedos na rua, dois pisos abaixo, que ecoavam sobre as suas cabeças adormecidas através da janela deixada aberta por causa do calor. Para eles, era como se estivessem no Ritz.

XVI

Na manhã seguinte, Miguel acordou cedo, encharcado em suor e com o lençol rejeitado e enrolado ao fundo da cama colando-se às suas canelas peludas. Durante a noite, a almofada de Raul havia caído da cama, e durante o sono ele apossara-se de metade do travesseiro de Miguel e acabara a noite esparramado em diagonal sobre o colchão, roncando para o ouvido do seu companheiro de cama. Miguel fez um esgar de repulsa quando se apercebeu de que havia sido acordado pelo bafo quente do cubano na sua cara.

A manhã já havia rompido e, mesmo que não tivesse de estar na Atocha às nove para apanhar o autocarro, o calor e a luz intensa que inundavam o quarto através da janela aberta tiravam-lhe todo o sono. Miguel levantou-se e passou os olhos pelo quarto, mergulhado em silêncio.

Nadina dormia profundamente. Miguel estranhou ver naquela personagem sarcástica e agitada um rosto sereno e inofensivo, sem expressão nem ideias. O seu rosto branco, polvilhado de sardas, mais parecia o de uma ninfa de Botticelli, mas sem a mesma presunção de perfeição renascentista e aspecto *naïf* — no entanto, a aura seráfica e semidivina de alguém que não existe como tal, mas como mito, estava lá.

Miguel deteve-se então nos lábios de Nadina, entreabertos e humedecidos. Eram pequenos e carnudos, num tom rosado-vivo que saltava à vista em contraste com o seu rosto pálido, enquanto reflectiam os raios de Sol que penetravam pela janela como se tivessem sido polvilhados com pó de estrelas.

«Se estes lábios existissem por si só», pensou Miguel, «desgarrados de qualquer corpo humano, seria fácil um homem apaixonar-se por eles, só pelos lábios.» Miguel sentou-se ao lado de Nadina, na borda da cama, e passou a mão pelos seus cabelos, sentindo uma madeixa de caracóis ruivos escorrendo por entre os dedos. Nadina franziu por fim o nariz e abriu os olhos.

— Que horas são? — perguntou ela a Miguel.

— Já são sete da manhã. Se calhar, era melhor arranjarmo-nos para irmos para Atocha. Ainda temos de comprar os bilhetes — respondeu ele.

Os três usaram à vez a casa de banho comunitária, a meio do corredor. Pareciam ter sido os primeiros hóspedes a despertar no Hotel Ónaco, pois a casa de banho encontrava-se ainda impecavelmente limpa. Aquele não era definitivamente lugar para gente madrugadora.

Pagaram a estadia ao balcão e seguiram para o terminal de Atocha, onde Nadina e Miguel compraram os seus bilhetes.

Como faltava meia hora para a partida do autocarro, sentaram-se os três na cafetaria da estação, sorvendo café com leite, acompanhado com *croissants*. Nadina quis saber como era o Alentejo, e Miguel respondeu-lhe que era uma imensidão de planície, no Inverno coberta de forragens, e no Verão com a terra nua e descarnada, cor de tijolo. Falou-lhe dos casebres caiados, das oliveiras, dos sobreiros e azinheiras solitárias quebrando a monotonia da paisagem. Miguel apercebeu-se então de que era a primeira vez que Nadina revelava alguma curiosidade sobre o seu local de destino. Até ali, havia apenas a ânsia de sair de Paris.

— Como o Sul de Espanha, portanto?... — sugeriu Nadina, um pouco decepcionada.

— Não é bem... — hesitou Miguel. — Talvez no aspecto seja parecido, mas tem outra alma, outra mística...

Miguel não conseguia explicar por palavras, muito menos a uma estrangeira, tudo aquilo que fazia do Alentejo e das suas gentes algo fora de série. Se dissesse apenas «o Alentejo é o Alentejo» a um português, ele instintivamente compreenderia. Porém, uma estrangeira, que não tem os receptores da alma sintonizados para entender a portugalidade profunda, o Alentejo é *apenas* o Alentejo.

Ocorreu-lhe então que talvez Nadina, como criatura citadina até à medula, se enfadasse com aquele programa de férias, mas logo afastou esse pensamento. O Alentejo era apenas um magnífico pretexto para um reencontro de amigos. Miguel tinha esperança de que aquele grupo completamente doido, formado por si, por Faria e por Francisco, conseguisse cativar Nadina. De qualquer modo, finda a estadia no campo, Miguel pretendia ir até Lisboa e Nadina poderia acompanhá-lo, se quisesse.

Miguel percorria estes e outros pensamentos, quando um telemóvel tocou. Raul levou a mão ao bolso, olhou com estranheza para o visor, onde surgia um número de telefone que lhe era desconhecido, e atendeu. No início, o cubano parecia petrificado enquanto uma voz lhe anunciava algo através do auscultador. Depois, irrompeu numa gargalhada sonora. Pediu a Nadina uma caneta e com ela anotou uma morada num guardanapo de papel. Depois de desligar, sorriu para os outros, que o observavam ansiosamente.

— Vocês não vão acreditar nisto, é de loucos! Era o meu amigo de Madrid, a dizer que aquela história do programa de televisão era toda uma encenação.

Ele tinha sido pago para participar e depois desaparecer de circulação por uns tempos. Quanto à «noiva», mais não era do que uma excelente actriz que ele nunca vira na vida, bem como os supostos familiares indignados. Não avisara Raul mais cedo, porque tinha deixado o papel com o seu contacto em casa e só no dia anterior conseguira que alguém de família lá fosse buscá-lo. Pedro Montoya encontrava-se numa casa arrendada pela produção do programa, num lugarejo a cento e cinquenta quilómetros de Madrid, e convidou Raul a ir ter com ele.

Miguel ria com a ironia da situação, enquanto Nadina, irritada, barafustava que aquilo era uma grande falta de respeito e que Raul só sabia escolher doidos como amigos. A discussão teria durado mais tempo, se ela e Miguel não tivessem de sair a correr para apanhar o autocarro.

Miguel e Nadina pegaram então nas bagagens e dirigiram-se apressadamente para a plataforma de embarque. Miguel, que sempre vivera tão confortável de mochila às costas quanto se sentia trapalhão e desenraizado de *smoking* vestido, pressentiu pela primeira vez uma leve náusea com o peso da sua existência ambulante sobre as costas.

As portas do autocarro fecharam-se, implacáveis, por detrás dos viajantes, agora reduzidos a dois. Por sorte, restavam um par de lugares vagos, lado a lado. Miguel cedeu a Nadina o assento junto à janela e ficou a ver o mundo a mover-se para lá do vidro, através de uma madeixa ruiva de Nadina. Não conseguia encarar com a mesma excitação de outrora a longa e interminável faixa de alcatrão. O arrepio quase místico que lhe percorria a espinha a cada vez que voltava à estrada — e por causa da estrada em si, não tanto dos destinos a que ela conduzia — havia desaparecido, e dele apenas restava agora uma leve impaciência. «Será a isto que se chama envelhecer?», pensava ele.

O autocarro parou por quinze minutos num terminal, em Badajoz, o tempo suficiente para beber um café e comprar tabaco. Das prateleiras da *tienda* espreitavam dezenas de marcas de cigarros, de diversas cores e formatos, cada maço prometendo alguma coisa, fosse ela *extra flavour*, *fine quality tobacco*, *extra light*, *smooth blend* (a par dos avisos habituais impressos a negro, prometendo cancro, impotência, morte lenta e excruciante, pele seca...). Se algum deles prometesse a felicidade, Miguel tê-lo-ia comprado sem pensar duas vezes.

Uns metros adiante, apenas uma placa azul, com as estrelinhas europeias, anunciava a passagem da teimosa linha imaginária que separa Espanha e Portugal.

Miguel sentiu então um súbito frenesim de alegria e arrebatamento patriótico, daqueles que só atinge os imigrantes e exilados. A paisagem da raia portuguesa era praticamente igual à da raia espanhola, apenas um pouco mais maltratada, pois os campos de girassóis e os pastos das vacas do lado espanhol contrastavam com o abandono triste dos montes portugueses, mas tudo a oeste do Guadiana parecia a Miguel mais brilhante, mais radioso, mais genial. Nessa Europa sem fronteiras, descobria pela primeira vez o prazer de ter um cantinho ensolarado ao qual pudesse chamar pátria.

— Olha, chegámos a Portugal. Não é bonito, o meu país? — sussurrou ao ouvido de Nadina, que dormia com a cabeça apoiada no seu ombro.

Esta, sem abrir os olhos, porventura sem acordar de todo, franziu o nariz e replicou:

— Cheira a queimado, Portugal!

Miguel inspirou o ar pátrio e notou que algo estava errado. Olhou pela janela. Dois incêndios lavravam, um em cada lado da estrada, consumindo montados e giestas. Lembrou-se então de que, em Portugal, os fogos florestais são vistos como uma espécie de fatalidade meteorológica: até têm uma época própria.

— Sim, Portugal cheira a queimado... — respondeu, aborrecido, sem tirar os olhos do horizonte.

TERCEIRA PARTE

XVII

«Outro tecto desconhecido e mal iluminado», pensei, deitada de costas sobre a cama e encarando as rugas de cal que se espraiavam sobre a minha cabeça.

Sigo-lhe a textura com toda a atenção, como quem observa um mapa, demasiado bêbeda e drogada para fechar os olhos, pois assim que o fizesse, o mundo começaria a girar em torno da minha cabeça como um diabólico carrossel; demasiado bêbeda e drogada para me levantar de onde estou e caminhar um pouco, em busca do equilíbrio perdido algures naquela noite.

A única coisa que me distraía a atenção dos suspiros doridos e da testa latejante era seguir com o olhar as imperfeições do tecto, que faziam lembrar a superfície da Lua, com as suas pequenas crateras e relevos irregulares. A festa continuava lá fora, já sem mim. Conseguia ouvir as gargalhadas deles, vindas do campo e rompendo com a solidão monocórdica dos grilos, cujo cricri começava a penetrar fortemente na minha cabeça e a irritar-me para lá do imaginável.

— Nadina, estás bem? — ouvi perguntar uma voz desfocada, vinda de um rosto desfocado que surgia desfocadamente à porta.

Era o Francisco. Lá fora deviam estar preocupados com o meu estado de saúde.

— Sim, estou bem. Quero só descansar um pouco e já volto a ir ter convosco — gritei.

Voltei novamente os olhos para o tecto e, passados alguns momentos, foi o Miguel quem apareceu para ver como eu estava. A mim, pareceu-me que não haviam passado mais de dois minutos entre as duas visitas, mas provavelmente a minha percepção do tempo não andaria nos seus melhores dias, pelo que poderiam ter passado horas, que eu dificilmente teria dado conta.

Quando me preparava para responder que estava tudo bem, um tremor agudo trespassou-me a espinha anunciando uma onda de náusea.

— Não estou a sentir-me bem. Ajuda-me a levantar — pedi então ao Miguel.

— Queres ir até à casa de banho? — perguntou ele.

— Não! — respondi com energia. — Ou melhor, sim, mas vamos ser discretos, não quero que eles se apercebam.

Agarrei-me ao pescoço do Miguel e cambaleei até à saída do anexo, pois existia apenas uma casa de banho na casa principal, onde habitavam o Faria e a Sandra. Caminhámos pela sombra da parede para não atrair atenções.

A meio caminho, senti o meu corpo ser varrido por uma forte náusea, das que fazem qualquer mortal jurar aos céus que nunca mais tocará numa gota de álcool ou num charro se sobreviver àqueles instantes de agonia. Parei e tentei afastá-la pensando em coisas agradáveis como as tardes de praia na Costa Brava, nos tempos em que os meus pais estavam juntos, no ar puro da montanha, no cheiro da terra do pinhal perto da minha casa após uma noite de chuva. Foi pior: todas essas memórias levavam, de uma forma ou de outra, à voz rouca da minha mãe gritando pela casa, irritada por não possuir um telecomando que fizesse desaparecer os filhos e o resto do mundo nos dias de síndrome pré-menstrual, pós-menstrual, menstrual e intermenstrual. A náusea tornou-se mais aguda, mas consegui reunir forças para continuar a caminhar.

Quando já estávamos perto do fim da caminhada de sete metros mais longa da minha vida, a náusea pura e simplesmente desapareceu, tal como tinha surgido. Agradeci ao Miguel, que olhava para mim, baralhado, e exortei-o a juntar-se aos amigos.

Decidi que me faria bem algum ar puro e fiquei a observá-los ao longe, sentados no chão, sobre toalhas de praia, em volta do crepitar acolhedor de uma fogueira. O Miguel, o Francisco, o Faria e a Sandra, todos eles tão belos, tão sujos e tão belos, tão embriagados e felizes, surgiam aos meus olhos como uma espécie de santos modernos, despreocupados deuses pagãos locais, com os seus sorrisos da cor das labaredas que os iluminavam sob um céu tão amplo e estrelado como eu nunca tinha visto antes.

Chegáramos a Évora por volta da uma da tarde e à nossa espera, enrolando um cigarro, estava um homem alto e de ombros largos, de barba rala e com um bronzeado saudável. O Miguel correu a abraçá-lo.

— Nadina, este é o meu amigo Faria, o nosso anfitrião! Faria, apresento-te a Nadina! — exclamou o Miguel, histérico de alegria.

Faria cumprimentou-me com dois beijos e fez um qualquer comentário amigável do género «essa roupa tem carradas de estilo, mas é mal empregada para o campo, espero que tenhas trazido algo mais desportivo», ao que eu respondi bruscamente que lá porque íamos para o campo, não era obrigatório vestir jardineiras e chapéu de palha à campónia.

— Que mau feitio! — observou o Faria, rindo.

«Este tipo está há menos de cinco segundos na minha companhia, e já o meu mau feitio saltou à sua vista! Será assim tão notório?», pensei.

Entrámos no seu carro, uma velha *4L* branca, coberta de poeira vermelha, à excepção do rasto em leque deixado pelo limpa-pára-brisas, e atacámos os cento e vinte quilómetros que nos separavam da sua casa. À medida que avançávamos, estradas mais largas e de melhor piso davam lugar a outras cada vez mais estreitas e esburacadas, que o Faria galgava sempre à mesma velocidade insana. Quando deixámos o alcatrão e enveredámos por uma estrada de terra batida que mais parecia ter sido bombardeada por artilharia pesada, o Faria anunciou que estávamos já muito perto.

Uns poucos metros adiante, uma travagem brusca precipitou uma avalanche de mochilas sobre o banco traseiro, onde eu ia. Soltei um palavrão e, quando me preparava para explodir de raiva contra a condução suicida do amigo do Miguel, o assento do condutor estava subitamente vazio e o Faria estava de pé, na estrada, conversando com uma velhota vestida de negro.

— Não se preocupe, Ti' Lucília, faça o que eu lhe digo e amanhã sem falta vamos ver como é que a vaquinha se está a dar com o tratamento!

Regressou ao carro, pedindo desculpas com o olhar, mas o resto do caminho foi feito da mesma maneira: um camponês caminhando pela berma da estrada ou empoleirado no alto dum tractor, o Faria pondo a cabeça de fora da janela e gritando: «Então, ti' Jacinto, o cavalo ficou melhor da prisão de ventre com os remédios que lhe receitei?», «Então sô Lima, os cabritinhos já pararam de vomitar?», terminando sempre com um conselho, como «Agora, nada de esforços, o que o bicho precisa é de repouso, ouviu?», «Cálcio, muito cálcio para a recuperação dos ossos!».

Fora a apresentação mais eloquente que eu poderia ter tido do amigo do Miguel: Faria, o bom veterinário do campo, uma espécie de João Semana da bicharada, que tudo faz por amor aos animais e por amor aos homens, porque ali, naquele fim do mundo, o que é bom para o gado, é bom para os humanos, que dele dependem.

A casa do Faria ficava junto a uma curva no caminho. A estrada de terra continuava para a direita, mas dela partia um caminho ainda mais tortuoso, que seguia em frente, perdendo-se no meio dos montados. Era à esquerda desta bifurcação que ficava a sua casa. Por vizinhos, o Faria tinha apenas uma velha escola primária do tempo do Estado Novo, hoje abandonada por falta de crianças na zona, e uma herdade que se dedicava ao turismo rural. Fora isso, apenas se viam sobreiros e azinheiras povoando as colinas ressequidas.

Junto ao portão enferrujado, existiam duas casinhas caiadas de branco, com uma barra azul, rente ao solo, em cada parede. Entre as casas, um pequeno pátio calcetado, onde um homem lia um livro, sentado em tronco nu numa espreguiçadeira. Viu-nos chegar, poisou por breves instantes o olhar sobre o seu livro, talvez tentando terminar um parágrafo e voltou a pousá-lo, correndo a cumprimentar-nos.

Foi a primeira imagem que tive do Francisco. Tal como conheci o Miguel como o boémio de paciência infinita que ajudava o Sigonneau a sobreviver à bebedeira, tal como o Faria surgira a meus olhos como o afável amigo dos camponeses, o Francisco pareceu-me alguém que, tal como eu, vivia dividido entre dois mundos.

Os dois companheiros, que já não se viam desde o ano anterior, abraçaram-se, eufóricos.

Da porta de uma das casinhas emergiu o sorriso redondo e acolhedor da Sandra, que nos cumprimentou com um ar prazenteiro. Faria pediu-lhe que nos mostrasse os aposentos, enquanto ele próprio prepararia uns petiscos para apaziguar os nossos estômagos ansiosos (era quase sempre o Faria que cozinhava, sobretudo quando se tratava de preparar iguarias para os amigos, coisa que lhe dava imenso prazer).

Ao entrarmos pela porta da casa principal, estávamos logo na sala de estar, com os sofás e um recanto acolhedor com uma salamandra de ferro, para aquecer a casa nos serões de Inverno. No lado oposto, havia uma mesa de jantar de aspecto rústico e, ao fundo, uma *kitchenette* de onde o Faria nos piscou o olho, enquanto esmigalhava alhos sobre o balcão.

A Sandra levou-nos por uma das portas que davam para a sala, e entrámos no quarto da Teresinha, a filha do casal.

Entrar num quarto de criança é sempre um mergulho naquela cumplicidade mágica com as coisas mais simples do mundo, na capacidade de nos surpreendermos que há muito perdemos. O quarto da Teresinha era pequeno e aconchegante, com uma pequena cama, quadros coloridos, brinquedos pelo chão. A sua dona estava ajoelhada sobre um tapete de cores garridas, brincando com dois carrinhos de plástico.

As paredes do quarto, até cerca de um metro e meio do chão, encontravam-se forradas com cartolinas. Fora uma ideia do Faria, que assim esperava estimular a criatividade da filha. É claro que a Teresinha fez lá uns quantos rabiscos no início, mas rapidamente se fartou, pelo que quem mais estimulava ali a sua criatividade eram os amigos dos pais, quando apareciam de visita. Já se tornara uma espécie de praxe os convidados do Faria e da Sandra encaminharem-se para o quarto da Teresinha para aí pegarem em lápis de cor, ou marcadores coloridos, ou naquilo que estivesse à mão e darem largas à criatividade sobre o forro das paredes. As folhas de cartolina estavam pejadas de dedicatórias, autógrafos e pequenos desenhos feitos por uma multidão que me era desconhecida, excepto uma delas, ainda por estrear. A Sandra explicou-nos que, duas semanas atrás, tinham dado uma festa e um dos convidados era um artista plástico local cuja obra consistia, quase exclusivamente, em nus em posições sexualmente sugestivas. Como todos os convidados fizeram os seus rabiscos na parede, ficaria mal o Faria proibi-lo. Contudo, advertiu-o: «Vê lá o que desenhas, olha que isto é o quarto da minha filha!» O pintor, já com um marcador na mão, vacilou por instantes, acabando por responder que estivesse descansado. Lançou-se então ao trabalho, desenhando uma bela composição, com uma casinha, um riacho, nuvenzinhas pairando... Com a particularidade de, visto ao contrário, revelar a imagem de uma mulher nua numa posição algo arrojada. Só uns dias mais tarde é que o Faria se apercebeu disso e achou boa ideia retirar a folha de cartolina em que se encontrava a figura e substitui-la por outra nova, mas não sem um prévio debate com a Sandra sobre o conceito de arte, para se assegurar de que fazia o que estava correcto. O Faria de outros tempos tenderia a considerar que a pornografia, enquanto via de chocar e despertar consciências, era uma forma de arte perfeitamente legítima. Mas aquilo era o quarto da sua filha!

— Teresinha, estes são amigos do pai e da mãe. Este é o Miguel, que chegou a andar contigo ao colo, mas já não deves lembrar-te dele... — anunciou a Sandra.

— Sandra, que é isso? Estás a fazer com que me sinta um velho! — protestou o Miguel.

— Eu não sou Teresinha, sou Teresa! — respondeu a criança, aborrecida.

— *Hola Teresa, me llamo Nadina!* — disse-lhe, o mais pausadamente possível, para que ela me entendesse.

A Teresinha riu-se alegremente e perguntou à mãe por que razão eu falava de forma tão divertida.

— É que esta menina vem do estrangeiro! — explicou-lhe a mãe.

— Então senta-te aqui, Nadina, e fala-me do estrangeiro — disse-me a criança.

Sentei-me numa almofada sobre o tapete e a Teresinha ficou a ouvir-me falar das ruas bonitas e largas de Barcelona, dos artistas a tocar e a cantar na rua, do teleférico de Montjuïc e de tantos outros pormenores de que me ia lembrando, enquanto Miguel rabiscava qualquer coisa na cartolina da parede.

O almoço foi simples e apetitoso: um gaspacho bem fresco, chouriço e morcela assada, acompanhados com pão alentejano. Eu e o Miguel atirámo-nos à comida com sofreguidão.

Quando terminámos, peguei no telemóvel e marquei o número da minha mãe. Havia-lhe telefonado um dia antes de partir de Paris com o Raul e o Miguel e a conversa evoluíra para uma desagradável discussão. Nada de diferente ou inédito: a nossa relação sempre fora assim. Detestava ouvir o seu cínico: «Olá, filhinha, como estás?», mas ela tinha ao menos o direito de saber que a filha se encontrava viva.

O problema da minha mãe sempre foi o de levar o seu egoísmo ao extremo de tratar todas as pessoas como se fossem bens de consumo. Aprecia-as na medida em que lhe são úteis, que a divertem ou que lhe são agradáveis, sendo incapaz de ver o valor de alguém para lá da utilidade que esse alguém lhe traz. Por isso, ela consumiu o meu pai naquilo que ele tinha para lhe dar e quando ele não mais foi capaz de dar-lhe algo de que ela precisasse, deitou--o fora. Pelo meio, teve uma filha. Uma menina mimada que herdou da mãe o mau feitio e a arrogância, e que luta dia após dia para não contrair o egoísmo dela. Por essa razão, saí de casa e fui estudar para França, com o apoio do meu pai, que sabia bem aquilo que eu sofria, pois também vivera muitos anos com aquela mulher.

— Oh! Olá, filhinha, como estás? — respondeu-me a sua voz rouca, a mil quilómetros de distância.

— Olá, mãe! Estou a ligar-te para dizer que cheguei bem e que já estou em casa dos meus amigos, em Portugal — anunciei, num tom seco de quem quer abreviar a conversa.

— E o Raul, está contigo? — perguntou.

Algo me dizia que aquela pergunta era tudo menos inocente.

— Ele ficou em Madrid. Segui caminho para Portugal com o meu outro amigo, o Miguel. Creio ter-te dito que era esse o plano...

O mal estava feito. Aquela mulher tinha encontrado um pretexto para iniciar mais uma discussão.

— Quer dizer que sempre foste sozinha com esse rapaz que mal conheces? — perguntou ela, fingindo-se surpreendida.

— Era isso ou ser assediada diariamente pelo meu ex-namorado doido! — respondi.

— Podias sempre vir para casa... — sugeriu, num chilrear seráfico de falsete.

— Para que assim tu tivesses alguém a quem fazer a vida negra?

— Quem é essa gente com quem tu estás? — perguntou, ignorando a minha resposta torta.

— «Essa gente» é um simpático casal que me acolheu calorosamente, mais um amigo que se encontra em casa deles a passar uns dias de férias.

— Quer dizer que estás tu mais a outra mocinha, no meio de três homens? — perguntou, sublinhando a palavra «mocinha» com desdém.

— Não, há mais uma outra, de três anos, que é filha desse tal casal.

— Tudo isso me parece muito estranho, Nadina! Vê lá, não tentem drogar-te! — avisou ela.

A paranóia da minha mãe havia ido longe demais. Respondi-lhe num tom irónico:

— Ai, espero bem que tentem! Já viste o que era estar aqui no meio da parvónia, onde não se passa nada, sem ao menos ter algumas drogas para tornar a coisa mais interessante?

Ela desligou o telefone, sem mais uma única palavra, um único adeus.

Eu cortara ali com a minha vida junto da minha mãe, cortara com o ex-namorado neurótico; até a protecção obsessiva do Raul havia deixado para trás. Estava sozinha naquele ponto do planeta, com aquela gente simpática que não conhecia a Nadina antiga, com a qual cortara também. Tudo estava em aberto. A partir daquele momento, poderia ser quem eu quisesse.

Nervosa e irritada, chamei o Miguel à parte e perguntei-lhe se haveria mal algum em eu enrolar um charro ali, em casa do Faria.

Como o Miguel não sabia o que havia de aconselhar-me, chamou Francisco e fez-lhe a mesma pergunta. O Francisco hesitou. Disse-me que aquela era uma casa de família, que estávamos no campo e que o campo se queria livre de drogas.

Olhei-o nos olhos e o seu olhar denunciou-o. Estava a gozar com a minha cara!

O Francisco chamou o Faria em voz alta e anunciou-lhe:

— A Nadina pergunta se pode drogar-se aqui em tua casa! O que é que achas?

— O que é que aí tens? — perguntou o Faria, aproximando-se, de mãos nos bolsos.

— Haxixe — respondi.

— Ah, isso não podes fumar aqui. Estás proibida. Essa porcaria faz mal à saúde! Sabes como é que eles fazem para que o haxixe pese mais? Mergulham as placas em banho-maria até que fiquem com uma textura mole e moldável. Aí, misturam toda a porcaria que vier à mão: farinha *Maisena*, caldos *Knorr*, especiarias trituradas... Tudo e mais alguma coisa! Envolvem a mistela toda com a mão numa bola, voltam a moldá-la em forma de pequeno tijolo, enfiam tudo no forno por alguns minutos e já está! O dobro do tamanho, o dobro do lucro para o traficante! E supondo que cada um dos múltiplos intermediários se sente tentado a fazer esta operação, podes imaginar a mistela que para aí vai!

O Faria observou o meu esgar enojado e continuou:

— Isto para não falar do amoníaco! Ah! Aposto que não sabias do amoníaco que muitas vezes se adiciona, para que o fumo irrite mais as paredes dos pulmões e penetre mais na corrente sanguínea, dando a ilusão de que essa mistela é mais forte do que na realidade é.

Após uma pausa para apreciar o meu ar de desilusão, piscou-me o olho e convidou-me a ir atrás dele.

Segui-o pelo terreno que se estendia em volta das casinhas, até que chegámos a um recanto onde o matagal crescia até à altura de uma pessoa, mas situado numa zona mais baixa, que não era visível a partir da casa. Afastou com as mãos a densa muralha vegetal e mostrou-me o que ela ocultava, perante o meu olhar incrédulo.

O mato escondia uma frondosa e verdejante plantação de marijuana, que retribuía as carícias da brisa da tarde com o seu odor hipnótico.

— Que sejas muito bem-vinda ao jardim da alegria. Como vês, não há necessidade dessa trampa marroquina, que nem se sabe bem que porcarias pode ter misturadas. És minha convidada, se te apetecer fumar, basta pedires-me. Agora para a tarde, recomendo-te vivamente que proves a minha *white widow!* — sugeriu o Faria, pondo um ar de requintado *sommelier* da erva.

— A *white widow* é o resultado de anos de apuramento genético e de cruzamentos entre as melhores variedades de *Cannabis indica* e *Cannabis sativa*, com predominância desta última, o que explica o aroma fresco e frutado e o seu poderoso efeito eufórico. Desperta os sentidos para os sons, os cheiros e para a beleza intrínseca do mundo como nenhuma outra! — acrescentou, num tom pedagógico.

Dei-lhe o braço, com um sorriso de orelha a orelha, aceitando o seu convite. O Faria armazenava a erva colhida em boiões, sob um alçapão no chão da casinha onde eu dormiria.

Fumámos um charro a meias, numa cumplicidade inocente que me fez lembrar as minhas amizades de infância. O Miguel e o Francisco surgiram, atraídos pelo doce aroma da erva, e enrolámos outro, para fumarmos em conjunto.

Todos ríamos, todos transbordávamos de felicidade e todos nos amávamos intensamente uns aos outros e a tudo aquilo que existia sob o Sol. Umas baforadas profundas e apercebíamo-nos de como o mundo era belo, de como nós éramos belos e de como era belo poder desfrutar de tamanha beleza.

Para mim, esses momentos tiveram um significado especial, que na altura desconhecia — marcaram o início da semana mais louca da minha vida.

XVIII

Uma boa parte do dia seguinte foi passada a dormir. Era suposto ficar apenas eu e o Miguel no quarto do anexo, mas o Francisco, que dormira até àquele dia sozinho no sofá da sala, veio juntar-se a nós, dizendo que os finais de noite sempre são mais animados na companhia de gente, além de assim poder dar mais privacidade aos nossos anfitriões.

Suponho que o Francisco não se terá mudado sem antes consultar o amigo em privado. Imagino até a conversa entre os dois: o Francisco perguntando: «Olha lá, tu fazes questão de ficar a dormir sozinho com a Nadina no anexo?» e o Miguel, respondendo em tom sarcástico e sem nunca deixar cair o sorriso do rosto: «Porque é que queres saber?» «Porque estava a pensar mudar-me para o vosso lado, assim sempre deixo o Faria e a Sandra mais à vontade, e é mais divertido do que adormecer sozinho com o tecto.» «Ah, o Chiquinho tem medo do escuro!», terá troçado o Miguel, «Podes vir, sim, meu menino! Queres que durma ao teu lado para te sentires mais aconchegadinho, queres?» «Hmm... Deixa lá então, eu fico bem na sala», terá respondido o Francisco, crendo que a chacota do amigo seria uma forma amigável de lhe comunicar que a ideia não era do seu agrado. «Agora a sério, junta-te a nós! É uma óptima ideia!», terá respondido o Miguel.

Desde que nos conhecêramos, em Paris, o Miguel dera sinais claros de ter segundas intenções em relação a mim. O Raul também o pressentira, e por isso nunca simpatizara muito com ele. Porém, desde a chegada ao Alentejo, o Miguel parecia desinteressado de mim, pelo menos sexualmente, o que, apesar de não me sentir propriamente apaixonada por ele, me deixava profundamente indignada.

Acordei por volta da uma da tarde, com o barulho de um carro a estacionar junto à casa. Levantei-me e espreitei através da porta entreaberta. O clarão do Sol que me feriu os olhos deu lugar ao Faria e à Sandra, acabados de chegar da casa dos pais dela, onde foram deixar a Teresinha para com eles passar os próximos dias. Agora que havíamos descoberto o jardinzinho psicadélico do Faria, aquela casa não seria o local mais indicado para uma criança.

Fiquei encarregada de acordar o Miguel e o Francisco, enquanto o casal tratava de preparar o almoço.

Passadas duas horas, estávamos deitados sobre a areia de uma praia próxima de Milfontes, demasiado cheios do almoço que engolíramos em jejum, demasiado ressacados da noite anterior. A praia estava praticamente vazia, pois havíamos tomado um caminho de terra que serpenteava por entre dunas e vegetação costeira, afastando-nos da floresta de chapéus-de-sol que cobria o areal mais próximo da vila.

Assim que chegámos, o Faria convidou-nos a dar um passeio pela praia. O Francisco aceitou a proposta e levantou-se de um salto. O Miguel e eu preferimos ficar deitados, sentindo o sol a acariciar-nos a pele seca.

Ficámos os dois ali deitados, virados para o céu, com os sentidos inundados pelo azul vaporoso que se tornava denso e introspectivo ao mergulhar na linha do horizonte. Levantei a cabeça e olhei para nós dois, para as nossas pernas, no meu caso mais pálidas, as dele, bronzeadas e peludas, sendo lentamente torradas pelo calor, quase se diluindo na areia.

No ar, um odor a fumo de algum incêndio vizinho misturava-se com a maresia como se fossem duas cores de tintas sobre a paleta de um pintor de cheiros. Com o calor que fazia, ocorreu-me até que poderíamos ser nós quem estava a arder sem o sabermos.

Olhei. Olhei para nós e para a praia e senti uma vertigem varrendo-me o espírito. Pensei em todas as pessoas do mundo que já teriam parado para reflectir num cenário como aquele ou semelhante e fui assolada por uma sensação de *déjà-vu* por todas elas. Foi então que me virei para o Miguel e murmurei:

— Seremos absolutamente banais?

— Que dizes? — respondeu, sem se mover da sua posição de barriga para o ar, na toalha.

— Seremos, eu e tu, um mero acaso da criação, condenados a viver e morrer como acidentes anónimos do eterno devir do universo? — expliquei.

— O que é que tu andaste a fumar? — perguntou o Miguel, espantado com aquele súbito e inesperado arranque metafísico, ali, de papo para o ar, na praia.

Eu insisti:

— Vamos lá... Dá-me a tua opinião. Seremos perfeitamente indiferentes para a ordem cósmica das coisas, formiguinhas minúsculas que qualquer um pode pisar sem que daí venha qualquer mal ao mundo?

O Miguel chegou-se mais perto de mim. Conseguia sentir o calor da sua respiração (a sua respiração, o cheiro da maresia e do fumo do incêndio).

— É possível ter uma existência perfeitamente feliz e realizada sendo apenas uma formiguinha da criação. Milhões de homens conseguiram-no, para não falar dos ziliões de formigas para quem isso nunca foi um problema.

— Mas as formigas não são obrigadas a viver com esse fardo, pois são irracionais — retorqui.

— Irracionais? — volveu o Miguel. — E o Homem, o que é?

Antes que pudesse responder-lhe, uma nuvem cobriu o Sol, filtrou os seus raios e lançou sobre a praia uma luz prateada. O cheiro da maresia tornou-se mais intenso, tal como o fumo, que nele se mesclava. Talvez o que se passou a seguir correspondesse à acção de alguma desconhecida lei da natureza, que determinaria as consequências normais de certa intensidade de luz, certa temperatura e certa percentagem de água salgada e fogo no cheiro trazido pela aragem. Sei apenas que me inclinei para o Miguel e provei os seus lábios, apertando o seu rosto contra o meu. Beijámo-nos serenamente por alguns momentos e, quando o Sol se libertou da nuvem, o Miguel afastou calmamente o rosto. Fitou-me então por breves segundos, sem expressão, e concluiu:

— Isto se calhar não é lá muito boa ideia. É óbvio que ambos queremos algo um do outro, só não sabemos é ao certo o quê.

XIX

Quando o Faria, a Sandra e o Francisco regressaram calmamente do seu passeio, o que restava daquele estranho instante desvaneceu-se num mar de normalidade. Vinham conversando animadamente com um homem, provavelmente da idade do Faria, que caminhava em tronco nu e com as mãos nos bolsos dos calções.

— Nadina, Miguel, quero apresentar-vos o Jacinto! — anunciou o Faria. — O nosso amigo Jacinto é uma das forças vivas cá da terra! O pai dele era o único advogado do Cercal e reformou-se recentemente, dando lugar ao filho.

Jacinto tinha as feições rudes e francas de homem do campo, mas os modos de quem passara anos exilado na cidade.

Depois das apresentações, retomou o assunto que vinha debatendo com o Francisco, enquanto caminhavam.

— Pois é, meu amigo... Se queres mesmo ser advogado, o que deves fazer é deixar Lisboa e regressar à tua terra, onde com certeza terás uma vida bem melhor, mesmo que não ganhes tanto! — aconselhou-o o Jacinto.

— E se a minha terra for Lisboa? — perguntou o Francisco.

— Ora, nesse caso vai para a terra dos teus pais, homem! — respondeu o outro.

— E se ambos os meus pais forem lisboetas?

— E os teus avós? — insistiu o Jacinto.

— Lisboetas também.

— Então tu não tens mesmo nenhuma *terra* para onde ir? — perguntou o Jacinto, incrédulo.

— Não, não tenho terra... — admitiu o Francisco.

O jovem advogado da província deu uma pancada amigável no ombro do Francisco, como que a confortá-lo, sob o olhar compreensivo do Faria. Para eles, não ter terra era algo quase tão mau como não ter um tecto para dormir.

— Mais parece que vim do aquário do marisco! — murmurou o Francisco, enquanto se deitava na toalha, ao meu lado.

— Perdão? — estranhei.

— Nada, nada....

O Faria convidou o seu amigo a ir jantar lá a casa nessa noite e incitou-o a convidar outras pessoas do seu círculo de amigos da zona, quase todos antigos desterrados em Lisboa que, findos os estudos na capital e após a desilusão com as luzes frenéticas da cidade (se é que algum dia se deixaram levar por essa ilusão), encontraram o caminho de volta para a vidinha pacata da terra dos pais.

Entretanto, o Sol avançava e perdia força, tal como o cheiro a fumo se dispersava após o ecoar remoto de uma sirena. Espremos os corpos suados para o interior da minúscula 4L do Faria e iniciámos a viagem de regresso a casa.

Com os olhos colados à janela, via os campos desfilando sob o meu olhar, com os seus casebres solitários, por entre uma nuvem de poeira vermelha. Mais pareciam imagens desfocadas de um sonho.

O Miguel tinha razão: eu procurava algo nele, mas não sabia ao certo o quê. Tal como grande parte dos europeus da minha idade, eu sofria de uma espécie de síndrome de Peter Pan: sabia que a minha idade da inocência já havia passado, mas recusava-me a aceitá-lo, preferindo manter perpetuamente a liberdade de reinventar-me, de ter todas as opções em aberto. Não queria que a minha vida entrasse num carreiro definitivo, num ponto sem retorno. Fora essa perpétua reinvenção do meu rumo que eu perseguira, ao fazer-me à estrada com um homem que me era praticamente desconhecido. Não viera atrás do Miguel, mas antes daquilo que ele representava no meu panteão de personagens que, juntas, formam este mundo louco tal como eu o vejo. Mas não sabia bem o que queria — ninguém verdadeiramente o sabe, pois a sensação de se saber o que se quer é um estado de espírito tão efémero e frágil como qualquer outro — não sabia se havia de recusar-me a crescer (e o Miguel estendia-me a mão para esta primeira opção), ou se devia aprender a fazê-lo vivendo pacificamente com a ideia.

À medida que o automóvel galgava as curvas de terra e cascalho, o cheiro a fumo ressurgia, trazido pela brisa do final de tarde. Não era já um cheiro intenso e vivo, mas um odor pífio e arrefecido de cinzeiro dormente, que se entranha em todo o lado até muito tempo depois de a última labareda se ter extinto.

O único fogo que se via àquela hora era o do Sol a pôr-se por detrás dos montados, espalhando pelo céu a sua gema escarlate e reduzindo os sobreiros, os casebres e as gentes a vultos negros perdidos na imensidão rubra.

Num dos campos sobranceiros à estrada, os vultos negros que espreitavam eram os de árvores semicarbonizadas por um incêndio recente e das paredes enegrecidas daquilo que horas atrás teria sido uma casa, agora transformada num fantasma sem telhado. Mais perto da estrada, outro vulto negro sob a luz escarlate fez o Faria parar imediatamente o carro e sair a correr, seguido por todos nós.

Suspenso por uma corda do ramo de um sobreiro enegrecido, um homem esperneava no ar. Tombado ao seu lado, jazia um banco de ordenha.

O Faria e o Francisco apressaram-se a levantar-lhe as pernas, agarrando cada um numa, enquanto o Miguel trepava à árvore e, com a agilidade de um macaco, conseguiu desapertar a forca. Era um espectáculo inebriante: o Sol esvaindo-se num último fôlego escaldante, a terra a fumegar, os ruídos guturais emitidos pelo enforcado, que mais pareciam a voz da própria morte.

O homem bebeu um gole de água, oferecida pelo Faria, e recuperou lentamente o fôlego.

— Ó homem, porque foi vossemecê fazer uma coisa dessas? Tem de ganhar coragem e continuar a sua vida! — exclamou o Faria.

O homem, com as feições enegrecidas pela fuligem, tentou em vão articular uma frase. Como não conseguia, tentou levantar-se. Ao fazê-lo, a força dos braços abandonou-o e acabou por cair pesadamente com o rabo no chão. O seu hálito tresandava a vinho.

— Não há casa que valha a sua vida, que é o que vossemecê tem de mais precioso! — continuou o Faria.

— Te-tenho medo... Muito medo! — balbuciou o pobre bêbedo, começando a soluçar amargamente, com o rosto coberto pelas mãos.

— Medo de quê, homem? — perguntou o Miguel.

— Medo de morrer à fome e ao frio. A minha vida estava toda naquela casa. Agora o que vai ser de mim?

O Francisco estava ao meu lado, observando a cena, com um semblante soturno. Tive curiosidade de saber o que pensava e perguntei-lho.

Francisco segredou-me:

— O medo da morte é uma sensação impressionante! Há gente capaz de se suicidar para não ter de sentir esse medo nem por mais um dia... Morrer pelo medo de morrer!

Era exactamente o que eu pensara.

O homem disse chamar-se António Tinoco. Era pastor e vivia naquela casa que ardera.

— Tem algum local para onde ir, senhor Tinoco? — perguntou o Faria.

— Tenho... Ou melhor, tenho e não tenho...

— Então, em que ficamos?

— A minha mulher está em casa da minha cunhada. Mas ela detesta-me, porque sou um bêbedo. Não me sinto bem naquela casa. Aliás, às vezes acho mesmo que a minha própria mulher também me odeia! É assim esta vida...

— Parece-me uma relação conjugal absolutamente normal! — segredei ao Francisco, tomada por um súbito acesso de sarcasmo, ao que ele respondeu olhando-me de lado com um sorriso vazio, simultaneamente irónico e levemente reprovador.

— Vamos, diga-me onde fica, que eu levo-o lá de carro — sugeriu o Faria.

Tinoco levantou-se com grande esforço, dizendo que não precisava de ajuda, e cambaleou até à berma da estrada, onde se encontrava, encostada a um marco de pedra, uma velha motorizada carcomida pela ferrugem. Apesar de muito embriagado, conseguiu montar-se nela e pôr o motor a trabalhar, levando o triplo do tempo que seria normal.

O Faria ordenou-nos então que entrássemos para o carro e seguimos o bêbedo enquanto deslizava vagarosamente e aos ésses pela estrada poeirenta fora, espreitando constantemente pelo espelho retrovisor e rosnando contra a nossa presença atrás dele.

A casa da cunhada de António Tinoco era uma pequena casinha caiada, com um terreno ressequido em volta.

Tinoco, assim que parou a moto, desequilibrou-se e foi estatelar-se no chão poeirento. Enquanto o ajudávamos a levantar-se, uma mulher morena, de feições rudes e cavadas, veio ao nosso encontro.

— Já não bastava tudo o que aconteceu e ainda nos aparece neste lindo estado! A sua mulher está ali dentro, sem parar de chorar, enquanto voss'elência se embebeda na tasca! — gritou ela.

Tinoco, envergonhado, baixou o olhar e cambaleou em direcção à casa.

— Só dá desgostos à mulher, esse miserável! Eu bem sei como é, porque é comigo que ela vem ter para chorar o marido que lhe saiu na rifa! Havia de ser comigo, que eu dizia-lhe das boas! — bradou a mulher, indignada.

— A senhora é a cunhada? — perguntou o Francisco.

— Sim, eu sou a cunhada! — suspirou ela.

— O seu cunhado tentou suicidar-se. Chegámos mesmo a tempo de impedir que ele se enforcasse numa árvore — explicou ele.

A pobre mulher ficou muda de espanto. Lentamente, levou as duas mãos aos cabelos, agarrando-os. Soltou um grito de raiva.

— Ai o desgraçado! Já não lhe bastava ter dado uma vida miserável à minha irmã, queria agora raspar-se e deixá-la sozinha! Logo agora, o miserável! O que ele merecia era que vossemecês deixassem que se matasse!

— O seu cunhado deve ter ficado muito perturbado com o incêndio em sua casa... — relembrou o Faria, em tom conciliador.

— A perturbação dele é outra! É um bêbedo sem eira nem beira! Devia ter vendido o terreno aos tipos da cidade que apareceram no mês passado para o comprar! Ficavam com dinheiro no bolso, arranjavam uma casinha simpática no Cercal...

— Vai na volta, foram eles que pegaram fogo à casa para que não lhe restasse mais nada senão vendê-la! — protestou o Francisco, levado pela compaixão pelo pobre homem que a camponesa insultava.

— Eu cá não tenho dúvidas que foram eles... — respondeu sombriamente a mulher.

A cunhada de Tinoco revirou então os olhos e suspirou:

— Acreditem em mim, esta terra está morta! Quem cá ficar, morre com ela. Isto só é mesmo bom para o pessoal de Lisboa ter cá as casinhas de fim-de-semana.

O Faria detestava que falassem mal do seu Alentejo. Mantivera-se calmo até ali, mas ao ouvir aquela frase, explodiu de raiva e gritou:

— É só as pessoas quererem! Não podemos estar à espera de que o governo faça tudo por nós! É preciso arregaçar as mangas e mostrar que acreditamos na nossa terra!

— É isso mesmo que eles dizem sempre, nas campanhas eleitorais, e é o que se vê... — respondeu a mulher, com um sorriso amargo.

— Eu e a minha mulher nascemos e crescemos aqui. Vivemos em Lisboa e voltámos, porque vale mais um chaparro cá da terra do que todos os prédios e auto-estradas da cidade juntos. Isto é autêntico! — bradou o Faria.

— É muito fácil gostar-se do que é autêntico e castiço quando não se tem de viver do que esta terra, autêntica e castiça, dá! — replicou a mulher. — Vocês lisboetas são tooooodos iguais!...

— Eu não sou lisboeta e eu vivo da terra! Sou veterinário! — gritou o Faria, indignado.

— Veterinário? — perguntou a mulher.

— Sim! Veterinário.

— De cãezinhos e gatos? — arriscou ela.

— Não. Durante toda a minha vida, sempre trabalhei com gado. Conheço todas as vacas da região pelo nome!

Eu e o Francisco tivemos de nos virar de costas e afastar-nos uns passos, pois uma gargalhada simultânea tomou conta de nós, quer pelo exagero da afirmação, quer pelas suas conotações possíveis.

— E de burras? Vossemecê percebe alguma coisa de burras? — perguntou ela.

— Perdão? — estranhou o Faria, pensando que ela estava a gozar com ele.

— De burras! A burra é a mulher do burro! — volveu ela.

O Faria respondeu que sim. A mulher conduziu-nos pelo campo, até chegarmos perto de uma burra cinzenta, presa por uma corda a um sobreiro. A burra parecia fraca — as suas pernas vergavam sob o peso do seu corpo, ossudo e esfomeado. O seu ventre, porém, era arredondado e disforme, mais parecendo um corpo estranho que se agarrara às suas costelas fatigadas. A burra estava grávida.

— Coitada! — exclamou o Faria, assim que a viu. — Não sei se aguentará o parto, assim tão magra!

— Pois, mas, como pode ver, praticamente já não há pasto para ela e o dinheiro é pouco para comprar rações.

A burra estendeu o focinho para o Faria, mais fazendo lembrar a atitude suplicante e submissa dos pacientes humanos para com os médicos. A cria deveria estar nos últimos dias de gestação, e a barriga da burra parecia prestes a rebentar a qualquer instante. O Faria deixou à cunhada de Tinoco uma lista de recomendações e deu-lhe a sua morada, para o caso de surgirem complicações.

A mulher agradeceu-lhe a atenção dada à burra, mas não pelo que havia feito pelo seu cunhado. Era como se se tivesse esquecido completamente de que ele existia.

— Os animais são tão mais simples que os homens! — suspirou o Faria, enquanto entrávamos novamente para o carro.

À medida que a noite caía, nenhum de nós sentia vontade de festejar fosse o que fosse. O Alentejo parecia-nos mais árido que nunca.

XX

À noite, éramos sete sentados à mesa: eu, o Francisco, o Faria, a Sandra, o Miguel, o Jacinto e ainda um outro amigo seu, que também estudara em Lisboa e trabalhava como inspector na Polícia Judiciária de Faro, apesar de a sua família ser dali. O Faria havia-nos prevenido que era conveniente escondermos a sua abundante reserva de estupefacientes enquanto o amigo estava sóbrio, pois aquilo causava-lhe um certo desagrado. Era também conveniente escondê-la quando ele estava bêbedo, pela razão inversa: fumava-a toda num ápice.

Ninguém quis trazer à conversa o incidente dessa tarde, tentando a todo o custo evitar que nos estragasse a noite. Mas a maneira de o evitar passava por debitar mil palavras por minuto, rindo espalhafatosamente, dizendo as coisas mais absurdas e mais escandalosas que nos vinham à cabeça, de tal forma que o Jacinto e o seu companheiro pensavam ter caído no meio de um grupo de doidos varridos.

A conversa daquela noite era dominada pelo Miguel que, de olhar escarlate e palpitante, explicava as teorias que lhe ocorriam por essa Europa fora, em momentos de alucinação.

— Vejam se me compreendem! — dizia ele. — Quem nos garante que o tal Bin Laden e a Al-Qaeda realmente existem? Apenas sabemos aquilo que vemos na televisão. Apesar de ser uma ideia horrenda, seria perfeitamente possível que as forças ocultas por detrás do governo norte-americano estivessem dispostas a mandar abaixo as Torres Gémeas, sacrificando estupidamente milhares de vidas, criando uma personagem de aspecto terrível, a perfeita encarnação do mal, para catalisar o ódio colectivo. Tudo isto para legitimar a interferência do Estado na privacidade das pessoas!

Escutas telefónicas, buscas sem mandato, prisões secretas espalhadas pelo mundo, o sistema Echelon, que monitoriza todas as teleco-municações a nível global, tudo isso surge justificado pela luta contra o terrorismo! Se por acaso a opinião pública começa a abrir os olhos e a insurgir-se contra tudo isso, basta filmar o terrível monhé barbudo num estúdio semelhante ao interior de uma caverna, dizendo que vai dar cabo dos infiéis do Ocidente e já está: mais uma fantástica reacção de histeria securitária colectiva! O tipo até coxeia, tal como os vilões dos filmes, por amor de Deus! As pre-visões de Orwell podem estar a tornar-se realidade. No *1984*, havia a figura do judeu Emmanuel Goldstein, líder da Irmandade, um grupo subversivo inexistente criado pelo Estado para ter a quem atribuir a culpa por tudo o que de mau acontecia. E quanto ao Big Brother, podia passar a noite toda a enumerar manifestações dessa ideia na sociedade contemporânea!

— Vamos lá raciocinar um pouco... O *1984* é uma obra de ficção e é pouco plausível que uma mentira dessas não fosse rapida-mente desmascarada, hoje em dia, na era da informação! — obser-vava o Faria.

— Na era da informação monopolizada por um punhado de gran-des grupos empresariais do audiovisual cujas ligações com o poder político são tudo menos transparentes, queres tu dizer! — replicou o Miguel. — Há meses atrás, também nos pareceria pouco plausível que um Estado soberano fosse invadido por uma coligação de países liderada pelos Estados Unidos, enquanto os governos do mundo e a própria opinião pública eram entretidos com supostas provas da existência de armas de destruição em massa nesse país!

O Faria, divertido, respondia com a frase mais absurda que lhe vinha à cabeça, fazendo-o com todo o ar de quem refutava as pala-vras do Miguel:

— És louco! Toda a gente sabe que tudo isso é uma conspiração de extraterrestres liderados por um clone do pâncreas do Elvis!

E então o Miguel respondia, irritado, mas sem que isso o atrapa-lhasse minimamente:

— Vá lá, ó palhaço, nós estamos aqui a falar de coisas sérias!

— E eu também! — exclamou o Faria, desatando a rir à garga-lhada.

Era como que um jogo estranho, em que a única regra era man-ter a conversa a correr. O que realmente se dizia era irrelevante.

O mais provável, de qualquer modo, era no dia seguinte já ninguém se lembrar daqueles diálogos surreais.

Ébrios e excitados como cavalos de corrida sendo chicoteados para a frente, tanto fazia que falássemos através de palavras e frases com sentido, como usando uma língua inventada. Se me dirigisse ao Miguel gritando: «Mara ta urxani manota pubai!», estou certa que ele responderia algo do género: «Gnasuna ot vanera sompa timurna pubai!», e entender-nos-íamos na perfeição, não na mensagem que as nossas palavras transmitiam, que era nenhuma, mas na ânsia de falar e de existirmos uns com os outros.

A conversa mudara de assunto, mas o Miguel continuava a expor as suas teses mirabolantes. Agora havia-se levantado e discursava de modo inflamado, enquanto gesticulava com os braços:

— Temos alguma garantia de que o pensamento seja realmente aquilo que sempre nos disseram? Alguma vez alguém assistiu, com os seus próprios olhos, à actividade de um cérebro gerando um pensamento? E se tudo for mentira? E se os pensamentos forem algo mais do que meras abstracções? E se os pensamentos existirem fisicamente, como que a flutuar por si e desgarrados de qualquer indivíduo? Se assim for, quando temos a mente sintonizada em determinada frequência espiritual, captamos determinados pensamentos, como o aparelho que apanha estações de rádio. Isto explicaria fenómenos como a telepatia. A telepatia mais não seria do que o entendimento profundo que se forma entre duas pessoas que têm momentaneamente os seus espíritos sintonizados numa mesma frequência de pensamento, em simultâneo. Já pensaram bem nisto? Se assim for, isto é o fim da individualidade do ser humano: a partir do momento em que nós não *temos* pensamentos que sejam *nossos*, fabricados por nós, mas apenas os captamos como qualquer outro pode captar, não passamos de meros receptores, meras antenas de captação, à partida vazias de conteúdo.

Continuei a ouvir o Miguel falar, até que a certa altura deixei de distinguir palavras nos sons que a sua boca emitia. Os seus sons fundiam-se nas vozes dos outros, no barulho dos grilos e na música que tocava na aparelhagem sonora do Faria. Foi então que reparei que o Francisco olhava para mim, com um sorriso compreensivo.

— Estás a ouvir alguma coisa do que ele está a dizer? — perguntei-lhe (parecia que apenas estávamos ali nós os dois e todos os outros se encontravam separados de nós por uma espécie de pano de veludo transparente, ou a anos-luz de distância).

— Eu não. E tu? — perguntou, rindo.

— Também não! — respondi.

Ficámos a rir um para o outro, apatetados e felizes com aquele instante dourado de cumplicidade. Segundo a louca teoria do Miguel, os nossos espíritos estariam simultaneamente sintonizados na mesma frequência de pensamento, o que era agradável. O pensamento é algo tão solitário, tão inadmissivelmente solitário! Só a telepatia nos pode salvar da inexorável solidão do nosso ser.

Olhava para o braseiro onde havíamos grelhado o nosso jantar, ainda incandescente, e relembrava o tom do Sol daquela tarde, imaginava as labaredas destruindo a casa de António Tinoco, e este a assistir a tudo, com as bochechas ébrias da cor do fogo. Imagens tão fortes que eram difíceis de tirar da cabeça. Toda a noite ganhava uma coloração vermelha, quando se pensava nisso em demasia. A própria Lua mais parecia um coágulo desbotado (bebi mais um copo de sangria). Ocorreu-me levantar-me e propor um brinde.

— Aos noivos! — exclamei, erguendo o copo.

— Quais noivos? — perguntaram-me os amigos locais do Faria.

— A Lua e o fogo! — respondi, com convicção.

Todos ergueram os copos, com aquele ar de quem não quer contrariar uma psicopata, com medo de que ela tenha uma reacção imprevisível, e brindaram à Lua e ao fogo.

— A Lua e o fogo, fogo, Lua, muito fogo e muita Lua. Essa é a melhor descrição do Alentejo que alguma vez ouvi! — sussurrou-me o Francisco, ao ouvido, enquanto fazia tilintar o seu copo no meu.

Senti-me bem com essas palavras. Senti-me compreendida, uma vez mais.

Foi a vez do Francisco se levantar e propor também ele um brinde.

— Aos loucos! — bradou.

— Aos loucos? — perguntou o Miguel.

— Sim, aos loucos, aos desvairados, aos que se lançam na espiral desconhecida, sem receio e sem mágoa pelo conforto perdidos, àqueles que vivem a cavalo na serpente!

— Aonde nos leva a tua serpente? — perguntei-lhe.

— Não sei, ninguém sabe. O que interessa é agarrarmo-nos bem ao seu dorso escamado e gozar cada fracção de segundo, sem medo de cair com os solavancos, sem pensar nas suas mandíbulas e no seu veneno! — respondeu.

Também eu o compreendi. Quem melhor do que alguém que fora da sua terra natal para Paris e de Paris para Portugal, levada apenas pela sua sede do desconhecido, aos deus-dará, por essa Europa decadente, de perigos e emoções fortes, para compreender o que era cavalgar intensamente a serpente?

Brindámos aos loucos, ao amor, à amizade, à saúde de cada um dos que estavam sentados à mesa, à música, à beleza, brindámos até ao próprio acto de brindar.

Foi com uma monumental piela que nos despedimos dos amigos locais do Faria.

Quando o Faria se preparava para limpar a mesa e a cozinha, deitou as mãos à cabeça, preocupado. Com tudo o que havia sucedido naquele dia, tinha esquecido por completo a rega do seu jardim da alegria. Com o calor que estivera ao longo de todo o dia, as preciosas plantinhas haviam de ter sofrido horrores, sem uma única gota de água para apaziguar a sua sede vegetal. Comigo e com o Francisco ao seu lado, o Faria cambaleou, de mangueira na mão, até ao seu cantinho mágico.

— A planta da canábis aguenta bastante bem a falta de água, sobretudo as espécies com uma grande componente genética da variedade *Canábis indica* — explicou, em mais uma das suas dissertações pedagógicas sobre a planta preferida da sua gente. — Mas se queremos que as plantas cresçam saudáveis e frondosas, temos de lhes dar água e nutrientes. A erva, plantada ao ar livre, tem um bonito ciclo de vida: em Março ou Abril, quando os dias se tornam maiores e as temperaturas começam a subir, é plantada e começa a desenvolver o caule e as primeiras folhas. Com a chegada do Verão, começa a crescer a um ritmo mais acelerado e as folhas tornam-se maiores e mais abundantes. A isto chama-se a fase vegetativa. É nessa fase que as minhas plantas se encontram agora, a bombar com este magnífico sol alentejano! Mais tarde, com o Outono, o número de horas de sol começa a diminuir, as temperaturas descem e a planta sabe que já cresceu tudo aquilo que tinha a crescer. Então, os ramos começam a desenvolver cabeças floridas. Consoante a forma das flores, sabemos se uma planta é macho ou fêmea. Este período de floração significa uma coisa para as plantas de canábis: está na hora da reprodução. As flores das plantas-macho largam pólen, que vai polinizar as fêmeas, fazendo com que estas produzam sementes. Nesta fase, a não ser que o objectivo da plantação seja obter sementes para plantar mais no ano seguinte, é conveniente arrancar as plantas-macho assim que são detectadas, porque a potência das cabeças floridas das fêmeas (as únicas que se fumam) diminui radicalmente após a polinização.

— Quer dizer que andamos a sacrificar virgens por uns instantes de beatitude e de criatividade furiosa? — perguntei, divertida.

— É uma maneira de ver as coisas! — respondeu o Faria, rindo.

— Não tens receio de ser canado com as plantas? Tanta gente que passa pela tua casa, há sempre o risco de alguém ver e denunciar! — perguntou o Francisco.

— Elas estão bem disfarçadas, como podem ver. O mais complicado é o cheiro que deitam, quando o vento o traz na direcção da casa, sobretudo na época da floração. De resto, apesar de a nossa lei proibir o plantio, acho que estou a fazer aquilo que está certo do ponto de vista moral. Ao plantar para mim e para partilhar com os amigos mais chegados, evito estar a alimentar os negócios sujos do tráfico de drogas. Digo mais: o maior golpe que poderiam dar no tráfico era permitirem o cultivo de pequenas quantidades de marijuana para autoconsumo. Eu, por mim, estou a fazer a minha parte por uma sociedade mais segura e mais limpa. É uma estupidez ilegalizarem uma planta como a canábis. O que eu faço, na minha casa e desde que não prejudique ninguém, apenas a mim me diz respeito. Ao longo de toda a história da humanidade, nunca houve uma sociedade tão obcecada com as drogas como a nossa. Por milhares e milhares de anos, o ser humano sempre teve uma relação normal com as plantas psicoactivas, usando-as com respeito, em seu proveito. Os argumentos do proibicionismo seriam vistos como ridículos e boçais se fossem apresentados a um xamane zapoteca do México pré-Colombiano, ou a um chefe de tribo africana, ou a um asceta indiano, a um filósofo da Grécia clássica, ou mesmo a um habitante da Judeia do tempo de Pilatos e Herodes... Qualquer destas pessoas ririam à gargalhada da idiotia dos seres «avançados» que proferissem ideias tão lunáticas! Quando pensamos na questão das plantas com poderes psicoactivos, devemos lembrar-nos sempre de que a nossa civilização não foi a primeira a surgir à face da Terra.

Não será também a última. Em muitos aspectos, a nossa civilização é menos evoluída que outras que vieram antes dela, desde logo por termos uma estúpida mentalidade que tem por ideal a vitória do homem sobre a natureza que o rodeia, em vez de preconizar a harmonia do homem com o meio ambiente. É por essa razão que o planeta Terra está como está... Sabendo que a história se desenrola em círculos, pode ser que no futuro regressemos às origens, e o homem se disponha a aprender com a natureza, em vez de a ilegalizar, destruir e demonizar. Isso é algo em que acredito.

As copas das plantas balançavam suavemente ao sabor da brisa, como que aprovando o que o Faria dizia.

O optimismo do Faria e a sua filosofia, simples e franca, inspiravam-nos. Adormecemos nas nossas camas com o mesmo sorriso de satisfação de crianças a quem foi contada uma história para adormecer com um final feliz.

XXI

O dia seguinte amanheceu quente e risonho. Não que eu o tenha visto amanhecer quente e risonho, pois só o apanhei por volta do meio-dia quando o Faria, certamente farto de andar pelo terreno sozinho, nos foi acordar, dizendo que era uma vergonha estarmos na cama, num dia quente e risonho como aquele.

— O nosso programa de hoje foi feito a pensar em ti! — disse ele ao Francisco.

— Em mim? — estranhou o Francisco.

— Sim. Tu que falas tanto da necessidade de se encontrar um estilo de vida alternativo ao materialismo da cidade, hoje vais conhecer umas pessoas que levam essa tua busca às últimas consequências — respondeu o Faria, enigmaticamente.

Passada meia hora, estávamos no carro do Faria e tínhamos à nossa frente um portão aberto de uma herdade, ao lado do qual uma tabuleta anunciava: «Herdade da Benquerença».

Junto ao portão, um grupo de pessoas vestidas com farrapos coloridos e circenses, carregava malas para os porta-bagagens de dois táxis. Olharam na nossa direcção de uma maneira sombria.

Ao entrar, fomos de imediato saudados por um bando de crianças, muito loiras, muito nórdicas, que acompanhavam em corrida o lento percurso do automóvel. Mais pareciam pequenos anjos, mas sem as asinhas e auréolas irritantes.

À nossa direita erguiam-se as cancelas de um picadeiro, onde três cavalos dormitavam, despreocupadamente. Um pouco mais à frente, situava-se um pequeno aglomerado de casinhas alentejanas, ladeadas por painéis de captação de energia solar. Além das crianças, não se via vivalma: dir-se-ia que aqueles reguilas teutónicos de palmo e meio haviam tomado conta da herdade.

Assim que parámos o carro, abriu-se a porta de uma das casas e por ela saiu um homem vestido como um camponês alentejano, com o mesmo olhar contemplativo e fatalista de um camponês alentejano, mas alto, de olhos claros e com uma frondosa juba loira, que lhe desmanchavam o disfarce de nativo. Ele e o Faria cumprimentaram--se efusivamente e foi-nos apresentado como o seu amigo Mathias, «o chefe da aldeia», ao que ele respondeu, embaraçado, que aquilo era uma cooperativa, não havendo nem chefes, nem subordinados.

Mathias era um velho *hippy* alemão que havia deixado a sua cidade quando jovem e, depois de longos anos a viajar por esse mundo fora, fundara aquela comunidade com um punhado de apóstolos.

Convidou-nos a entrar, no seu português refrigerado e de travo alpino. O interior da casa tinha uma decoração simples e rústica, mas confortável. Por uma porta surgiu uma mulher loira lindíssima, pouco mais velha que eu. Apesar de ser também ela alemã, tinha todo o aspecto cândido e acolhedor das mulheres alentejanas.

— Esta é a Ilse, a minha companheira — anunciou o Mathias.

Quando o Miguel a cumprimentou, o Mathias perguntou-lhe:

— Agrada-lhe a minha companheira?

O Faria afastou-se, rindo baixinho. Ilse deu uma discreta cotovelada ao Mathias, sussurrando-lhe qualquer coisa em alemão, provavelmente algo do género: «Mathias, não comeces...!» O Miguel franziu o sobrolho, mantendo-se silencioso.

— Mas a sério, gosta dela? — volveu o Mathias, sorridente.

O Miguel, encavacado, respondeu que sim, que a achava muito simpática.

— Gostaria de fazer amor com ela? — perguntou o Mathias.

O Miguel corou de vergonha, enquanto eu e o Francisco observávamos a cena, incrédulos.

— Vamos, experimente, não vê que ela também quer? Temos ali um quarto, se se sentir mais confortável com alguma privacidade! — insistiu o Mathias.

O ar estava tenso. Pela primeira vez na vida, vi o Miguel sem saber o que havia de fazer.

O Faria segredou-lhe algo como:

— Miguel, aceita a hospitalidade do homem, não estragues a tarde a todos...

— É muito gentil da sua parte, senhor Mathias, mas não sei se seria apropriado... — balbuciou o Miguel.

— Se tu não vais, vou eu! Não quero que os nossos hóspedes se sintam ofendidos! — bradou o Faria.

— Isso, amor, mostra-lhes como é! — apoiou a Sandra.

— Não senhor! — exclamou o Mathias, batendo com o punho na mesa. — Porque é que o meu caro senhor se recusa a dispensar à minha companheira um pouco do amor que devemos a todos os seres do universo? Porventura acha-a feia? Acha que não é digna de vossa excelência? É isso?

O Miguel estava aterrorizado. Os olhares graves e tensos pousados sobre ele pareciam-lhe convincentes. Aquela gente estava mesmo a falar a sério! Eram loucos, todos eles!

Ao cabo de alguns segundos de silêncio penoso, que ao Miguel deverão ter parecido uma eternidade, o Mathias deixou cair o rosto severo e irrompeu em gargalhadas. O Faria também não se conteve, e tudo terminou numa monumental galhofa.

— Velho maluco, não perdes uma oportunidade para entalar mais um coitado com essa piada! Um dia ainda apanhas um gajo que te responda «vamos a isto então», e aí é que eu quero ver como te safas! — exclamou o Faria.

— Com portugueses?! Nunca! — gracejou o Mathias. — São todos muito garanhões, muito liberais, mas é só garganta!

— Então Mathias, como vai a vossa comuna? — perguntou o Faria, divertido.

— Mal, muito mal! Suponho que, ao chegarem, se tenham cruzado com um grupo de pessoas carregadas com malas, que partiam.

— Sim, nós vimo-los! — respondeu o Miguel, refazendo-se do choque da brincadeira do Mathias.

— Esse pessoal optou por deixar-nos definitivamente. Tivemos uma reunião há uma semana, em que eles protestaram contra o nosso negócio de turismo rural, em que recebemos turistas entre nós, dando-lhes a oportunidade de verem como funciona uma comuna deste género. Dizem que se sentem como palhaços para entretenimento dos turistas, como macacos do jardim zoológico aos quais se atiram amendoins para que façam habilidades... Enfim! Dizem que virámos capitalistas e que a nossa vivência já tem pouco que ver com o espírito original da coisa. Em bom rigor, eles até têm alguma razão. Vejam bem: até comprámos uma velha carrinha *Volkswagen* tipo 2, as chamadas «pão de forma», pintámos flores e outros motivos típicos em cores garridas, para passear os turistas pela região, dando-lhes uma verdadeira e autêntica experiência *hippy!* E durante o Inverno, quando os hóspedes são em menor número, fazemos algum dinheiro alugando-a para casamentos. Uma verdadeira e autêntica experiência *hippy?!* Nós nunca tivemos uma *Volkswagen* «pão de forma»! Digo mesmo que passei a década de 60 todinha sem nunca ter andado numa *Volkswagen* «pão de forma»!

Todos soltámos uma gargalhada sarcástica, excepto o Mathias.

— Mas os tempos mudam... Apenas amor e uma cabana bastavam perfeitamente quando eu tinha vinte e tal anos e saí de casa dos meus pais para ir viajar pelo mundo com mais dois amigos de Dresden. Gerir uma comunidade com tanta gente custa dinheiro e nem tudo o que comemos dá para cultivar! — queixou-se o Mathias.

— Vejo, aliás, que aboliram aquela vossa regra sobre os relógios... — observou o Faria, reparando no relógio de plástico que o Mathias trazia no pulso, com um desenho do rato Mickey que indicava as horas com um braço e os minutos com o outro.

— Pois é, antes era proibido o uso de relógios aqui na comuna. Os visitantes eram obrigados a entregar os seus à chegada, sendo-lhes devolvidos quando partissem. O único tempo que existia era o tempo ditado pelo Sol e o tempo biológico de cada um. Eis outro sinal dos tempos... — respondeu o Mathias.

Tocou um telemóvel, escondido nos bolsos de alguém. Mathias levou a mão à algibeira e atendeu o telefonema.

Faria parecia um pouco envergonhado, vendo cair por terra os seus planos de mostrar aos amigos uma autêntica comuna *hippy*. Quanto a tudo o resto, porém, a Herdade da Benquerença correspondia àquilo que imaginávamos de um local como aquele: todas as casas eram de todos. Se alguém tinha sono, dormia, não importava em que casa, nem em que cama; se alguém tinha fome, comia, não importava em que mesa. Existiam relações amorosas estáveis e duradouras, como era a do Mathias e da Ilse, mas o sexo ou qualquer manifestação de afecto amoroso com outros membros da comunidade não era visto como uma traição, mas antes como algo normal e saudável, algo que era consequência directa dos desejos humanos e que não deveria ser reprimido. Todo o dinheiro que recebiam, sobretudo proveniente das suas actividades turísticas, era destinado à compra de mantimentos e ao reinvestimento na comuna.

Afastado uns duzentos metros do aglomerado de casas onde vivia o Mathias, erguia-se um outro casebre, mais pequeno. Pelas suas paredes escorriam enormes pinturas murais, com imagens de crianças e animais brincando alegremente, arco-íris psicadélicos, e os dizeres, escritos em letras gordas e ondulantes: «República das Crianças».

— Aquilo o que é? Uma espécie de centro de ocupação de tempos livres para os miúdos? — perguntei.

— Não, não... Aquilo é onde as nossas crianças vivem — respondeu-me o Mathias.

— Quer dizer que elas não vivem com os pais? — perguntei.

— Não. Achamos que assim lhes é permitido crescer mais livremente e estabelecer ligações mais espontâneas entre si. É claro que elas passam tempo com as famílias respectivas, mas é umas com as outras que mais desenvolvem as suas capacidades — respondeu-me o Faria.

A Sandra e o Faria já conheciam essa particularidade daquela comuna e via-se pela expressão nas suas caras que aquela teoria não lhes agradava muito. Não concebiam a ideia de ter a sua filha a crescer sob um tecto que não o seu. Talvez pensassem nas saudades que já tinham da Teresinha, que fora passar uns dias a casa dos avós. O Miguel e o Francisco, por seu turno, acharam a teoria dos *hippies* genial. Homens!... Quanto a mim, a ideia causava-me um certo desconforto, talvez devido à especial sensibilidade feminina para essas coisas.

— Não acham que é um sistema um bocado frio? Já acho terrível colocarem as crianças em colégios internos, mas tê-las a viver tão perto dos pais é uma tortura para uns e para outros! — observei.

— É para bem das crianças. Ao início, custa sempre, mas depois elas acabam por ser mais felizes! E, ao fim e ao cabo, é como viverem num quarto diferente de uma mesma casa, mas uma casa muito grande... — respondeu o Mathias.

Fiz uma leve careta de desdém, dando a entender que não tinha ficado convencida. O Mathias apercebeu-se e insistiu:

— Vejo que deves ter filhos, para te opores tanto à ideia!

A imagem produzida pela minha mente, de mim própria como mãe de filhos, pareceu-me absurda. Respondi que não.

— Tencionas vir a tê-los, então?

— Também não! — respondi com convicção.

— Porquê? Não gostas de crianças?

— Não gosto nem deixo de gostar. Isso é irrelevante! — respondi, começando a ficar irritada.

— Diria que o teu problema não é com as crianças, mas com todo e qualquer ser humano. És uma espécie de misantropa...

Não era já o Mathias quem me falava, mas sim um jovem habitante da quinta, mais jovem que eu, talvez com os seus dezoito anos. O nosso grupo havia continuado a visita guiada à quinta e eu ficara para trás, tendo apenas aquele rapaz loiro, de rosto estreito e seco, ao meu lado.

Olhei em volta e não vi os outros em lado nenhum. Caminhei então, com o jovem *hippy*, pelo meio de um pomar.

— Sou misa-quê? — perguntei.

— Misantropa... É uma pessoa que pura e simplesmente não gosta de outras pessoas ou que desconfia delas por natureza — disse-me ele, com o ar indiferente e despido de julgamento de valor que costumam ter os psicólogos quando nos dizem que a origem dos nossos problemas é um complexo homossexual recalcado, ou um desejo secreto e não ultrapassado de matar a própria mãe e ir para a cama com o pai.

Conhecia bem todo esse paleio, pois frequentara muitos psicólogos, tanto em Barcelona como em Paris. A conversa é igual em qualquer parte do mundo. Nunca me mantive no mesmo durante mais de meia dúzia de sessões. Não ajudava o facto de a relação psicólogo-paciente terminar frequentemente comigo batendo com a porta, irritada com a chuva de clichés com que era invariavelmente bombardeada, como «para gostarmos dos outros, temos de gostar de nós próprios primeiro» ou «tu és aquilo em que acreditas». É claro que são verdades louváveis e bonitas, mas não me parecia útil gastar cinquenta euros por consulta para assistir a declamações semanais da cartilha de citações gastas dos livrinhos cor-de-rosa que se vendem nas tabacarias das bombas de gasolina.

A que me deixava, de longe, mais furiosa era a eterna frase feita, inefável e monumental colosso da cultura do Ocidente que é o «sê tu própria». Eles muitas vezes pensavam que o meu mau feitio era uma forma de me impor socialmente, de exigir atenção e assegurar a minha aceitação pelo grupo. É melhor ser temido que amado, já dizia Maquiavel. Em pequena ouvia ralhetes do género de «a menina tem muito mau feitio, é muito mal-educada e respondona!». A partir da adolescência, o meu mau feitio era notado por qualquer otário que tentava engatar-me na noite, e replicava às minhas respostas tortas com frases como «tu tens muito mau feitio! Mas calha bem, eu cá gosto de mulheres com mau feitio! Tens a certeza de que não queres que eu te ofereça uma bebida?».

É claro que os psicólogos mais visionários percebiam com o tempo que o ser eu própria significava ser uma gaja neurótica, constantemente insatisfeita e que vivia de extremos: se facilmente se irritava, também com a mesma facilidade dava tudo por aqueles que amava. Era a minha sina, teria de viver com isso.

O jovem *hippy* que caminhava comigo ouvia pacientemente o meu longo e desconexo discurso (apercebera-me naquele instante, que estivera a pensar em voz alta e que tagarelara durante imenso tempo).

— Sim, tu és uma rapariga boa! — exclamou finalmente, piscando-me o olho.

O rapaz tinha o aspecto infinitamente seráfico e assexuado de um querubim de porcelana. Um rosto oval, sem qualquer vestígio de barba, olhar azul, aguado e despido de expressão, mais parecia um ser vindo de outro mundo e caído de pára-quedas no meio da tórrida paisagem alentejana. «Nadina, pára. Já estás a alucinar com anjinhos quando eles não existem. É só um gajo. Um gajo com feições efeminadas, só isso!», pensei.

— Sim, tu és uma rapariga boa! — repetiu ele, saboreando o toque das palavras nas gengivas como quem revolve um caramelo.

— Sim...? Desenvolve, se fazes favor! — exigi, com impaciência.

O jovem *hippy* olhou-me, sorrindo de forma enigmática, e disse-me:

— Olha, eu gostava de fazer algo por ti... É claro que não resolvo os teus problemas, porque tu és obviamente doida varrida! — gracejou, enquanto procurava algo nos bolsos.

— ... No entanto, queria dar-te isto... — disse-me, mostrando-me um pequeno saquinho cheio do que pareciam ser ervas secas.

— Isso é o quê? Erva? — perguntei.

— Não, não é erva, mas pode ser um interessante aliado no teu conhecimento de ti mesma.

— Obrigada, mas eu não sou o tipo de pessoa que mete drogas para escapar aos problemas! — respondi, afastando com a mão o saquinho.

— Justamente! O que te dou não serve para te alheares de ti mesma, mas para te veres com mais nitidez e de uma perspectiva diferente daquela a que estás habituada. Usa-a com sabedoria, na companhia de quem sintas que o mereça, porque esta é a erva da telepatia, da compreensão infinita de nós próprios e dos outros. Anda, guarda! É uma oferta.

Assim que ele disse a palavra «telepatia», uma luz acendeu-se na minha mente. Enfiei o saquinho na mala e agradeci-lhe.

Quando começámos a caminhar, à procura do meu grupo, o jovem *hippy* travou-me o braço e disse-me:

— Quando experimentares isso, mantém uma coisa em mente: nada do que disseres será algo que não desejarias dizer no teu estado normal de consciência, nada do que fizeres será algo que nunca desejaste fazer. Nada do que vires será algo que não verias no teu estado normal, se o teu espírito tivesse atingido um grau mais avançado de franqueza. Isto apenas te tira o nevoeiro da frente dos olhos. Quanto ao resto, está tudo aqui.

Apontou com o dedo indicador para a cabeça.

Voltámos para junto dos outros. Mathias dissertava agora sobre os vícios da nossa geração. Aí estava algo interessante: ouvir o que tinha para dizer sobre os pecados das gerações mais novas um velho *hippy*, que durante a sua juventude deveria provavelmente ter fumado o triplo da droga e tido o quádruplo dos parceiros sexuais que todos nós juntos durante a vida inteira. Pus-me à escuta.

— Vocês são uma geração estranha. Uma geração que se fez velha antes de o ser. Com vinte anos, têm a mesma visão cínica sobre as coisas de velhos desencantados, o olhar pirrónico próprio daqueles que durante uma vida inteira se empenharam e mais tarde abdicaram, sem nunca terem passado pela primeira parte do caminho.

O Miguel, o Faria e o Francisco, caminhando alinhados, miravam o chão como três garotos envergonhados ouvindo uma descasca da professora primária. Sandra caminhava ao seu lado, sorridente como sempre. Juntei-me a eles, que começavam já a estranhar o meu desaparecimento.

— Até vos compreendo... Filhos de *baby-boomers* nascidos no pós-guerra, cresceram no meio de fotografias a preto e branco dos vossos velhos, com vinte e tal anos, de cabelos compridos e desgrenhados e barbas cerradas de revolucionários latino-americanos, cheios de confiança num mundo melhor... Descobrem os livros da sua juventude nas prateleiras lá de casa ou escondidos num baú poeirento dalgum sótão esquecido. Marx, Engels, Mao, Che, todos falando de uma revolução que nos anos 60 e 70 era dada como certa, mais ano, menos ano. Sabiam que os vossos pais liam esses livros religiosamente, pois estavam gastos e intensamente sublinhados e anotados, denunciando algo mais que um mero interesse científico. Viram tudo isto e viraram os olhos para a geração que vos legou estes restos: mais de trinta anos volvidos, os mesmos que fizeram o 25 de Abril, o Maio de 68 e tantas outras datas que de outro modo seriam meras quadrículas sem cor no calendário da história (aqueles sobre quem se pensava que, se não conseguissem transformar o mundo num local melhor e diferente, mais ninguém conseguiria) haviam desistido de mudar a sociedade, concluindo ser mais fácil mudarem-se a si próprios, resignados e adaptados à pacífica convivência com tudo aquilo que combateram durante a juventude.

Eles limitavam-se a concordar com a cabeça. Sabiam ser verdade tudo aquilo que ele dizia.

— A experiência dos vossos pais, relembrada a cada dia que vivem com eles, fez com que a vossa geração queimasse etapas. Passaram a tomar por lei universal que qualquer causa é inútil e vã, pois acaba por ser abandonada quando analisada sob outro estado de espírito. Mais parece que já não existem causas colectivas, apenas a causa individual de cada um atingir sucesso na vida, conforto material, estabilidade emocional. A própria contestação das propinas sempre foi mais uma soma de causas individuais do que uma verdadeira causa colectiva que exprimisse a defesa do direito constitucional à educação universal e gratuita. Se a minha geração, a geração de 60, desconfiava de todos aqueles que tivessem mais de trinta anos, a geração dos anos noventa e dois mil desconfia de todos, ponto final.

Era estranho ter um cota de cinquenta anos dando-nos sermões por sermos demasiado conformados e retrógrados. Os papéis estavam estranhamente invertidos.

O resto do dia foi passado a passear pela quinta, ouvindo as explicações do Mathias e de outros membros da comunidade sobre o seu modo de vida. Jantámos com eles, no meio de cerca de trinta *hippies*, mais alguns hóspedes. O meu anjo da tarde estava lá também, noutra ponta da mesa. Não trocámos qualquer palavra nessa noite, apenas alguns olhares.

Embebedámo-nos fortemente, incluindo o Faria, que por algum estranho milagre, conseguiu conduzir-nos até casa na sua *4L*, podre de bêbedo, guiando a quinze quilómetros por hora em estradas desertas, colado ao volante e com a Sandra, sentada ao seu lado (apesar de não ter bebido um terço do que qualquer um de nós bebera, confiava mais no marido bêbedo do que nela própria semi-sóbria), constantemente dando indicações como «estás a aproximar-te muito da berma» ou «agora é ali à direita, lembras-te do caminho, não lembras?». Agora que penso nisso, creio que não voltaria a enfiar-me num carro conduzido por alguém naquele estado, a não ser que também estivesse igualmente bêbeda.

XXII

É difícil seguir a máxima do *carpe diem* quando se acorda a meio da tarde. Por isso reformulamo-la: *carpe noctem!* Aproveitem a noite, gozem-na até ao último resquício de luar!

Acordei às cinco da tarde, suando em bica com o calor abafado que se fazia sentir naquele quarto. Lá fora, vozes desconhecidas falavam em inglês, com um fleumático sotaque britânico.

Acabrunhada, emergi da toca e logo reparei numa carrinha *Volkswagen* «pão de forma» estacionada junto à casa. Não era a carrinha do Mathias e dos seus amigos. Esta tinha uma matrícula amarela, britânica, e não apresenta desenhos psicadélicos para--turista-ver sobre a chapa. Era simplesmente pintada num tom de vermelho-escuro, que mal escondia as escoriações de ferrugem nos rebordos, e encontrava-se coberta por uma espessa camada de pó, como se tivesse passado vinte séculos enterrada sob as areias do Vale dos Faraós.

Os seus donos eram um grupo de surfistas viajantes vindos de Inglaterra que, segundo o relato do Faria, haviam surgido ao longe, ao fundo da estrada, primeiro sob a forma de uma enorme nuvem de poeira vermelha, depois transformando-se a nuvem, à medida que se aproximava, numa velha carripana. Uma entrada triunfal. Pararam a velha máquina, abriram a porta e saltaram para terra, um após outro. Aquilo mais fizera lembrar uma espécie de desembarque de extraterrestres. Logo se dirigiram ao Faria (aparentemente, o líder da civilização daquele planeta onde tinham ido desaguar), para lhe perguntarem se permitia que eles acampassem no seu terreno. Os parques de campismo, situados ao longo da costa, estavam cheios e o grupo decidira aventurar-se pelo interior na sua carrinha.

Por mero acaso, o último sítio onde perguntaram se poderiam montar as suas tendas fora na quinta dos vizinhos do Faria, que se dedicavam ao turismo rural e lhes recomendaram que fossem bater à porta do lado.

Os vizinhos do Faria não simpatizavam propriamente com ele e com a Sandra, pois não os tratavam com a mesma atitude subserviente dos camponeses da região, que se desfaziam em mesuras diante dos senhores doutores da herdade. Além disso, o Faria dava com frequência festas barulhentas que duravam até altas horas da noite, estragando a imagem do Alentejo bucólico, pacato e *castiço* (que é e sempre foi um eufemismo para subdesenvolvido) que lhes interessava transmitir aos hóspedes — isto apesar de, por vezes, os hóspedes mais jovens aparecerem sem convite nessas festas, sendo recebidos de braços abertos pelo Faria, que genuinamente apreciava receber pessoas novas, fossem elas convidadas ou simples *colas*. Os vizinhos julgaram oferecer ao Faria um desagradável fardo, ao enviar aquele grupo de *bifes* andrajosos, mais a sua caranguejola mecânica, ao seu encontro. Não imaginavam que o Faria iria adorar a ideia!

O grupo de cinco surfistas, três rapazes e duas raparigas, andava em peregrinação pelas costas europeias ao longo dos últimos três meses, em busca dos melhores *spots* para apanhar ondas. Atravessaram o canal da Mancha, desceram a costa de França, continuaram pelo Norte de Espanha e vieram pela península abaixo, até chegarem ali. Com a chegada do Verão, tornava-se cada vez mais difícil encontrar picos de onda minimamente apresentáveis. A sua última surfada de qualidade fora duas semanas atrás, na Ericeira. A partir daí, na Praia Grande, Guincho, Carcavelos, Caparica, Sines, rigorosamente nada: tudo *flat*. Em todos esses locais ouviam algo parecido com o clássico *You really missed it! You should have been here yesterday!* do mítico filme *Endless Summer*, que provocara uma verdadeira febre das *surf trips* nos anos 60, o que não deixava de ser irónico — fora em grande parte esse filme que os inspirara a lançar-se na sua própria viagem. Por isso, o grupo limitava-se a apreciar as paisagens e as pessoas dos locais por onde passava, tendo em mente um único objectivo vago de estar em Marrocos em Setembro, de forma a poderem desfrutar da época das marés vivas na costa de Agadir.

Os seis amigos ofereceram-se para pagar ao Faria pelo uso do terreno, o que ele recusou, quase com indignação. Depressa foram convidados pelo Faria a juntarem-se a nós nas refeições, em vez de fazerem uma vida separada, como hóspedes de um qualquer estabelecimento, e sentiram-se na obrigação de entrar com algum dinheiro para as compras, até porque éramos ao todo onze a comer. O Faria era o tipo de pessoa que gostava genuinamente de ter gente à sua volta — quanto mais, melhor. Dava sempre boleias a quem visse esticar o polegar à beira da estrada só para ter alguém com quem tagarelar durante as viagens.

A empatia entre o nosso grupo e os surfistas foi imediata. Durante esse dia, inseriram-se perfeitamente no nosso meio, tal como eu própria me inserira alguns dias antes.

No dia seguinte à sua insólita chegada ao quintal do Faria, vieram ter connosco com um desafio.

— Sinceramente, não vos percebemos. Vocês estão a uns míseros vinte quilómetros da praia, têm um clima quente, tudo privilégios que nós, em Inglaterra, adorávamos ter... Agora eu digo: porque é que não aproveitam mais tudo isso?

Perguntámos-lhes aonde pretendiam chegar.

— Estive aqui a conversar com a minha gente, e disse-lhes: «Sabem o que era uma grande ideia? Darmos uma festa na praia para celebrarmos a sorte que tivemos em encontrar esta malta tão porreira!» E o resto do pessoal concordou todo. É claro que vocês não terão de se preocupar com nada. Comida, bebida e tudo o resto, somos nós que fornecemos. Afinal de contas, estamos em dívida para convosco. E é claro que podem convidar amigos vossos que queiram aparecer, ou amigas, de preferência!

Todos adorámos a ideia. É impressionante como aqueles que se habituam a viver sob este céu azul, este sol e esta costa de areias douradas e o clamor das ondas a perder de vista, se esquecem de aproveitar ao máximo a sorte que têm. Para quê discotecas ruidosas e bares soturnos? Todos em peso para a praia, onde as estrelas brilhantes colocam os *flashes* epilépticos dos *strobes* a um canto e os sons do mar, dos risos dos amigos, talvez até de uma guitarra tocando sobre as dunas não se deixam envergonhar por nenhuma fria batida electrónica! Todos à praia, que o Inverno é longo e há tempo que sobra para definhar em locais fechados!

Eu pasmava de como estes pensamentos pareciam fazer sentido para mim. Semanas atrás, tê-los-ia julgado devaneios patéticos, dignos de alguma campónia que não sabe o que é divertir-se na vertigem da civilização.

O projecto da festa foi ganhando forma ao longo desse dia. Os surfistas foram até à vila, para tratar das compras e numa hora regressaram com a sua carrinha cheia de carne para grelhar e bebidas para um batalhão.

«A coisa promete!», pensámos todos. O Faria convidara o Jacinto e o seu amigo da polícia judiciária. Não contactou mais gente, pois não queria abusar da hospitalidade dos nossos hóspedes. O Jacinto estaria ocupado nessa noite, mas o outro amigo do Faria confirmou que lá ia. Por volta das nove da noite, o Sol tinha acabado de se pôr, deixando resquícios da sua gema espalhados pelo horizonte. Chegámos à praia por volta dessa hora, apertados na velha *Volkswagen* dos surfistas.

O resto da noite foi inesquecível. Com gravetos secos e troncos que apanhámos no pinhal que se estendia para lá das dunas, acendemos uma bela fogueira na praia, onde grelhámos a carne, com espetos improvisados. Um dos surfistas tocava viola, outro ensaiava uns batuques tribais num djembé. O Miguel dava ares de músico cubano, brincando com umas maracas que havia descoberto na casa do Faria. Nós, os restantes, comíamos, bebíamos, fumávamos erva, cantávamos e dançávamos, sem nos preocuparmos em manter a pose, apenas movendo o corpo da forma que nos dava mais prazer, nada mais que uma resposta primitiva e despretensiosa do corpo ao transe induzido pela música, pelo álcool, pela erva e pelo crepitar das chamas misturado com o rugido do mar. Estes dois últimos eram, sem dúvida, aqueles que mais nos inebriavam. Quem se cansava, sentava-se em toalhas de praia dispostas em círculo em volta da fogueira.

Não havia, no meio daquela gente, a distinção entre o nosso grupo e o grupo deles, tal como desde que eu chegara ao Alentejo, nunca sentira haver distinção entre o grupo de amigos do Miguel e a gaja que vem de fora. Era apenas um enorme grupo de pessoas unidas na partilha dos sentimentos fraternos que faltavam na frieza do quotidiano. Dir-se-ia ser uma convivialidade artificial, pois nenhum de nós se encontrava verdadeiramente no seu estado de consciência dito normal. Se assim foi, tomara que a humanidade inteira vivesse perpetuamente inebriada como nós estávamos naquela noite, e o mundo seria um local mais alegre e acolhedor para se viver! Seria uma espécie de utopia psicadélica. Dava a sensação de que a erva era a única droga que poderia realmente mudar o mundo, sem o risco de a humanidade perecer em massa vítima de *overdoses* ou enlouquecer. As pessoas estar-se-iam nas tintas para ganhar dinheiro e dedicar-se-iam a fazer felizes aqueles que as rodeiam. Seria o abrandar de ritmo que o mundo precisava. Deixaria de haver guerras, não só porque isso daria muito trabalho, mas sobretudo porque a endiabrada Mary Jane despertaria nos corações humanos um sentimento de intensa fraternidade. É claro que não seria um mundo perfeito, existiriam muitos mais acidentes de comboio com maquinistas conduzindo com grandes mocas e a política tal como a conhecemos extinguir-se-ia, pois ninguém seria capaz de se lembrar de um discurso ou de o ler com um ar sério. Não se pode ter tudo, suponho...

Naqueles instantes, sentia-me unida a cada um dos meus companheiros por uma espécie de consciência comum, um estranho laço místico e ancestral que me dava a sensação de participar em algo épico, irrepetível. Por momentos, não tive a menor dúvida de que nós, que ali estávamos, éramos os filhos dilectos da Era de Aquário, destinados a espalhar pelo mundo, a partir daquela praia, uma vaga de paz, amor e vibrações positivas.

O tempo passava sem darmos conta.

A noite estava escura e sem luar. Se olhássemos em nosso redor, nada se via além das estrelas e dum pequeno enxame de luzes em Vila Nova de Milfontes, a quilómetros do local onde nos encontrávamos, e as candeias duma traineira navegando em equilibrismo sobre a linha do horizonte.

«A nossa fogueira deve ser visível a quilómetros e quilómetros de distância!», pensei.

Sentada sobre a toalha, fixei o olhar em duas luzes que brilhavam ao longe no areal, perto da vila.

Absorta com as luzes, que pareciam aproximar-se lentamente na nossa direcção, não reparei que o Miguel parara de tocar maracas e viera sentar-se ao meu lado.

— Que achas de falarmos sobre o que se passou no outro dia? — perguntou.

Não o ouvi.

— Nadina! — insistiu, tocando no meu ombro com os dedos.

— Heim? — despertei.

— Queres falar sobre aquele nosso episódio de segunda-feira?

— Falemos... — respondi vagamente, sem tirar os olhos das luzes.

Eu não era a única que estava interessada nas luzes. O Francisco também as observava, até que se levantou e anunciou:

— Parece que vamos ter companhia!

— A andar pela areia daquela maneira, só pode ser um jipe. E quem é que vem passear de jipe para a praia às duas da manhã? — observou o Faria.

— Polícia Marítima? — sugeriu o Francisco.

— Provavelmente! — respondeu o Faria.

— Não estamos a fazer nada ilegal, pois não? — perguntou um dos surfistas, quando lhe explicaram que a *coast guard* andava por ali.

— Acho que é proibido e dá multa fazer fogueiras na praia, mesmo sendo seguro que não existe nada para incendiar num raio de dezenas de metros. Além disso, se eles vêem a quantidade de erva que temos, somos bem capazes de estar em sarilhos, até porque a bófia pode ficar curiosa e ir bisbilhotar a casa do Faria! — respondeu o Francisco.

O jipe da Polícia Marítima estava agora a umas poucas centenas de metros de nós e aproximava-se rapidamente. Os dois focos luminosos dos seus faróis encandeavam-nos como coelhos assustados tentando atravessar uma auto-estrada. Subitamente, o som de uma sirena elevou-se sobre o barulho do fogo e das ondas.

Se a vida tivesse banda sonora, como os filmes do cinema, aquele instante seria um bom momento para entrar como tema de fundo a canção dos Doors:

> *Not to touch the earth*
> *Not to see the sun*
> *Nothing else to do*
> *But to run, run, run*
> *Let's run...*

Cada um pegou naquilo que era seu e mais naquilo que conseguia carregar, e corremos o mais rápido que pudemos, a coberto da escuridão da noite, deixando a fogueira a zelar sozinha pela praia. De todos, quem corria mais depressa era o nosso polícia de estimação. Dava gozo ver o ar melodramático com que corria, desesperado, tropeçando e voltando a erguer-se como a heroína indefesa e em fuga de um filme de acção norte-americano. «Foge, polícia, foge! Foge da polícia, foge de ti próprio!», pensei.

Corremos na direcção das dunas, para onde o jipe da polícia marítima não poderia seguir-nos. Cinquenta metros de areia fofa que nos pareceram uma imensidão do tamanho do Saara, tão penoso era correr sobre aquele manto instável, com as pernas enterrando--se até meio a cada passo que dávamos. Apesar disso, atravessámos as dunas rapidamente e fomos procurar abrigo no denso matagal, cada um correndo por si ou em pequenos grupos de dois ou três. Quando ainda lutava com as dunas, vi o Miguel mergulhar na escuridão, acompanhado por uma das raparigas surfistas, uns metros adiante. O Faria e a Sandra também entraram pelo matagal adentro, um pouco antes de mim. Eu era provavelmente a última que se havia deixado ficar para trás. Olhei por cima do ombro e vi as luzes das lanternas dos guardas rodopiando pela areia. Continuavam no nosso encalço.

— Parem imediatamente! — gritaram.

Soou um tiro disparado para o ar. Atirei-me sozinha para o meio do mato, abraçando com o corpo a sua escuridão.

Assustada, corri sem rumo e sem ver um palmo à frente dos olhos, pisando raízes, troncos, canas e lixo. Sentia os gravetos ferirem-me os braços e as pernas (quando escolhi vestir uma saia, no início da noite, não calculei que teria de me embrenhar no meio de um floresta cerrada, escura como breu) e não queria nem pensar nos bichos nojentos e rastejantes que poderia estar a pisar com as sandálias a cada passo que dava. Corria sem rumo, porque não conseguia parar nem olhar para trás, com receio de estar a ser seguida.

De repente, o meu corpo chocou com força contra algo e fui atirada de costas para o chão. Ergui os olhos e, sobre a minha cabeça, aguardava-me o susto da minha vida. Um vulto negro precipitou--se na minha direcção e soltei um grito de horror que deve ter-se ouvido pela floresta toda.

— Cala-te! Queres que nos apanhem? — ordenou-me uma voz que me era familiar.

O vulto aproximou-se e consegui distinguir o rosto escurecido do Francisco.

— Estás bem? — perguntou, mudando instantaneamente para um tom de voz mais doce, enquanto me ajudava a erguer-me.

Assim que coloquei o pé esquerdo no chão, senti uma dor aguda que quase me derrubou novamente.

— Acho que torci o pé — disse-lhe.

— Tanto pior. Agarra-te a mim, que eu ajudo-te a andar. Depois desse teu grito, não é seguro ficarmos por aqui — respondeu-me o Francisco.

De facto, conseguia ouvir vozes aproximando-se do local. O Francisco passou o braço pela minha cintura e eu agarrei-me a ele com força, enquanto caminhávamos silenciosamente, com toda a rapidez que conseguíamos.

Ao fim de uns minutos de caminhada, encontrámos um pequeno nicho coberto pela vegetação cerrada do arvoredo e dos arbustos. Sentámo-nos.

— Não acredito que eles se metam pelo matagal adentro à nossa procura, mas, ainda assim, é boa ideia ficarmos aqui um bocado até que as coisas acalmem — sussurrou o Francisco.

— Achas que vão chamar reforços para nos procurarem? — perguntei, assustada.

O Francisco reprimiu uma gargalhada.

— Sim, reforços, um batalhão deles! E cães, gatos e canários para ajudarem nas buscas. E helicópteros! Aliás, acho até que devem incendiar este mato todo para nos apanharem como coelhos, quando sairmos em fuga. Mas tu julgas que isto é o Texas? Estamos em Portugal! O que aqueles tipos mais querem é regressar ao posto e continuar o jogo de sueca deixado a meio! — disse ele, rindo.

Ficámos bem juntos, sentados no chão, com os ouvidos despertos para captar o mais leve ruído que se elevasse das profundezas da penumbra.

É uma sensação estranha, estar escondida. Contraria o mais básico instinto humano, que é o de querer ver, querer ser visto, querer contactar com outras pessoas. Quando estamos escondidos, apenas queremos deixar de ser. A alma mergulha num poço de inquietude e contemplação. É um dos mais puros momentos de intimidade que temos connosco próprios e com quem quer que connosco partilhe o esconderijo.

A mata estava mergulhada em silêncio. O medo e a excitação faziam os meus ouvidos impermeáveis até ao ruído distante da rebentação das ondas. Era como se o próprio mar se tivesse calado e observasse a cena, expectante.

— Que loucura! — murmurou o Francisco.

Encolhi os ombros, resignada.

— Bom, se calhar para ti até nem é grande coisa. Ouvi dizer que estás habituada a perseguições mirabolantes! — gracejou o Francisco, em voz baixa.

— Vejo que o Miguel te contou a cena que tivemos em Paris... — comentei, num tom irónico.

— Sim, contou... — admitiu, sorrindo, mas sem se interessar mais pelo assunto.

— Quando terminas esse curso que estás a tirar em Paris? — perguntou.

— Acabei este ano, há duas semanas — respondi.

— E pensas fazer o quê, agora?

Uma pergunta dificílima para mim, feita com o mesmo à-vontade de quem pergunta as horas.

— Ainda não sei. Quando aceitei o convite do Miguel para vir com ele até Portugal, estava justamente a pensar sobre isso. Não quero ficar em Paris e também não quero voltar para casa da minha mãe. Se calhar tento arranjar um emprego num banco de investimentos qualquer em Londres ou Madrid. Esse seria o caminho mais óbvio e previsível a tomar... — conjecturei.

O Francisco ouviu a minha resposta e encarou-me, pensativo, como quem espera algo mais.

— É estranho... Quando era miúda, tinha a certeza absoluta de que estava como que predestinada a deixar uma marca no mundo. Não sabia bem que marca seria essa, mas sabia que o mundo não seria o mesmo após a minha passagem. Talvez fosse apenas uma ideia parva de menina mimada que se acha o centro do universo... Agora, vejo-me com vinte e dois anos e ainda não fiz nada de verdadeiramente relevante, para não dizer histórico, e nem me parece que a minha vida se esteja a encaminhar nesse sentido. Bem pelo contrário, pareço caminhar para a banalidade absoluta.

O Francisco sorriu e recitou, baixinho:

— *Many prophets have failed, their voices silent,*
Ghost-shouts in basements nobody heard...

Sorri ao reconhecer o poema, e continuei-o: — *Dusty laughter in family attics*
Nor glanced them on park benches weeping with relief under empty sky
Walt Whitman viva'd local losers...

Continuámos a recitar, baixinho, a «Ode to Failure», de Allen Ginsberg, como quem reza uma oração.

To You, Lord of blind Monet, deaf Beethoven, armless Venus de Milo, headless Winged Victory!

Quando terminámos, fizemos uma pausa e pusemo-nos à escuta, pois pareceu-nos ouvir um barulho de galhos quebrados a palpitar da escuridão...

Um animal, provavelmente.

Estava extasiada. Qual a probabilidade de o destino juntar duas pessoas que conhecem de cor e adoram um mesmo poema obscuro de um poeta obscuro?

Resolvi arriscar e colocar ao Francisco a pergunta que andava remoendo na minha mente:

— Francisco, seremos absolutamente banais?

O Francisco parou para pensar por breves instantes.

— É claro que não! Pensa só na densa rede de ligações causa--efeito que permitem que nós os dois estejamos aqui, neste momento, a ter esta conversa! Para permitir o simples facto de eu e tu existirmos, foi precisa uma infinidade de fenómenos naturais que desde a criação do universo se conjugaram. Além disso, ziliões de eventos que se sucederam, gerações e gerações de seres humanos que procriaram, para que se criasse o código genético único de cada um; e mais uma infinidade de factos históricos que produziram a cultura em que as nossas consciências se desenvolveram; milhões de pequenos eventos que, ao longo das nossas vidas se foram acumulando, permitiram que pensemos da maneira como pensamos, que vivamos o mundo da maneira como vivemos, em suma, que sejamos as pessoas que somos. O próprio facto de existirmos depende de um equilíbrio tão frágil, que bastaria uma minúscula alteração no passado do universo para todo o presente ser radicalmente diferente e nós nunca termos nascido. A nossa existência é altamente improvável, chega a ser milagrosa! Já pensaste bem na teia de acontecimentos ocorridos ao longo de milhões e milhões de séculos, desde o princípio do tempo, que carregas às costas? Cada ser humano contém gravada em si mesmo a história da humanidade!

O que o Francisco dizia fazia sentido para mim. Senti uma vertigem abissal ao tentar criar uma imagem de tudo aquilo que ele me dizia.

— Imagina agora que vivias nos tempos pré-históricos e que, numa tarde, ao regressares da caçada, davas um pontapé numa pedra. O gesto mais banal do mundo. Imagina agora que, séculos mais tarde, um adolescente tropeça e bate com a cabeça nessa pedra, tendo uma morte prematura. Imagina agora que esse adolescente se chamava Sócrates, ou Newton, ou Napoleão! Já pensaste bem na responsabilidade ciclópica que pesa sobre os ombros do nosso ser humano primitivo, só por ter mudado o lugar que uma pedra ocupava no universo? E isto sem que ele sequer suspeitasse de que estava a mudar para sempre a história da sua espécie! Damos em loucos, se formos a pensar demasiado na influência que os nossos actos mais banais podem ter sobre o equilíbrio das coisas! Mas estou a desviar-me do assunto, e o que queria dizer é que não, não somos banais. Cada um de nós é uma improbabilidade estatística. À partida, todos somos especiais, mas... Eh, não ouviste nada?

Provavelmente não passaria dum coelho ou dum rato. De tão interessada que estava na conversa, praticamente perdera o receio e já quase nem ligava aos sons que a noite produzia à nossa volta.

— Especiais *à partida*? Como assim? Uns são mais especiais que outros? — questionei-o.

— À partida, somos todos especiais e continuamos a ser sempre especiais, na relação que temos connosco próprios. Já na relação com os outros, a coisa depende. Crescer significa morrer como indivíduo. Existem uns poucos eleitos que, com o tempo, se transformam em verdadeiros mitos. As suas vidas deixam de ser só suas para passarem a ser um pressuposto cultural da maneira de ver o mundo de outros que por eles se interessam. Mas estes são uma pequena minoria. A maioria dos homens dilui-se em estereótipos. Estes só colectivamente podem aspirar a entrar para a história, como uma classe, ou etnia, ou profissão, que em certo período histórico se caracterizou por este ou aquele traço ou que protagonizou este ou aquele fenómeno colectivo. Em ambos os casos, deixam de ser indivíduos.

— Como é que alguém se torna numa lenda ou num estereótipo? — indaguei.

— Não sei. Simplesmente acontece. Talvez por mero acaso... Talvez por destino... Talvez haja pessoas nascidas para serem lendas. Que mais poderia ter feito com que um jovem licenciado em Medicina, filho de uma família da classe média argentina se transformasse no mítico Che Guevara? Ou que um franco-canadiano pé-des-calço, imigrado nos Estados Unidos, jogador de futebol americano na equipa da universidade se transformasse no grande escritor--viajante Jack Kerouac? Ou que um bebé nascido numa manje-doura miserável se tornasse no Cristo? Que mais poderão ter todos eles em comum? — retorquiu o Francisco.

— A coragem de se lançarem no desconhecido e de construí-rem a sua própria grandeza, estando-se nas tintas para o que outros poderão ter planeado para eles. No fundo, aquilo que nos falta a nós! — disse eu, prontamente.

— Não podes garantir que um belo dia não te passas e não deixas para trás de vez a mediocridade do quotidiano. Eu, pelo menos, sinto que já estive bem mais longe disso! — acrescen-tou ele.

Parei por momentos para pensar. O medo da morte era uma constante na minha vida. Não fora bafejada pela sorte que têm alguns de ter uma fé cega num Deus infalível. A morte horrorizava--me e a fama parecia um excelente sucedâneo — o único sucedâneo — para uma improvável vida eterna.

O Francisco sugeriu então que nos dirigíssemos cautelosamente para a carrinha, pois permanecemos ali bastante tempo e da perse-guição não se ouvia um único sinal.

Tentei levantar-me, mas uma dor ainda mais intensa do que aquela que tivera antes varou-me o pé torcido. Era tão intensa que me sentia completamente incapaz de caminhar. O Francisco observou-me por instantes, apreensivo.

— Nesse caso, podemos ficar por aqui mais um bocado! — con-cluiu, encolhendo os ombros.

Sentou-se e começou a fabricar um charro de haxixe, derretendo uma quantidade enorme.

— Que estás a fazer? Nós aqui encalhados e tudo o que te lem-bras é de fumar uma ganza? — protestei.

O Francisco esboçou um sorriso enigmático e respondeu:

— Eu não vou fumar. Tu é que vais. Não temos analgésicos aqui. Só isto. Sempre te aliviará um pouco. Sabias que a canábis era o anal-gésico mais usado no mundo até à divulgação da aspirina, além de ser usada como anti-inflamatório desde os primórdios da humanidade?

Passou-me o cigarro enrolado e esperou que eu o fumasse sozi-nha, do início ao fim. Nunca havia fumado nada tão forte e depressa me senti envolvida por uma irresistível sensação de frescura, como se um sopro glaciar percorresse cada artéria do meu corpo, que se tornava vaporoso e leve como durante um sonho.

Assim que comecei a sentir os efeitos no auge da sua potência, o Francisco obrigou-me a fazer nova tentativa de me erguer. Desta vez, não tive dificuldade nenhuma. Não sentia os pés, era como se as extremidades do meu corpo se tivessem dissolvido numa névoa misteriosa e eu levitasse sobre ela, sem tocar no chão.

«E ainda há quem diga que a canábis não tem qualquer utilidade medicinal!», pensei.

Emergimos do matagal e fomos encontrar os nossos amigos juntos em volta da velha carrinha, conversando. Da polícia, não havia sinal. Provavelmente já teriam deixado o local, caso contrário não ouviríamos a nossa gente rir e conversar com ar tão descontraído.

Estavam lá o Faria, a Sandra, o Miguel e três dos surfistas. Os outros apareceram aos poucos, saídos do mato como insólitos selvagens, trazendo nas mãos toalhas de praia, garrafas de *vodka*, instrumentos musicais e outros objectos resgatados à pressa de junto da fogueira durante a fuga.

Quando nos aproximámos, o Miguel parecia estar a contar uma história qualquer, fazendo os outros rir à gargalhada. Durante a viagem para casa, contaram-nos a cena mais hilariante que se havia passado naquela noite. Os dois guardas, não conseguindo capturar um único indígena daquela estranha tribo que se refugiara na mata, resolveram encaminhar-se para o descampado que ficava entre as dunas e o arvoredo e que servia de parque de estacionamento para os veraneantes daquelas paragens. A praia ficava a quilómetros da povoação mais próxima e o mais provável seria o bando de prevaricadores terem chegado até ali de carro. Se assim era, a sua viatura só poderia estar parada naquele local. Bastaria esperar que, mais cedo ou mais tarde, os coelhos saíssem da toca e, quando saíssem, teriam os guardas à sua espera. O que os dois guardas não sabiam é que não haviam sido os únicos, nem tão pouco os primeiros a ter essa ideia.

Quando chegaram ao descampado, viram meia dúzia de viaturas adormecidas, cada uma em seu canto. Passaram por todas elas, apontando para o seu interior com os focos das lanternas e de todas emergiam cabeças enraivecidas, com os cabelos em desalinho, interrompidas a meio do sexo. Os seus olhos caíram então sobre a velha carrinha, estacionada a um canto. Tinha de ser aquela! Só ali dentro caberia um grupo tão grande e, além disso, todas as outras viaturas tinham os seus ocupantes lá dentro, demasiado ocupados no seu afã de uivos e gemidos para pensarem em ir fazer passeios nocturnos pela mata. Contornaram-na repetidas vezes, espreitaram pela janela do lugar do condutor, dilacerando a escuridão do seu interior com o foco da lanterna.

Foi então que os guardas ouviram um ruído metálico vindo das entranhas da carripana, a porta de correr abriu-se e dela saltou o Miguel, de caracóis desgrenhados e tronco nu, exigindo explicações para aquela devassa. Uma das raparigas surfistas, a mais desinibida das duas, chamada Rebecca, espreitava pelo canto da porta, com o seu corpo seminu enrolado numa toalha, simulando um ar igualmente desconsolado. Os guardas olhavam agora um para o outro, com expressões de embaraço. O Miguel enrolou-os com a história de que a carrinha pertencia ao pai da inglesa Rebecca, que era sua namorada e que andavam a fazer umas férias a dois, românticas e baratas, pela Europa. Quando os guardas lhes perguntaram se conheciam quem estava junto à fogueira, na praia, o Miguel respondeu-lhes que não sabia de nada. Para deixar os guardas ainda mais embaraçados, um casal que namorava num automóvel estacionado a uns bons metros da carrinha pôs o carro em marcha, para continuar noutras paragens mais despovoadas aquilo que tinha começado, mas fez questão de abrandar ao passar pelos guardas. A rapariga pôs a cabeça de fora da janela e gritou:

— Deixem os moços em paz! Com tanto gatuno aí à solta, vocês só sabem é incomodar casalinhos!

A encenação de Miguel e Rebecca resultara na perfeição. Os guardas desculparam-se e voltaram para o seu jipe o mais depressa que era possível sem perder o que restava da sua compostura autoritária.

Passei grande parte da viagem a rir, só de imaginar a expressão nos rostos dos agentes.

Depois da enorme descarga de adrenalina que fora aquela noite, todos respirávamos fundo e relaxávamos.

Antes de adormecer com a cabeça sobre o ombro do Francisco, ouvi ainda o Faria exclamar:

— Temos de admitir que esta rapaziada sabe bem como dar uma festa a sério! Há muito tempo que não me divertia tanto! Mas nós, os tugas, não podemos ficar-nos! Temos de retribuir! Amanhã à noite ninguém dorme! Ninguém dorme!

Ninguém dorme, ninguém dorme, ninguémdorme meninguémdor guémdormenin dormeninguém..., ecoou-me pelo espírito nos segundos antes de mergulhar num sono profundo.

XXIII

El-Rei Faria havia determinado que hoje, sexta-feira, seria, uma vez mais, um dia de festa. Uma festa maior e mais louca do que qualquer outra onde até então tivéssemos estado. Nós seguimos as ordens do nosso bem-amado líder, qual rebanho obediente seguindo o seu pastor, confiante de que nada lhe faltará.

Nessa tarde, depois do almoço, surgiu um visitante inesperado. Eu e o Francisco estendíamos roupa ao sol quando um rapaz magro, alto e bem-parecido parou o carro à entrada da propriedade do Faria. Ao início ainda estranhou o acampamento dos surfistas e olhou em volta, para se certificar de que não se havia enganado no local. Quando viu o Francisco, sorriu e foi ao seu encontro.

— Daniel! Afinal sempre vieste, meu grande maluco! — exclamou o Francisco, ao vê-lo.

— No outro dia, na minha casa, eu disse-te que vinha, não disse? — respondeu ele, enquanto abraçava o amigo.

Daniel tinha olheiras cavadas e um olhar gasto e envelhecido num corpo jovem.

O Faria, a Sandra e o Miguel apareceram também, um após o outro, para verem quem chegara.

— O grupo está completo, tal como nos velhos tempos! — exclamou o Miguel, satisfeito.

Nessa noite haveria mais um motivo para celebrar.

— E a Cristina? Aceitou bem o facto de vires cá ter? — perguntou o Francisco, lembrando-se da noite infernal que havia tido em casa do Daniel e da Cristina, que acabara com esta trancada no quarto após uma enorme peixeirada.

— Neste momento, é-me absolutamente indiferente! Saí de casa, sabiam? — referiu o Daniel, com a leveza de quem conta um evento absolutamente banal.

— Saíste de casa! Isso é digno de uma telenovela mexicana de faca e alguidar! Como conseguiste essa proeza? — perguntou o Miguel, rindo (creio que, normalmente, ele não poria um ar tão sorridente perante um lar conjugal desfeito, mas era impossível dramatizar a coisa quando o próprio Daniel dera a notícia com um ar tão despreocupado... Dir-se-ia aliviado!).

Daniel vivera toda a semana ansioso por ir até ao Alentejo, ao encontro dos seus amigos. Depois da visita do Francisco, na semana anterior, mencionara várias vezes a ideia à Cristina e esta sempre respondia com explosões de raiva incontroláveis. O ambiente em casa tornava-se mais tenso, dia após dia. O Daniel tentara explicar-lhe que os seus amigos eram pessoas absolutamente normais e com muito bom fundo, mas a raiva cega e o preconceito da Cristina contra algo que nem ela sabia ao certo o que era impediam-na sequer de perceber que quando se diz a alguém «ou eles ou eu», existe alguém que tem de sair fora.

Na quinta-feira à noite, o Daniel e a Cristina tiveram a mais violenta discussão de sempre. Deitaram-se, cada um virado para o seu extremo da cama, sem um beijo, e na manhã seguinte saíram para trabalhar sem trocarem uma palavra.

— Nessa noite tive de ficar a trabalhar até mais tarde, com uns quantos colegas. Nisto, só saímos de lá às dez da noite e fomos comer qualquer coisa fora. Como devem imaginar, depois da cena da véspera, a minha vontade de voltar a casa e àquele ambiente de cortar à faca era nenhuma. Depois do jantar, fomos ainda beber uns copos e eis-me podre de bêbedo, às três da manhã, ajoelhado no chão e com o olho colado à fechadura da porta lá de casa de modo a conseguir acertar com a chave na ranhura no ângulo certo. A Cristina também deve ter estado a beber ou, se não esteve, parecia. Durante o tempo em que esteve sozinha, deu-lhe uma das suas fúrias e atirou para o chão uma data de bibelôs e outras merdices. Entretanto, deve ter-se acalmado e resolvido pegar numa vassoura para limpar os cacos. Foi de vassoura na mão que a vi à minha frente quando a porta se abriu, antes que eu conseguisse dar com a porcaria do buraco da fechadura. Deitou-me um olhar tão furioso, tão à clássica esposa-coitadinha-que-espera-sozinha-pelo-bêbedo-do-seu-homem que não resisti...

O Daniel começou então a rir-se para dentro.

— Vá, conta lá que boca é que lhe mandaste! Se bem te conheço, estou mesmo a ver o que vai sair daí! — exclamou o Francisco.

O Daniel inspirou profundamente, para conseguir dominar o riso, e disse, por fim:

— Então vai daí, eu, ajoelhado, levanto os olhos para ela e pergunto, com a maior cara de pau: «Então, isso significa que vais varrer ou que vais sair a voar?»

Pode ser que eu seja uma pessoa má e insensível aos dramas familiares alheios, mas não consegui conter uma enorme gargalhada ao ouvir aquela resposta.

— Então e depois? — perguntou-lhe o Francisco, também tentando dominar o riso.

— Passados quinze minutos, tinha as minhas roupas enfiadas em duas malas de viagem pousadas na parte de fora da soleira da porta. Assisti à cena como quem vê um filme, como se nada daquilo me dissesse respeito. Então, calmamente peguei nas coisas e meti-me no carro. Para ser muito sincero, estava ansioso por mudar de ares, para poder pensar um bocado! Então guiei, sem um destino certo. Quando dei por mim, estava em Sesimbra... Não me perguntem porquê... Quando lá cheguei, a vila estava completamente adormecida, até porque eram já umas quatro da manhã. Resolvi então ir até à praia e acabei por ficar sentado na areia até ao amanhecer, simplesmente a pensar na vida. Já depois de o Sol ter nascido, voltei para o carro e adormeci deitado no banco traseiro. Acordei com o barulho do pessoal que estacionava os carros para ir para a praia e com o calor insuportável, por volta das dez. Não sabia para onde havia de ir a seguir, até que me lembrei de continuar a guiar para sul e vir ter convosco a casa do Faria.

Fizera ele muito bem, disse-lhe o Faria. Havia sempre espaço para mais um amigo lá em casa, acontecesse o que acontecesse.

Finalmente, o velho grupo estava reunido: o Faria, o Francisco, o Miguel e o Daniel, juntos como antigamente, antes de cada um se ter lançado na sua vida e seguido por caminhos diferentes. Os quatro companheiros mais pareciam miúdos, todos eles histéricos de alegria. Era mais uma razão para celebrar. Preparei-me psicologicamente para uma festa apocalíptica, nessa noite.

As dores no tornozelo não me tinham abandonado, apesar de o Faria ter examinado o meu pé e me ter dito que não parecia ter nada fracturado. Coxeava que nem uma aleijada e só quando fumava um pouco de «analgésico natural» conseguia esquecer as dores por alguns momentos.

Ao longo da tarde, o Faria telefonou a todos os seus amigos, sabendo que o mais provável seria que estes amigos trouxessem outros amigos seus que, por sua vez, também trariam outros.

Uma festa de Verão organizada pelo Faria era um grande acontecimento por aquelas bandas. Chovia gente vinda dos locais mais incríveis, órfãos da noite escura em busca dessa terra prometida que era a casa do Faria, onde a penumbra e o silêncio se dissolviam na louca celebração da vida. Era frequente juntarem-se dezenas de pessoas, metade das quais nem sabia o nome do dono da casa. Todos eram bem-vindos, desde que trouxessem boa disposição e, de preferência, também algumas bebidas. O dono da casa oferecia o seu enorme terreno e a música. Colocava as colunas da sua aparelhagem sonora do lado de fora do parapeito de uma das janelas da sua casa, o som no máximo, e ficava à janela, ora trocando CDs, ora servindo bebidas tiradas do frigorífico e misturando *cocktails*. O Faria costumava cobrar uma quantia simbólica pelas bebidas, vendendo-as a preço de custo, pois a sua ideia não era lucrar com aquelas noites, mas sim assegurar-se de que ninguém saía de lá sem a sensação de ter estado na farra da sua vida.

As festas do Faria eram tão concorridas que, na última, a polícia havia até montado uma operação *stop* à saída, ali no meio do nada, na esperança de caçar multas de álcool, tal como acontece junto às mais agitadas zonas de discotecas das cidades.

A multidão que respondia ao seu chamamento passava essas noites dançando ao ar livre, ou conversando sentada junto à mesa de madeira do pátio, ou ainda no chão, sobre toalhas de praia e almofadas que o Faria colocava lá fora para deleite dos convidados. Quem fosse atacado pelo cansaço ou pela luxúria tinha abertas as portas do quarto da casinha anexa, para fazer o que quisesse. Centenas de pessoas haviam passado pelas festas na casa do Faria e, no entanto, não existia memória de um único desacato.

— Quando se abrem as portas de casa de forma tão franca e se diz às pessoas: «Façam o que vos apetecer, eu também vou estar a curtir à grande, não tenho paciência para andar a vigiar-vos, portanto divirtam-se!», elas respeitam a hospitalidade — disse-nos o Faria.

Sentia-se no ar que aquela seria a maior festa de sempre naquela terra. Estava escrito nas estrelas que, depois daquela noite, nada voltaria a ser como dantes.

XXIV

Aquela noite prometia ser bem longa. Às dez horas, já nós e os surfistas dávamos por oficialmente iniciada a festa, com a música e as tochas de petróleo anunciando ao longe um oásis na escuridão dos grilos.

A pouco e pouco, toda a gente apareceu: o pessoal da comuna *hippy* veio em peso, bem como os amigos locais do Faria, muitos outros amigos de amigos e ainda gente que ninguém conhecia de lado nenhum, mas que resolvera aparecer. Até um grupo que estava hospedado na quinta de turismo rural, ali mesmo ao lado, se juntou à multidão, que engrossava à medida que a noite avançava. Por volta das onze e meia da noite, o pátio calcetado já não era suficiente para servir de pista de dança às dezenas de pessoas que ali se concentravam e a multidão dispersava-se pelo campo de sobreiros e oliveiras em redor. DJ Faria fazia toda a gente vibrar, num irresistível transe colectivo, com os seus álbuns de *reggae*. Todos dançavam, todos curtiam, todos gozavam cada instante, quase se conseguia ver, à vista desarmada, a boa vibração que se soltava daquele local e se espalhava pela atmosfera, num daqueles raros momentos de total comunhão que nos fazem crer intensamente na bondade natural dos homens.

A certa altura, tocou o telemóvel do Francisco, e ele atendeu. Parecia surpreendido ao ver no visor o nome da pessoa que lhe ligava. Depois de dar algumas instruções sobre como chegar a casa do Faria, desligou o telefone e foi ter com o anfitrião que, do seu parapeito, distribuía *shots* de *vodka* como um deus egípcio distribuindo benesses.

— O Zuca acaba de ligar-me e diz que vem a caminho daqui! — anunciou o Francisco.

— O ZUCA?! — gritou o Faria.

— Diz que estava com a namorada e uns amigos em Porto Covo e a notícia da festa chegou até lá! Mas descansa que o gajo está mudado. Estive com ele na semana passada e foi aí que lhe disse que ia estar contigo ao longo desta semana... Arranjou uma namorada, uma rapariga normalíssima, trabalha, tem conversas interessantes e está feito um gajo civilizado! — disse.

O Faria franziu o sobrolho, pouco convencido da mudança súbita do Zuca, um arruaceiro passador de droga da Trafaria, de cujas gestas, contadas de boca em boca, ele se lembrava bem, dos tempos em que vivera em Lisboa.

— Enfim, o mal já está feito... Mas vamos tê-lo debaixo de olho, não quero que este ambiente espectacular se estrague! — avisou o Faria.

O relógio dava a meia-noite e não parava de chegar gente. A impressão forte causada pelas dezenas de pessoas dançando sob as estrelas, gozando a noite das suas vidas, era indescritível. Cada um poderia vir a seguir por rumos radicalmente diferentes na vida, mas todos naquele momento nos encontrávamos ligados por uma única energia primordial, uma única alma, tal como um dragão de papel do fim de ano chinês. Aqueles que no dia seguinte conseguissem relembrar aquelas imagens, dificilmente apagariam da memória aquela noite.

A certa altura, o matraquear da panela do motor de uma moto velha perturbou a pureza da música. Alguém entrava no terreno do Faria, guiando aos ziguezagues uma *Famel* decrépita. O condutor parecia bêbedo que nem um cacho. Em vez de conduzir pelo trilho de cascalho que ligava o portão ao pátio, entrou pela terra dentro e continuou, atrapalhado, até que a moto, atolada na terra macia, se recusou a continuar a andar. Os poucos que se aperceberam daquela cena, desataram a rir.

Então o condutor desmontou, atarantado, e cambaleou na direcção oposta à da casa, para o fundo do terreno, totalmente às escuras. Vi-o, de costas, urinar contra o vulto negro de uma árvore. De seguida, o misterioso visitante virou-se e caminhou em direcção às luzes.

À medida que se aproximava, parecia reconhecer-me no meio da multidão, pois caminhava decididamente na minha direcção.

— Ela vai parir agora. Onde está o dono da casa? — gaguejou, numa voz abafada pelo capacete, estilo Darth Vader alentejano com uma piela de vinho carrascão.

Ao ver a minha cara de estranheza, lembrou-se finalmente de tirar o capacete e logo reconheci as feições rudes de Tinoco, o camponês cujo suicídio tínhamos impedido, uns dias antes. Lembrei-me logo da história da burra grávida da cunhada de Tinoco, e corri a avisar o Faria.

As primeiras palavras que Tinoco conseguiu articular quando viu o Faria deixaram-nos baralhados:

— Sabes que tens uma mulher no teu terreno?

— Tenho muitas! — respondeu o Faria, satisfeito, crendo que ele se referia à enorme quantidade de mulheres bonitas que sobressaíam no meio da floresta de gente.

Expliquei rapidamente ao Faria que a burra ia parir e este, assim que ouviu o que se passava, saltou do seu parapeito e meteu-se na velha 4L, com a Sandra e Tinoco, pois não achava seguro que este fosse a conduzir a moto completamente bêbedo.

À saída, o Faria cruzou-se com um carro *kitado* de ponta a ponta, com espampanantes néons azuis, um bando de mânfios de aspecto duvidoso enlatados no seu interior como sardinhas, vestidos como quem vai para um *casting* de um teledisco de R&B. No meio deles, espreitava uma rapariga de aspecto normal com o ar deslocado de quem não pertencia àquele filme. O senhor e a senhora Zuca, mais a sua comitiva, haviam chegado. Algumas pessoas encararam-nos com nervosismo, até perceberem que aquela tribo de mitras vinha em paz.

Entretanto, eu e o Francisco assumimos o controlo do bar e do som na ausência do Faria. O Daniel curtia ao máximo a sua recém--adquirida liberdade e acenava-nos, de cerveja na mão, enquanto dançava no meio da multidão. O Miguel desaparecera completamente sem deixar rasto. Era algo perfeitamente normal para quem o conhecia, assegurou-me o Francisco.

Foi durante uma viagem ao frigorífico que me apercebi do inevitável quando se conta com a presença de, no máximo, cinquenta pessoas numa festa e aparecem mais do dobro: as bebidas estavam quase a acabar.

Comentei com o Francisco que teríamos de fazer alguma coisa, caso contrário em menos de quinze minutos a festa ficaria seca. O Zuca, que se apoiava no parapeito, do lado de fora, tagarelando com o Francisco, apoiou:

— Está claro que é preciso fazer alguma coisa! Onde é que já se viu uma festa sem álcool? E é uma pena deixar isto morrer... Está tudo a correr tão bem!

O Zuca ofereceu-se para ir de carro procurar algum estabelecimento aberto àquela hora que vendesse álcool. Demos, cada um, uma contribuição para o fundo comum e juntámos uma bela quantia, que lhe entregámos. O Zuca meteu-se então no carro, com alguns dos seus companheiros de bando. Por instantes ainda tememos que ele desaparecesse com o dinheiro, mas a sua namorada e os outros amigos haviam ficado na festa, como reféns.

Regressou passados dez minutos, com várias grades de cerveja e algumas garrafas de *whisky*. Uma rapidez admirável, sabendo que as tabernas da zona fechavam cedo e que a vila mais próxima ficava ainda a dez minutos de caminho. Só no dia seguinte conseguimos formar uma imagem mental do que se tinha passado, quando o Faria nos perguntou se sabíamos alguma coisa sobre o caso que andava nas bocas da vizinhança, do assalto a uma taberna à beira da estrada, a menos de um quilómetro dali. Como a taberna estava fechada, os assaltantes tinham destrancado a porta com a ajuda dalguma chave-mestra e, sem danificar nada, levaram uma quantidade enorme de bebidas e deixaram sobre o balcão o dinheiro para as pagar e ainda uma nota escrita num guardanapo pedindo desculpas pelo incómodo! «Noutros tempos, o gajo teria assaltado a tasca e ponto final. E nós ainda acabaríamos por ficar a arder com o dinheiro! É uma evolução e peras! Diga-se o que se disser, o Zuca é o maior! O maior!» — declarou o Francisco, rindo, quando soube da notícia, no dia seguinte.

Passado algum tempo após a partida do Zuca, lembrei-me de um pormenor que ficara esquecido por todos naquele dia.

— O Faria regou as plantas hoje? — perguntei ao Francisco.

— Quais plantas? — perguntou.

— Plantas do chá! Vá lá, tu sabes perfeitamente a que plantas me refiro! Se é verdade que as plantas gostam de música, então aquelas em concreto devem estar a adorar este *reggaezinho*, mas também devem estar a morrer de sede e não é o Faria que se vai lembrar, ao voltar cansado, depois de ajudar uma burra a parir! — insisti.

Parecia-me absolutamente imperativo dar alguma água ao jardim da alegria. Afinal de contas, era o mínimo que podia fazer para retribuir àquelas plantas o facto de as suas irmãs da colheita anterior terem evitado que eu passasse a noite a contorcer-me com dores no tornozelo torcido a cada passo que dava. Deixámos o Daniel ao comando da música e do bar, que de qualquer forma já se encontrava quase seco de bebidas.

O Francisco arrastou discretamente a mangueira para junto do jardim da alegria, comigo ao seu lado, ainda sem a torneira a correr. Quando nos encontrámos bem no meio do jardim, olhei para o meu companheiro por instantes. Aí estava uma pessoa de quem eu gostava e que também gostava de mim, mas que, por mais afecto que houvesse entre nós, eu jamais seria capaz de compreender intimamente, de ver como ele vê e sentir como ele sente, e ele jamais seria capaz de me compreender a mim. Nem nós, nem quaisquer pessoas. Cada corpo é uma muralha. É angustiante!... Ou, pelo menos, no estado alterado de consciência em que me encontrava, disposta a fundir-me com todo o cosmos, achei esse facto — de resto, banal e próprio da condição humana — verdadeiramente angustiante.

Comentei então:

— Não vamos ter tempo para nos conhecermos bem, pois não?

Não falava apenas no sentido do tempo que teríamos para estar juntos, ali no Alentejo, mas no tempo de permanência na Terra de cada um e na impossibilidade de estarmos debaixo da pele de outra pessoa, a única maneira de a conhecermos profundamente. Por momentos, receei ter de me dar ao trabalho de explicar tudo aquilo que me ia na mente se ele entendesse as coisas no primeiro sentido, mas o Francisco compreendeu perfeitamente o que eu estava a dizer. Possivelmente, também estivera a pensar no mesmo.

— Isso depende de nós. Se realmente queremos *conhecer* outro, devemos deixar de lado qualquer pudor e procurar os seus impulsos mais primordiais — respondeu-me.

— Deixar de lado qualquer pudor? Como assim? — questionei.

O Francisco pousou então a mangueira, decidindo adiar a rega por alguns minutos.

— Todos temos pudor em mostrar aos outros a nossa essência última. Todos os rituais em que somos educados desde o berço nos ensinam a esconder aquilo que somos e a adoptar uma personagem socialmente aceitável no meio em que vivemos, quer sejamos reis, quer mendigos. Ensinam-nos também a não procurarmos mais além dessa máscara. Tudo isso é óptimo, até porque não estamos interessados em conhecer grande parte da humanidade, nem tão-pouco nos interessa que ela nos conheça. Mas sentimo-nos bloqueados quando encontramos alguém digno desse grau de comunhão — explicou.

Pus-me de cócoras e o Francisco acompanhou-me. Havia algo de acolhedor naquele jardim oculto do resto do mundo. Apesar de não acreditar em divindades, o lado místico que todo o ser humano tem gravado nos genes dava-me a sensação de me encontrar num recanto abençoado por Jah ou qualquer outra presença benigna. Pensei um pouco no que o Francisco me dizia.

— Por muita boa vontade que haja, creio que estamos condenados a um certo grau de solidão. Desde logo, é impossível desvendar o pensamento de outra pessoa. E mesmo que fosse possível ligar um ecrã à mente de um ser humano e ver todas as imagens e símbolos linguísticos que lhe passassem pela cabeça, seria impossível sentir esses pensamentos da mesma maneira que o seu dono, porque ele interpretá-los-á de uma maneira única, à luz das suas vivências, da sua individualidade — contrapus.

O Francisco olhou-me então nos olhos e disse: — Acho-te interessante... Acho que se há duas pessoas que podem realmente compreender-se, somos nós os dois. É estranho sentir isto, até porque só te conheço há poucos dias... Podemos ser diferentes em muitos aspectos, mas é impressionante como conseguimos atingir um entendimento muito profundo. Já temos tido vários instantes de ouro em que, por breves repentes, nos compreendemos plenamente e fazemos inteiro sentido um para o outro. São instantes preciosos, instantes de verdade, de telepatia!

A palavra telepatia recordou-me subitamente do saquinho que me tinha dado o jovem seráfico da comuna *hippy*, que continuava guardado dentro da minha mala, onde eu o enfiara. Pensei então: e porque não?

Pedi ao Francisco que aguardasse um minuto e corri até casa para ir buscar as ervinhas misteriosas. Quando lhe expliquei como as obtivera, o Francisco olhou para mim, com ar céptico. Tal como eu, não fazia ideia do que eram aquelas ervas secas. O seu odor forte, picante e exótico fazia-o adivinhar tratar-se dalguma mezinha com que os feiticeiros nativos da América entravam em contacto com outros mundos, nos seus rituais xamanísticos. Com toda a probabilidade, seria um alucinogénio qualquer.

Tanto insisti que o Francisco aceitou enrolar um punhado do conteúdo do saquinho numa mortalha e fumá-lo comigo. Sentia-me mais excitada que nunca, parecia estar a ser visitada pelo espírito despreocupado e traquinas de Alice, a menina que descobrira por acaso o País das Maravilhas, onde encontrava misteriosas garrafinhas e cogumelos que, ingeridos, ora faziam com que crescesse, ora com que diminuísse, ora produziam qualquer outro tipo de magia fantástica.

Observámo-nos um ao outro enquanto deixávamos escorrer das nossas bocas o fumo espesso e negro. Quando apagámos o cigarro, não sentíamos ainda efeito algum, com excepção de um leve zumbido na cabeça. Sabia tudo o que o Francisco sentia, porque, sentados no chão, relatávamos um ao outro qualquer experiência que tivéssemos no momento. Decidimos que durante todo o tempo que aquilo durasse, não nos fecharíamos nas nossas próprias mentes apreciando o espectáculo. Em vez disso, não nos calaríamos, manteríamos a comunicação sempre a correr. Passaríamos por aquilo juntos.

De um momento para o outro, tanto eu como ele começámos a sentir uma ligeira náusea, que evoluiu para uma queda vertiginosa da tensão arterial. A visão começou a escurecer, tudo à nossa volta se cobriu de pontinhos negros, até ficarmos momentaneamente cegos.

Aí, comecei a entrar em pânico. O Francisco disse-me que não me preocupasse, que era normal uma pequena náusea no início de qualquer experiência com alucinogénios.

Pensei em como se riria um xamã zapoteca das minhas preocupações com o bem-estar imediato, tão tipicamente ocidentais e mundanas, perante a hipótese de ter uma experiência visionária. Contudo, aquilo era mais do que uma simples náusea. Todo o meu campo de visão se encontrava completamente obscurecido. Estava cega! Comecei a desenvolver a paranóia de poder ficar assim para sempre e gritei ao Francisco, aterrorizada, que me levasse dali e me ajudasse.

A resposta dele foi lacónica:

— Talvez sejas capaz de ver alguma coisa se experimentares abrir os olhos!

Não tinha reparado que estivera com os olhos fechados. Tinha-me pura e simplesmente esquecido de os abrir!

Quando abri os olhos, a medo, fiquei assombrada pela visão em meu redor. Via tudo com uma nitidez absurda, como quem observa todos os objectos à sua volta através de uma enorme lupa. O Francisco estava sentado, sorrindo à minha frente, sentindo exactamente o mesmo. Apesar da escuridão, via-lhe cada poro do rosto, cada fio de cabelo, cada pequeno pormenor normalmente imperceptível.

Depois, à medida que passeei o meu olhar em redor, senti que tudo à minha volta parecia acelerar e rodar em torno da minha cabeça a uma velocidade alucinante. Mas não eram os objectos em si. Esses mantinham-se nos seus lugares. Eram as cores deles que pareciam ter-se desprendido e ganho vida própria. Foi então que, de um momento para o outro, senti que todas as cores que formavam o meu espectro visual naquele momento se precipitavam contra os meus olhos, numa enorme avalanche que não me permitia ver mais nada. Era como se a minha mente fosse um gigantesco buraco negro estelar que engolia tudo o que se atravessasse no seu horizonte de ocorrência, até mesmo a luz.

Quando o buraco negro tudo sorveu e apenas vi escuridão à minha volta, tornei a fechar e a abrir os olhos. Quando olhei de novo em meu redor, não queria acreditar. A realidade que me rodeava, que havia sido engolida pela minha própria mente, havia-se transformado radicalmente. Via-me lado a lado com o Francisco, não no meio de uma pequena plantação, mas no coração da selva amazónica. O Francisco descreveu-me o que via e sentia e era exactamente o mesmo. Da música, que continuava a ribombar das colunas, nós apenas ouvíamos a batida, como se as nossas mentes filtrassem tudo o que na música era mais supérfluo. Apenas uma batida ecoando pelo meio da selva. Nos nossos espíritos, tínhamos bloqueado a consciência de vivermos numa civilização tecnologicamente avançada e sentíamo-nos selvagens, primitivos, ligados à terra por alguma energia primordial, capazes de ver a magia presente em cada pequena coisa. Levantámo-nos e ainda ensaiámos uma espécie de dança tribal inventada no momento. Se tivéssemos ligados os sensores mentais da vergonha, teríamos desejado ardentemente que ninguém assistisse àquela cena ridícula, para não pensarem que nos havíamos tornado doidos varridos. Porém, naquele momento, estávamo-nos nas tintas para as aparências, além de sabermos que naquele recanto ninguém nos via.

Estávamos em presença da nossa própria identidade primordial, aquela que reside para lá de todos os artifícios de que os seres humanos se servem para, em sociedade, esconderem quem realmente são. Sentíamo-nos plenamente em contacto com o nosso deus pessoal, não o deus que nos ensinaram a adorar em pequenos, mas aquele a quem verdadeiramente nos dirigimos nos momentos mais decisivos da nossa existência, o deus que cada um carrega guardado na algibeira da alma.

As estranhas ervinhas que fumáramos criavam uma espécie de realidade alternativa, na qual nos mergulhavam, enquanto não destruíam totalmente a realidade consensual. Isso fazia com que sentíssemos que tínhamos uma espécie de dupla consciência, capaz de viver em dois universos diferentes ao mesmo tempo e não ver nisso qualquer contradição. Por vezes, parecia que a nossa mente tentava impor o universo consensual sobre a alucinação, dando-nos um ou outro intervalo de lucidez, em que a nossa visão não se dissipava, mas apenas se tornava menos convincente.

Quando terminámos a nossa dança, sentámo-nos de novo. Vi desfilar à minha frente vários episódios da minha vida, como se fosse um filme projectado sobre o pano de fundo da noite. O Francisco pensava no mesmo. Pensámos ambos em voz alta, comentando um com o outro cada pormenor da nossa existência que víamos dançar em frente aos olhos. Não sei durante quanto tempo conversámos, apenas sei que ao fim daquela estranha conversa, totalmente franca, ficámos a compreender-nos intensamente um ao outro. Sentia-me atordoada com a profundidade do momento.

— Era isto que querias dizer com «deixar de lado qualquer pudor e procurar os impulsos mais primordiais»? — perguntei.

— Revelou-se um excelente começo... Mas temos ainda de fazer um ao outro e a nós próprios as perguntas mais intrusivas que conhecemos — respondeu o Francisco, sentado com as pernas cruzadas em posição de lótus, no meio da plantação. Mais parecia um *sadhu* indiano devoto de Xiva, meditando no sopé dos Himalaias.

— Faz-me então as perguntas mais intrusivas que conheces! — ordenei, decidida.

— Tens de ser verdadeira comigo e contigo mesma ao respondê-las... — avisou.

— Serei.

Parecia que a parte mais intensa da nossa viagem havia passado e a continuação era apenas assegurada por uma sensação de leveza acompanhada de uma espécie de vertigem, tal como uma melodia de *jazz* é aguentada no seu ritmo pelo baixo e pela percussão até surgirem novamente os restantes instrumentos. Por entre a floresta de folhas de cinco pontas da marijuana do Faria, conseguíamos vislumbrar as luzes desfocadas da festa, que se transformara na loucura total, muito para lá do razoável. O Zuca, ao regressar da sua expedição em busca do combustível da noite, resolveu criar um segundo «palco», tal como nos festivais de Verão. Assim, a multidão dividiu-se por alguns minutos entre a ala norte, onde o Daniel continuava numa onda *reggae & dancehall*, e a ala sul, que entrava pelo montado adentro, onde o Zuca colocava sonoridades mais urbanas, com musica *house* e *trance* ribombando das poderosas colunas do seu *chunga-mobile*. A certa altura, havia até um jogo de futebol nocturno a decorrer no terreno entre duas equipas formadas no momento por alguns convidados.

O Francisco encarou os meus olhos e perguntou, por fim:

— Até que ponto sentes teres sido tu a controlar os sentidos que tem tomado a tua vida e não as pressões dos outros, o acaso ou outros factores exteriores?

Não estava à espera de uma pergunta tão difícil de responder. As questões sobre a nossa posição no universo e a forma como nós a vemos conseguem ser mais intrusivas do que as mais escandalosas perguntas sobre os nossos segredos sexuais mais inconfessáveis.

Vi a minha vida, com os seus múltiplos altos e baixos, desfilar na minha mente e apercebi-me de quão pouco do meu caminho havia sido trilhado pelo meu próprio pé e pela minha própria vontade. Havia sempre uma omnipresente pressão para não levantar ondas, para agradar aos meus pais e, mais tarde, ora para contrariar a minha mãe, ora para apaziguá-la. A minha vinda com o Miguel para Portugal, apesar de ter tido como pretexto refugiar-me do meu antigo namorado, dir-se-ia o acto mais livre da minha vida. Há alturas em que apenas um acto totalmente inconsequente nos pode salvar da loucura.

Devolvi a pergunta ao Francisco, que me respondeu que também ele se limitara a fazer aquilo que os outros esperavam dele, durante a maior parte da sua vida.

Sentados sobre a terra, o jardim do Faria encerrava-nos no seu seio com as suas densas ramagens como uma mãe que carrega dois filhos ao colo. Apenas nós os dois e o grupo restrito dos amigos mais próximos do Faria conheciam aquele local secreto e isso dava-nos uma sensação de aconchego.

— É curioso! — exclamei. — Conheço várias pessoas há anos e nunca tinha dito a ninguém o que te disse a ti. Nunca ninguém mo tinha perguntado...

— É a tua vez — murmurou o Francisco, sorridente.

Parei uns instantes para pensar. Aquilo mais parecia uma espécie de jogo adolescente de «verdade ou consequência», mas com perguntas verdadeiramente interessantes. A minha capacidade de associação de ideias estava ao rubro e a minha mente era bombardeada por mil e um pensamentos ao mesmo tempo. Se queria ter acesso a algo escondido no meu subconsciente, um pensamento, uma imagem, ou uma recordação, bastava-me lançar a linha, chamando-a ardentemente, para a conseguir pescar. Foi assim que luziu na minha testa, como sendo a coisa mais óbvia do mundo, a pergunta mais intrusiva que conseguia conceber.

— A pessoa que és condiz com a imagem daquele que gostarias de ser? — perguntei.

O Francisco pediu-me que explicasse a pergunta.

— Quando nos imaginamos a nós próprios, a imagem que surge raramente é a imagem real: normalmente pensamos no nosso eu ideal, quer no aspecto físico, quer sobretudo nas qualidades interiores. Por exemplo, nem mesmo as pessoas que são conhecidas pelas outras como sendo más, pensam em si mesmas como pessoas más. Cada ser humano é sempre o bom da fita no filme da sua vida. Mesmo que ache que boa parte dos seus actos é moralmente reprovável, inventa mil e uma justificações para se convencer a si próprio de que muitas circunstâncias concorrem para que esses actos aconteçam. Hitler deveria ter carradas de justificações para viver bem consigo mesmo. Percebes aonde eu quero chegar? Qual é a imagem que tu vês quando pensas em ti próprio?

A pergunta era estranha, eu própria o sabia. Quando acabei de a enunciar, fiquei sem a certeza se eu própria compreendia o que acabara de dizer. Mas o Francisco captou a ideia, fosse ela qual fosse, e era isso que importava.

— Nunca tinha pensado nisso, mas o que dizes faz sentido... O meu eu ideal, aquele em que penso quando penso em mim mesmo e se desfaz quando o confronto com a realidade, é um eu mais aventureiro, mais disposto a abraçar o desconhecido. E o teu?

— Acho que quando penso em mim mesma, penso numa Nadina mais simples, mais *peace and love*, mais terna... Mas deixo-me levar com frequência pelo encanto por tudo aquilo que é mais sofisticado, mais aparatoso. Demasiadas vezes, acabo por escolher o *dough-nut* com cobertura dourada em vez do anel de ouro pintado de branco. A vida é muito simples, nós é que somos umas bestas e complicamos tudo. Percebes o que estou a dizer ou estou para aqui a dizer disparates sem nexo? — respondi.

— O que achas que nos impede de sermos nós próprios esse ser ideal? — perguntou-me o Francisco.

— Não sei... Talvez aquelas condições exteriores, de que falávamos há pouco, que determinam os rumos que tomamos... — sugeri, hesitante.

— As mesmas condições que nos impõem que mudemos o mínimo do curso da história da humanidade durante a nossa estada neste mundo, que nos exortam a dar o mínimo de pontapés nas pedras que encontramos pelo caminho... — adiantou ele.

Lembrei-me da conversa que havíamos tido na véspera, escondidos na mata, e, subitamente, tudo parecia fazer sentido.

— Tudo o que nos impede de nos tornarmos lendas! — concluí.

O Francisco riu-se e eu também. Por vezes tínhamos breves repentes de lucidez e tudo aquilo nos parecia uma conversa de loucos, mas esses instantes não duravam muito e rapidamente abraçávamos novamente aquele doce delírio.

— Ou seja, o que devemos fazer é cometer uma loucura. Algo completamente inédito e que normalmente não faríamos, é essa a via! Uma loucura! Por exemplo, eu beijar-te neste preciso momento...! — exclamou o Francisco, entusiasmado.

— É um bom exemplo... — sugeri, arrebatada pela intensidade do momento.

Foi então que o Francisco me tomou as faces com doçura e me beijou os lábios. Estávamos ambos de cócoras e a meio do beijo desequilibrámo-nos, caindo cada um para o seu lado com o rabo no chão.

O Francisco caíra para trás e estava deitado de costas, olhando para o céu, ambos rindo como dois miúdos brincando na terra.

Quando ele se apoiou nos cotovelos para se erguer, parou subitamente de rir. Sentou-se rapidamente e olhou por cima do ombro para o meio da vegetação. Estacou, calado, por momentos, e pediu-me para que fôssemos para outro sítio.

— Que se passa? Está-se tão bem aqui... — respondi.

— Não me agradam as vibrações que este lugar está a transmitir... Devo estar a ficar paranóico, mas anda, vamos para outro sitio! — insistiu.

Acedi, ainda que ligeiramente contrariada. Caminhámos apoiando-nos um no outro, decididos a explorar aquele mundo e as suas estranhas formas distorcidas pela nossa mente. Fechámo-nos no quarto do anexo.

O resto da noite passámo-la experimentando os nossos sentidos, que aquelas ervinhas tinham dotado de uma sensibilidade sobre-humana. Nunca a pele nua me parecera tão quente, nunca os acordes do *reggae* me pareceram tão doces, nunca o cheiro a sexo e o ar abafado me pareceram tão inebriantes.

Sentíamo-nos infinitamente satisfeitos e leves com a cumplicidade que havíamos criado naquela noite louca.

Entretanto, a mangueira ficou, adormecida e seca, no chão, junto ao jardim. A rega esquecida, por fazer. Sem que o soubéssemos, o castigo de Jah vinha já a caminho...

Enquanto isto sucedia, o Faria andava atarefado, na casa da cunhada de Tinoco.

Assim que ele e a Sandra chegaram ao local, foram logo recebidos pela dona da casa.

— É por aqui, sôtor... Desculpe lá o incómodo... Nós quisemos chamar o médico, mas ele não atendia o telefone. Mas o senhor há-de saber o que fazer! — disse ela.

O Faria ainda pensou, por instantes «Médico? Para quê um médico?», mas constatou que a mulher não o conduzia para o campo, mas sim para dentro de sua casa e teve o nítido pressentimento de que talvez o problema daquela noite não se prendesse com a burra. Num cubículo no interior da casa, uma mulher grávida contorcia-se rudemente, na cama. Era a mulher de Tinoco e tudo indicava que aquele não iria ser um parto fácil. O Faria fervilhava de nervos. Nunca assistira um parto humano. Apesar de o princípio ser o mesmo, a coisa aterrorizava-o.

Tinoco foi expulso do pequeno cubículo e nele ficaram apenas a sua mulher, que se contorcia com dores, o Faria, que pouco fazia além de dar alguns conselhos à mulher, e a Sandra e a cunhada de Tinoco, que eram quem orientava as operações, num constante corrupio. Duas horas foi o tempo que durou o frenesim que antecedeu o primeiro rebento do mamífero homem trazido ao mundo pela mão do doutor Faria. O ambiente era tão denso como no quarto onde eu e o Francisco, por aquela hora, nos abraçávamos.

Quando tudo terminou e a senhora Tinoco finalmente deu à luz um rapaz saudável e chorão, o Faria e a Sandra estavam de rastos, mas ansiosos por voltar à festa que haviam deixado entregue aos seus amigos. Ambos gostariam de crer que aquela criança marcaria um novo capítulo na relação entre Tinoco e a mulher e que ele se regeneraria com os prazeres da paternidade, mas tudo isso lhes parecia pouco provável. Desejaram boa sorte ao novo ser humano na sua passagem pelo mundo e rumaram de volta a casa.

Entretanto, no quarto do anexo da casa do Faria, parecia que apenas eu e o Francisco existíamos no mundo. Estávamos a tantos anos-luz do resto do universo, tão alheados de tudo aquilo que se passava para lá daquelas paredes, que não percebemos a agitação que a certa altura se espalhou pelo pátio, onde a festa continuava.

Envolvida pela euforia geral e pela batida da música, a multidão não reparou no ruído do crepitar de um monte de ervas secas que o Faria havia juntado mesmo ao lado do seu jardim psicadélico, quando limpara o terreno, semanas atrás. Apenas quando o fogo se abriu em labaredas luminosas e alastrou sobre a própria plantação é que alguém comentou: «Há qualquer coisa a cheirar a queimado!» e, ao olhar para os fundos mais recônditos do terreno, teve a visão apocalíptica do jardim da alegria sendo consumido pelas chamas. «Fogo!», gritava a multidão, desorientada. O Miguel, que andara desaparecido ao longo de toda a noite, apareceu correndo, vindo ninguém sabia bem de onde, enquanto vestia à pressa uma camisola de mangas curtas e apertava as calças, gritando: «Que ninguém chame os bombeiros! Não queremos cá ninguém, nós tratamos do problema! Isto está sob controlo!»

Quando o cheiro intenso e hipnótico da plantação de marijuana a arder chegou às narinas do povo, todos perceberam a razão pela qual o Miguel não queria ali bombeiros a meter o nariz. O pessoal todo portou-se de forma impecável. Sem quaisquer perguntas, correram às dezenas para ajudar, apontando o jorro da mangueira às chamas e carregando baldes de água. Só de estar ali a respirar aquele ar denso, apanhava-se automaticamente uma monumental pedrada de erva. Alguns dos presentes pensaram até que toda aquela cena havia sido previamente preparada, para dar àquela noite um emocionante e festivo clímax. Decididamente, ninguém sabia dar uma festa como o grande Faria!

Quando o fogo finalmente foi extinto, as pessoas, exaustas, começaram a parar para descansar e para se refazerem das emoções fortes. Para evitar que a festa morresse ali, Daniel elevou o volume da música, enquanto o Zuca gritava: «Esta noite não quero ver ninguém a arrochar! Olhá cerveja, nos próximos cinco minutos é a cinquenta cêntimos! Aproveitem, pessoal!» Dezenas de bombeiros amadores com a garganta seca esqueceram o cansaço e correram de volta para o pátio, onde quase atropelaram o pobre Zuca. Os dois haviam conseguido colocar a noite de volta nos carris. A festa continuaria, com o dobro do ruído e da energia! Todos sentiram que absolutamente nada neste mundo conseguiria travar o fantástico ambiente daquela noite. Aquela vibração era indestrutível!

A animação apenas começou a acalmar com o nascer do Sol. Faria e Sandra haviam regressado horas antes e, já refeitos do choque provocado pelo pequeno incêndio no seu local preferido do terreno, enfiaram-se na cozinha e inundaram a aragem matinal com um agradável cheiro a torradas quentes e café, que distribuíram pelas dezenas de resistentes que por ali se mantinham ainda, balançando ao som da música, conversando ou dormindo ao relento pelo campo, em toalhas de praia.

A festa terminou por volta das oito da manhã, com Bob Marley entoando «No woman, no cry» do alto das colunas, acompanhado pelas vozes dos poucos que ainda tinham fôlego para cantar. Um final perfeito, com o Sol elevando-se por cima do horizonte.

Durante muitos anos, continuaria a falar-se daquela noite épica. Outras pessoas ouviriam contar as histórias que lá se passaram e duvidariam se seriam reais ou apenas lendas. Uma centena de privilegiados poderia afirmar com orgulho: «Eu estive lá!» Definitivamente, era algo que ficaria para contar aos netos um dia, eventualmente censurando algumas partes da história.

XXV

Os episódios mais estranhos daquela noite, como o do incêndio, só se tornariam claros para nós mais tarde, quando conhecemos o fragmento que faltava conhecer do *puzzle* de acontecimentos que, sucedendo ao mesmo tempo, fizeram da festa do Faria aquela mágica e bizarra apoteose do início das nossas vidas.

Para conhecer a parte que falta, há que recuar alguns dias no tempo.

Na semana anterior, o Francisco terminara uma relação atribulada e ambígua com uma mulher chamada Paula, uma relação que não fazia bem a nenhum dos dois. A Paula, antes de o Francisco partir para o Alentejo, insistiu que ele lhe deixasse o número de telefone da casa do Faria, para qualquer coisa que fosse necessária durante a ausência do Francisco. Este recusou várias vezes, respondendo-lhe que caso ela quisesse falar com ele, que lhe ligasse para o seu telemóvel.

Ao longo dos primeiros dias, a Paula ligava frequentemente ao Francisco, ora tratando-o como se a relação amorosa entre eles nunca tivesse terminado, ora insultando-o e dizendo-lhe que era o ser humano mais desprezível à face da Terra. A certa altura, o Francisco perdeu a paciência e deixou de lhe atender o telefone. Todos os dias passou então a receber meia dúzia de mensagens, ora ofensivas, ora ameaçadoras, ora suplicantes. O Francisco começava a interrogar-se se não seria boa ideia a Paula recorrer a tratamento profissional.

A Paula ruminava diariamente os seus pensamentos obsessivos enquanto tomava conta do balcão do centro budista onde trabalhava quando, num fim de tarde, reparou que a casa do Francisco não se encontrava desabitada. Foi então que a Paula conheceu o Armando, o colega de escritório do Francisco a quem este emprestara a casa, a contragosto, depois de ele ter sido posto fora da sua casa pelos pais por causa de uma ganza abandonada em cima da mesinha-de-cabeceira.

A Paula contou-lhe uma mentira qualquer sobre querer fazer uma surpresa ao Francisco, pedindo ao Armando que não lhe dissesse nada para não estragar essa surpresa — tudo para conseguir sacar-lhe a informação sobre o número de telefone ou a morada do Faria. O Armando não sabia a morada, mas o Francisco tinha uma agenda com números de telefone pousada sobre a mesinha da sala, onde constava o do Faria. A Paula anotou o número e foi, mais tarde, ligar para a linha de informações, de onde obteve o endereço correspondente àquele número.

Como o marido ia estar fora durante o fim-de-semana, num congresso, a Paula planeou fazer uma visita ao Francisco nessa altura. A sofreguidão de saber o que andaria Francisco a fazer e com quem tomou conta dela. Na sua paranóia, via o Francisco rodeado de mulheres em cenas inenarráveis e sentia a raiva e o ciúme crescerem dia após dia. Foi com esta paranóia corroendo-lhe o espírito que consultou um mapa e partiu de carro a todo o gás em direcção ao Alentejo assim que o marido saiu para o aeroporto, na sexta-feira à noite.

Quando chegou junto ao terreno do Faria, por volta da meia-noite, viu uma imensidão de automóveis estacionados. Decidiu parar o carro numa zona escura, que dava para os confins da propriedade, pois o Francisco poderia reconhecer o seu carro estacionado no meio dos outros ou poderia ter o azar de cruzar-se com algum dos seus amigos que a conheciam de vista, como o Miguel e o Daniel.

A Paula tentava dar o mínimo nas vistas. Se o Francisco soubesse que ela lá estava, ficaria irritado e a Paula, cega pela sua obsessão, só se lembrou desse pormenor quando estava já a chegar. Não tinha qualquer plano em mente nem tão-pouco sabia como essa noite iria terminar.

Saltou a frágil vedação de arame que delimitava o terreno do Faria e caminhou silenciosamente pela escuridão do campo, indo agachar-se por detrás de um sobreiro, rodeado de urzes. Era um bom esconderijo, a menos de dez metros do pátio onde a animação decorria. A Paula adoptou-o como posto de observação, na expectativa de ver surgir o Francisco.

Passados poucos minutos, soou o ruído de uma moto velha entrando pelos campos adentro. Dela saiu um homem, caminhando aos ésses em direcção ao local onde a Paula estava escondida.

Virado de frente para o sobreiro atrás do qual a Paula se encontrava agachada, o motociclista abriu a braguilha e começou a urinar. Quando ele deu pela sua presença, tentou ainda balbuciar umas desculpas, assarapantado, mas a Paula logo abandonou o local, furiosa, tentando não ser vista por ninguém daquela gente do pátio.

O homem dirigiu-se até ao local da festa, procurando o Faria e, quando o viu, tentou ainda dizer-lhe que tinha uma mulher escondida e com ar suspeito nos fundos do terreno, mas a bebedeira com que ele estava apenas lhe permitia balbuciar: «Sabes que tens uma mulher no teu terreno?», mensagem que o Faria entendeu como uma alusão à quantidade de mulheres bonitas que se divertiam na festa. O homem tentou ainda explicar, mas da sua boca apenas saíam frases sem nexo e ninguém o levou a sério.

A Paula refugiou-se então no meio de uma frondosa plantação de qualquer coisa que a escuridão não permitia descortinar, mas que soltava um odor que lhe parecia familiar.

O local era demasiado recôndito para ser um bom ponto de observação, mas tornava-se difícil avançar para mais perto do pátio sem ser avistada, porque a festa estava ao rubro e havia imensa gente espalhada pelo terreno a dançar e à conversa, por já não caberem todos no pátio. A Paula resolveu esperar que as coisas acalmassem um pouco, e depois logo veria o que fazer.

Ao fim de algum tempo, a sua paciência foi recompensada.

Ao sentir que alguém se aproximava, a Paula escondeu-se rapidamente no meio da vegetação e ficou à espreita.

Viu-me a mim e reconheceu o Francisco pelo meio da escuridão, no momento em que abandonámos a festa com o objectivo de regar as plantas. A Paula assistiu em silêncio à nossa conversa, viu-me desaparecer por instantes e regressar com o famoso saquinho de ervas secas. Quando viu que estávamos ambos totalmente inebriados pelos efeitos daquela misteriosa substância, achou seguro aproximar-se um pouco e ficou a observar-nos a menos de dois metros do local onde estávamos, sem que déssemos conta.

Quando nos beijámos, a Paula teve de conter com todas as suas forças a raiva que fermentava no seu peito, caso contrário ter-se-ia levantado do seu esconderijo, vociferando contra nós.

Eu e o Francisco, de cócoras, desequilibrámo-nos com o beijo e caímos para trás com o peso dos nossos corpos. Quando o Francisco se apoiou nos cotovelos para voltar a erguer-se e, por breves instantes, teve um relance desfocado e de pernas para o ar daquilo que estava atrás de si, os seus olhos cruzaram-se com os da Paula, que nos espiava por entre as ervas. Quando o Francisco, assarapantado, se voltou para trás para ver melhor, já a Paula tinha desaparecido, encolhendo-se num esconderijo mais seguro.

Ao ver à sua frente apenas os ramos das plantas mergulhadas na escuridão, convenceu-se de que havia tido uma alucinação e acalmou-se. Em todo o caso, não queria ficar naquele local onde tivera uma visão tão perturbadora e insistiu para que escolhêssemos outro local para continuarmos aquilo que havíamos começado.

Assim que nós saímos do local, a Paula ainda terá pensado em abordar-nos, mas o medo da reacção do Francisco superava até a própria raiva e ficou paralisada, sem saber o que fazer. Ainda nos seguiu, sem que déssemos conta, até desaparecermos por detrás da porta do quarto do anexo.

Foi então que viu, junto à porta, uma garrafa de petróleo que havia servido para acender as tochas e para atear as brasas do grelhador com que preparáramos o nosso jantar, antes da festa. Algo na sua estranha mente determinou então que transferisse a sua raiva de mim e do Francisco para o próprio local onde tudo aquilo se havia passado. A Paula pegou na garrafa, que continha ainda um resto no fundo e, tomada por um acesso de loucura furiosa e desesperada, espalhou o petróleo pelas ervas secas que o Faria tinha amontoado junto ao seu jardim da alegria algumas semanas antes, quando limpara o terreno. Já que não podia ter o Francisco, queria amaldiçoar por todo o sempre o local onde outra mulher lho roubara.

Uma vez ateado o incêndio que destruiria quase totalmente o jardim do Faria, a Paula correu, desorientada e ébria de emoção, em direcção aos limites do terreno, para o mais longe possível daquelas luzes e daquela gente, desaparecendo na noite.

No dia seguinte, o Francisco reconheceu o automóvel dela, abandonado onde a sua condutora o deixara estacionado. A Paula apenas foi encontrada ao fim de um dia e meio, vagueando sem rumo pelo campo alentejano, totalmente desorientada, sem dinheiro e sem saber onde estava, capturada quando tentava entrar pela janela da casa de uma quinta em busca de algo para comer. O marido, quando soube, limitou-se a enviar um motorista da sua empresa para ir buscar a mulher ao Alentejo. Poucos dias depois de regressar a casa, como não recuperava a lucidez e a sua mente se degradava de dia para dia, Paula acabou por ser internada num hospital psiquiátrico, onde lhe foi diagnosticada uma doença mental.

XXVI

Viajamos à noite, pela estrada fora. Hordas de insectos electrizantes, de cor prateada, esborracham-se contra o vidro do pára--brisas, sem a mínima noção da parvoíce que estão a fazer.

Eu dormito, no banco de trás, com a cabeça encostada ao vidro da janela. O Miguel vai ao lado do Francisco, calado. O Francisco, que ainda há pouco não parava de falar, segue absorto na sua condução, em silêncio. Olhei em volta e saboreei o silêncio. Por breves instantes senti-me o único ser vivo no planeta.

Precisámos de mais de vinte e quatro horas para nos sentirmos recuperados daquela festa. Recuperados no que diz estritamente respeito ao aspecto alcoólico e psicotrópico, claro, porque havia outras marcas que ficariam para sempre.

No dia seguinte àquela noite, acordámos por volta das seis da tarde. Perfeita inutilidade, bem sei... Eu e o Francisco, sozinhos no quarto, acordámos seminus e envoltos nos braços um do outro, atarantados, mas felizes. Não com aquele esgar de surpresa e repulsa de quem acorda na cama com alguém com quem de outro modo não teria dormido, se tivesse estado sóbrio na noite anterior. Com um sorriso rasgado, de orelha a orelha, ou pelo menos tanto quanto o sono e a ressaca permitiam.

Talvez o Miguel tenha acordado com o mesmo sorriso, pois no decurso da noite, sem que eu ou o Francisco déssemos conta, enrolara--se com a Rebecca, a loira surfista, e passara a noite com ela, a fazer abanar a velha carrinha *Volkswagen*, enquanto os compatriotas dela se divertiam no pátio. Aparentemente, ambos haviam tomado o gosto um pelo outro durante a encenação que fizeram para a polícia marítima, na noite da festa na praia, e agora não queriam outra coisa.

O resto do dia foi passado a ajudar o Faria nas limpezas e a vegetar pelo seu terreno. Quando terminámos, já era noite e resolvemos ficar por lá para dormir. Jantámos um caldo verde maravilhoso e bacalhau assado que me fez lamber os beiços. Conversámos um pouco sobre as peripécias que tínhamos passado naquela semana e sobre muitas outras que pertenciam a cada um. Apercebi-me de que com vinte e tal anos, uma pessoa já tem muita história de vida para contar. Pode ser uma vida banal, igual a tantas outras. O mesmo passado, se tivesse sido vivido por uma pessoa famosa e vertido para a sua biografia, teria *glamour*, teria mística. Mas era apenas a vida de uns zés-ninguém — ou, quem sabe, talvez não.

Depois, fomos para a cama. Por volta da meia-noite, o que para nós era cedíssimo. Fora o primeiro dia que havia passado cem por cento sóbria em casa do Faria. Parecia que os nossos organismos se recusavam a amortecer os golpes daquela vida boémia por mais um dia que fosse e obrigaram-nos a uma pausa. Pensei por momentos que estaríamos todos, eu e eles, a ficar velhos.

— Está claro que não! — respondi a mim mesma, lembrando-me de Sigonneau, que, com mais de sessenta anos, mantinha toda a pedalada, até demais.

Durante o dia seguinte, o da partida, fizemos as malas muito devagar. De tal forma que só nos fizemos à estrada poeirenta pelo final da tarde.

Antes disso, havia ainda um assunto que tinha de resolver... Quando consegui estar com o Miguel a sós, perguntei-lhe se depois disto ele não ficaria chateado com o amigo.

— Enfim, sei que não terias razão para isso, mas como desde que nos conhecemos até há bem pouco tempo, deste sinais de um certo interesse sexual na minha pessoa...! — sugeri.

— Até parece que fui eu que te beijei a ti, na praia! — gracejou o Miguel. — Não te preocupes, eu e o Francisco somos amigos a sério, não nos zangaríamos por causa de uma mulher, mesmo que ambos estivéssemos apaixonados por ela, o que não era o caso, no que a mim me diz respeito, pelo menos. Eu, no início, achava-te uma mulher interessante e bonita, com quem seria agradável dar umas voltas. Mas depois compreendi que tu, para isso, eras mal-empregada e por isso te disse, naquela tarde, na praia, que ambos andávamos meio confusos sobre o que queríamos um do outro. O Francisco, esse sim, é apreciador de mulheres a sério, que merecem ser amadas. Eu, pelo menos neste momento, apenas as quero para satisfazer um desejo muito básico e orgânico. E isto é triste, quer dizer que ainda não encontrei ninguém com quem me sentisse disposto a mais do que isso.

— Achas que lhe conte esse momento que nós tivemos? — perguntei.

— Acho que deves contar-lhe. Não é necessário ser já nos próximos dias, mas ele deve saber. Tenho a certeza de que nem vai dar importância nenhuma a isso — respondeu o Miguel.

— E afinal de contas, nem aconteceu nada de extraordinário... Um beijo amigável, entre companheiros de viagem! — exclamei.

— É verdade! Fui eu quem te trouxe até aqui, até aos braços do Francisco. Fico com a sensação de me ter tornado um substituto do teu amigo Raul... — reflectia o Miguel, genuinamente perturbado com a ideia. Parecia que não era a primeira vez que pensava nisso.

— Perdeste uma noite de sexo selvagem, entre tantas outras, e ganhaste uma amiga! — exclamei.

O Miguel concordou comigo.

Perguntei-lhe o que tencionava fazer nos próximos tempos. Respondeu-me que os surfistas o haviam convidado a juntar-se a eles na sua viagem em direcção às ondas selvagens do Norte de África, e ele achara a ideia esplêndida. Iria com o Francisco até Lisboa, para ficar por lá apenas uma semana, o tempo suficiente para matar as saudades da família, providenciar para que amigos seus em Paris lhe guardassem em suas casas os poucos pertences que mantinha no seu apartamento da Rue des Deux Chemins e telefonar a Sigonneau para combinarem os pormenores da exposição dos seus quadros, da qual o pintor estaria ausente, por esse mundo fora em busca de mais material para a sua arte. Além disso, queria também ir buscar a sua prancha de *surf*, que ganhava pó na arrecadação da casa dos pais desde a sua partida para locais menos solarengos da Europa.

Não conseguia entender o Miguel. Quando estava em Paris, suspirava de saudades por Portugal. Agora, que tinha a oportunidade de ficar uns tempos no seu país, mal havia chegado e já se preparava para se lançar noutra viagem por terras estranhas.

Comentei isso com o Faria, que me respondeu:

— Ah, mas o Miguel não é diferente de qualquer outro português. Somos todos, sem excepção, viciados na saudade. Podemos disfarçá-lo com os ares mais sofisticados e cosmopolitas que conseguimos fingir, mas no fundo, no fundo, somos e sempre seremos todos uma cambada de fadistas e varinas!

O Faria contou-me então uma história, que fiquei sem saber se será verídica ou se será uma alegoria inventada por ele. Havia um homem, um português, que naufragou e foi dar a uma ilha deserta. Nos primeiros tempos, apesar de a ilha lhe assegurar tudo aquilo de que precisava para sobreviver, sofria intensamente a falta da sua casa e do seu país, o que lhe consumia lentamente a alma. Para enganar as saudades, encontrou um estratagema que lhe permitia fazer com que a distância da pátria não lhe parecesse tão grande: fazia chouriços com os porcos selvagens que caçava, esculpia presépios de Natal com terra argilosa, espalhava placas de madeira por vários locais da ilha com indicações de sítios como «Praça Marquês do Pombal», «Estoril», «Chiado», «Sintra», enfim, fundou um novo Portugal com um só habitante, naquela ilha em nenhures. Certo dia, dez anos passados sobre a data do naufrágio, um navio passou ao largo da ilha e, ao verem a pobre e andrajosa figura do náufrago solitário, lançaram um bote à praia e ofereceram-se para levá-lo de volta para a civilização. Era a sua grande oportunidade de voltar a Portugal, uma oportunidade que talvez não voltasse a repetir-se de novo ao longo da sua vida. Contudo, o nosso náufrago, após acolher a tripulação do navio, regressou aos seus afazeres — aparentemente, estava a enfeitar a praia com ramas de palmeira e a grelhar pequenos peixes nas brasas. A tripulação esperou até que o comandante se impacientou e lhe fez um ultimato: eles zarpariam dali a meia hora, com ele ou sem ele. O náufrago encarou então o comandante e respondeu: «Agora não! Não vêem que estou a preparar o arraial de Santo António, que é esta noite?!» A tripulação acabou por partir sem ele.

Quanto ao Daniel, também voltou para Lisboa, no seu carro, apesar de o Faria o ter convidado a ficar por lá mais algum tempo a fim de colocar as ideias em ordem. O Daniel não sabia onde iria passar a noite seguinte.

Entretanto, eu e o Francisco continuávamos sem qualquer pista sobre que fantástica substância era aquela que tínhamos fumado na noite da festa e que tivera efeitos tão impressionantes. Resolvemos pegar no resto das ervas que havíamos deixado no saquinho e perguntar aos outros se reconheciam aquela droga. O Faria, o Miguel e o Daniel nunca haviam visto nada assim. A Sandra tirou um punhado de ervinhas e cheirou-as com atenção. Olhou para as nossas caras expectantes e riu à gargalhada. O Francisco e eu entreolhámo-nos, sem percebermos o que se passava.

— Dizem então vocês que andaram a fumar disto na noite da festa e que vos deu alucinações e uma moca estranhíssima? — perguntou, com ar de gozo.

Quando confirmámos com a cabeça, a Sandra riu-se ainda com mais vontade.

— São tão queridos... Vê-se mesmo que não percebem nada de culinária! Com que então os meninos andaram a fumar tomilho... E dizem que bateu imenso! — continuou a Sandra, divertidíssima com a ideia.

— Tomilho? O que é isso? — perguntei.

— É uma erva aromática! — respondeu a Sandra.

— E não tem propriedades psicoactivas? — insisti.

A Sandra literalmente chorava de tanto rir.

— Então não! Um assado temperado com estas ervinhas bate cá duma maneira...! — troçou ela.

Isto significava que todos os estranhos efeitos que eu e o Francisco havíamos experimentado não tinham passado de reacções psicológicas induzidas pela auto-sugestão. Significava também que o *hippy* estivera a gozar com a minha cara... Ou talvez tentasse dizer-me alguma coisa. Naquele instante, recordei a imagem do rapaz apontando para a cabeça e dizendo-me: «Está tudo aqui.» Ele tinha razão. Era um louco, mas tinha razão. Era um louco e por isso mesmo tinha razão! Eu sabia que o afecto que sentia pelo Francisco e tudo aquilo que vivia adormecido dentro de nós e que viera à tona naquela noite não era uma ilusão. Naquele momento, isso era tudo quanto me interessava.

Fizemo-nos à estrada, uma das muitas que formam o intrincado conjunto de veias palpitantes do continente. Naquele momento, nem eu nem o Francisco sabíamos o que iríamos fazer. Limitávamo-nos a guiar em direcção a Lisboa. Francisco contou-me que, depois da experiência daquela semana, não conseguiria continuar a passar os dias no seu escritório, um local que odiava, rodeado de gente que não lhe dizia nada, pelo que havia tomado a decisão de deixá-lo assim que terminasse o estágio, dali a um mês, mesmo que o convidassem a ficar lá. Mas quem sabia se, a meio da viagem de regresso a Lisboa, não sentiríamos a ânsia de viajar pelo mundo como nómadas, como o Miguel. Talvez dali a uns anos nos tornássemos um miserável casal suburbano, como o Daniel e a Cristina, ou pior: um par de dondocas, daqueles que se tratam um ao outro na cama por «você». Talvez deixássemos tudo e fôssemos viver para o campo, como o Faria e a Sandra.

Nada disso interessava. A partir daquele momento, poderíamos reinventar-nos como e quando quiséssemos. Mas naquele instante de ouro, éramos apenas a Nadina e o Francisco.

1. O Mundo de Sofia,
   JOSTEIN GAARDER
2. Os Filhos do Graal,
   PETER BERLING
3. Outrora Agora,
   AUGUSTO ABELAIRA
4. O Riso de Deus,
   ANTÓNIO ALÇADA BAPTISTA
5. O Xangô de Baker Street,
   JÔ SOARES
6. Crónica Esquecida d'El Rei D. João II,
   SEOMARA DA VEIGA FERREIRA
7. Prisão Maior,
   GUILHERME PEREIRA
8. Vai Aonde Te Leva o Coração,
   SUSANNA TAMARO
9. O Mistério do Jogo das Paciências,
   JOSTEIN GAARDER
10. Os Nós e os Laços,
    ANTÓNIO ALÇADA BAPTISTA
11. Não É o Fim do Mundo,
    ANA NOBRE DE GUSMÃO
12. O Perfume,
    PATRICK SÜSKIND
13. Um Amor Feliz,
    DAVID MOURÃO-FERREIRA
14. A Desordem do Teu Nome,
    JUAN JOSÉ MILLÁS
15. Com a Cabeça nas Nuvens,
    SUSANNA TAMARO
16. Os Cem Sentidos Secretos,
    AMY TAN
17. A História Interminável,
    MICHAEL ENDE
18. A Pele do Tambor,
    ARTURO PÉREZ-REVERTE
19. Concerto no Fim da Viagem,
    ERIK FOSNES HANSEN
20. Persuasão,
    JANE AUSTEN
21. Neandertal,
    JOHN DARNTON
22. Cidadela,
    ANTOINE DE SAINT-EXUPÉRY
23. Gaivotas em Terra,
    DAVID MOURÃO-FERREIRA
24. A Voz de Lila,
    CHIMO
25. A Alma do Mundo,
    SUSANNA TAMARO
26. Higiene do Assassino,
    AMÉLIE NOTHOMB
27. Enseada Amena,
    AUGUSTO ABELAIRA
28. Mr. Vertigo,
    PAUL AUSTER
29. A República dos Sonhos,
    NÉLIDA PIÑON
30. Os Pioneiros,
    LUÍSA BELTRÃO
31. O Enigma e o Espelho,
    JOSTEIN GAARDER
32. Benjamim,
    CHICO BUARQUE
33. Os Impetuosos,
    LUÍSA BELTRÃO
34. Os Bem-Aventurados,
    LUÍSA BELTRÃO
35. Os Mal-Amados,
    LUÍSA BELTRÃO
36. Território Comanche,
    ARTURO PÉREZ-REVERTE
37. O Grande Gatsby,
    F. SCOTT FITZGERALD
38. A Música do Acaso,
    PAUL AUSTER
39. Para Uma Voz Só,
    SUSANNA TAMARO
40. A Homenagem a Vénus,
    AMADEU LOPES SABINO

41. Malena É Um Nome de Tango,
    ALMUDENA GRANDES
42. As Cinzas de Angela,
    FRANK McCOURT
43. O Sangue dos Reis,
    PETER BERLING
44. Peças em Fuga,
    ANNE MICHAELS
45. Crónicas de Um Portuense Arrependido,
    ALBANO ESTRELA
46. Leviathan,
    PAUL AUSTER
47. A Filha do Canibal,
    ROSA MONTERO
48. A Pesca à Linha – Algumas Memórias,
    ANTÓNIO ALÇADA BAPTISTA
49. O Fogo Interior,
    CARLOS CASTANEDA
50. Pedro e Paula,
    HELDER MACEDO
51. Dia da Independência,
    RICHARD FORD
52. A Memória das Pedras,
    CAROL SHIELDS
53. Querida Mathilda,
    SUSANNA TAMARO
54. Palácio da Lua,
    PAUL AUSTER
55. A Tragédia do Titanic,
    WALTER LORD
56. A Carta de Amor,
    CATHLEEN SCHINE
57. Profundo como o Mar,
    JACQUELYN MITCHARD
58. O Diário de Bridget Jones,
    HELEN FIELDING
59. As Filhas de Hanna,
    MARIANNE FREDRIKSSON
60. Leonor Teles ou o Canto da Salamandra,
    SEOMARA DA VEIGA FERREIRA
61. Uma Longa História,
    GÜNTER GRASS
62. Educação para a Tristeza,
    LUÍSA COSTA GOMES
63. Histórias do Paranormal – Volume I,
    Direcção de RIC ALEXANDER
64. Sete Mulheres,
    ALMUDENA GRANDES
65. O Anatomista,
    FEDERICO ANDAHAZI
66. A Vida É Breve,
    JOSTEIN GAARDER
67. Memórias de Uma Gueixa,
    ARTHUR GOLDEN
68. As Contadoras de Histórias,
    FERNANDA BOTELHO
69. O Diário da Nossa Paixão,
    NICHOLAS SPARKS
70. Histórias do Paranormal – Volume II,
    Direcção de RIC ALEXANDER
71. Peregrinação Interior – Volume I,
    ANTÓNIO ALÇADA BAPTISTA
72. O Jogo de Morte,
    PAOLO MAURENSIG
73. Amantes e Inimigos,
    ROSA MONTERO
74. As Palavras Que Nunca Te Direi,
    NICHOLAS SPARKS
75. Alexandre, O Grande – O Filho do Sonho,
    VALERIO MASSIMO MANFREDI
76. Peregrinação Interior – Volume II,
    ANTÓNIO ALÇADA BAPTISTA
77. Este É o Teu Reino,
    ABILIO ESTÉVEZ
78. O Homem Que Matou Getúlio Vargas,
    JÔ SOARES
79. As Piedosas,
    FEDERICO ANDAHAZI
80. A Evolução de Jane,
    CATHLEEN SCHINE

81. Alexandre, O Grande – O Segredo do Oráculo,
    VALERIO MASSIMO MANFREDI
82. Um Mês com Montalbano,
    ANDREA CAMILLERI
83. O Tecido do Outono,
    ANTÓNIO ALÇADA BAPTISTA
84. O Violinista,
    PAOLO MAURENSIG
85. As Visões de Simão,
    MARIANNE FREDRIKSSON
86. As Desventuras de Margaret,
    CATHLEEN SCHINE
87. Terra de Lobos,
    NICHOLAS EVANS
88. Manual de Caça e Pesca para Raparigas,
    MELISSA BANK
89. Alexandre, o Grande – No Fim do Mundo,
    VALERIO MASSIMO MANFREDI
90. Atlas de Geografia Humana,
    ALMUDENA GRANDES
91. Um Momento Inesquecível,
    NICHOLAS SPARKS
92. O Último Dia,
    GLENN KLEIER
93. O Círculo Mágico,
    KATHERINE NEVILLE
94. Receitas de Amor para Mulheres Tristes,
    HÉCTOR ABAD FACIOLINCE
95. Todos Vulneráveis,
    LUÍSA BELTRÃO
96. A Concessão do Telefone,
    ANDREA CAMILLERI
97. Doce Companhia,
    LAURA RESTREPO
98. A Namorada dos Meus Sonhos,
    MIKE GAYLE
99. A Mais Amada,
    JACQUELYN MITCHARD
100. Ricos, Famosos e Beneméritos,
     HELEN FIELDING
101. As Bailarinas Mortas,
     ANTONIO SOLER
102. Paixões,
     ROSA MONTERO
103. As Casas da Celeste,
     THERESA SCHEDEL
104. A Cidadela Branca,
     ORHAN PAMUK
105. Esta É a Minha Terra,
     FRANK McCOURT
106. Simplesmente Divina,
     WENDY HOLDEN
107. Uma Proposta de Casamento,
     MIKE GAYLE
108. O Novo Diário de Bridget Jones,
     HELEN FIELDING
109. Crazy – A História de Um Jovem,
     BENJAMIN LEBERT
110. Finalmente Juntos,
     JOSIE LLOYD e EMLYN REES
111. Os Pássaros da Morte,
     MO HAYDER
112. A Papisa Joana,
     DONNA WOOLFOLK CROSS
113. O Aloendro Branco,
     JANET FITCH
114. O Terceiro Servo,
     JOEL NETO
115. O Tempo nas Palavras,
     ANTÓNIO ALÇADA BAPTISTA
116. Vícios e Virtudes,
     HELDER MACEDO
117. Uma História de Família,
     SOFIA MARRECAS FERREIRA
118. Almas à Deriva,
     RICHARD MASON
119. Corações em Silêncio,
     NICHOLAS SPARKS
120. O Casamento de Amanda,
     JENNY COLGAN